ロスノフスキ家の娘
下

ジェフリー・アーチャー

戸田裕之 訳

THE PRODIGAL DAUGHTER
BY JEFFREY ARCHER
TRANSLATION BY HIROYUKI TODA

ハーパー
BOOKS

THE PRODIGAL DAUGHTER

BY JEFFREY ARCHER

Published by K.K. HarperCollins Japan, 2023

ロスノフスキ家の娘 下

おもな登場人物

フロレンティナ・ケイン――シカゴのホテル王の一人娘
リチャード・ケイン――銀行家。フロレンティナの夫
ウィリアム――フロレンティナとリチャードの息子
アナベル――フロレンティナとリチャードの娘
エドワード・ウィンチェスター――フロレンティナの幼なじみ。弁護士
ザフィア――フロレンティナの母親
ケイト・ケイン――リチャードの母親
ジョージ・ノヴァク――バロン・グループの終身社長。フロレンティナの名付け親
ジャネット・ブラウン――フロレンティナのアシスタント
ラルフ・ブルックス――シカゴの民主党の候補者。弁護士
ロバート・ブキャナン――共和党のベテラン下院議員
ピート・パーキン――副大統領

（承前）

現在　一九六八年―一九八二年

27

リチャードはその日の午前中までアバンホ少佐の名前を聞いたことがなかった。リチャードに限らず、アメリカでその少佐の名前を知っているのは、中央アフリカで最も小さな国、ナムバウェの出来事に過剰なほどの関心を持っている者だけだった。それでも、リチャードがその日の最も大事な約束――息子であり、跡継ぎである、ウィリアムの十一回目の誕生日――に遅れたのは、そのアバンホ少佐が原因だった。

六十四丁目の自宅に帰った瞬間、アバンホ少佐のことはアナベルのせいでリチャードの頭から消し飛んだ。数分前、兄ばかりが注目されることを不満に思った彼女が、沸騰していることを知らずにティーポットのお茶をウィリアムの手にかけてしまっていた。キャロルがキッチンでバースデイケーキと格闘しているあいだのことらしかった。声を限りに泣き叫ぶウィリアムにますます注目が集まり、アナベルはますます注目されなくなり、招待された子供たちも帰ってしまった。数分後にはアナベルも泣き叫んでいた。父親の膝の上に腹這《はらば》いにさせられ、スリッパでお尻を六回叩《たた》かれたのである。そのあと、兄はアスピリンを二錠と氷嚢《ひょうのう》の力を借りて眠るために、妹はさらなる罰として、早々とベッドに入られた。食堂では、手つかずのままの大きなケーキの飾りの上で、十一本の蠟燭《ろうそく》が根元まで燃え尽きていた。

「ウィリアムの右手だけど、一生消えない火傷《やけど》の痕が残るんじゃないかしら」息子が眠ったことを確認したあとで、フロレンティナが言った。

「それでも、男らしくはあったんじゃないかな」

「それはどうかしら」フロレンティナが言った。「これまで愚痴の一つもこぼしたことがなかったのに、あんなに大泣きをしたのよ」

「たぶん、ぼくが遅れなかったら起こらなかったことだろうな」リチャードは妻の言葉を無視して言った。「アバンホ少佐のせいだ」

「だれなの？」

「若い陸軍将校だよ。今日のナムバウェで起こったクーデターの黒幕だ」

「アフリカのちっぽけな国のクーデターが、どうしてあなたが息子の誕生パーティに遅刻する原因になるの？」

「そのちっぽけなアフリカの国に三億ドルの融資をしていて、その返済がおぼつかなくなっているからだよ。一九六六年にレスター銀行が主導した五年返済の融資協定で、その返済期限が三か月後に迫っているんだ」

「その三億ドルって、全額レスター銀行が出してるの？」

「そうじゃない」リチャードは言った。「うちはその十五パーセントを出しているだけだ。残りの二億五千万ドル余りはほかの三十七の金融機関が分担している」

「四千五百万ドルの損が出たら、レスター銀行は生き延びられるの？」

「それは大丈夫だ。バロン・グループが味方でいてくれる限りはね」リチャードは妻に微笑した。「三年分の利益をどぶに捨てるも同然だし、ほかの三十七の金融機関同様、うちの評判に悪い影響を及ぼして、明日のうちの株価が下がるのは避けられないだろうけどね」

翌日のレスター銀行株の下げ幅はリチャードの予測を上回っていて、その理由は二つあった。その一つ目は、自薦のナムバウェ新大統領、アバンホ少佐が、前の政府がアメリカ、イギリス、フランス、ドイツ、そして、日本を含む〝ファシスト国家〟と結んだ協定は、それがどこの国であろうと尊重するつもりはないと言明したことだった。いまごろ大勢のソヴィエトの銀行家が中央アフリカ行きの飛行機に乗っているのではあるまいか、とリチャードは想像した。

二つ目の理由が明らかになったのは、〈ウォール・ストリート・ジャーナル〉の記者がリチャードに電話をしてきて、今回のクーデターに関して何らかの意見はないかと訊《き》いてきたときだった。

「実のところ、特に言うべきことはない」リチャードは答えた。自分とレスター銀行にとって、この事件全体が蚊に刺された程度の問題ですらないと聞こえるよう努力しなくてはならなかった。「この問題は数日のうちにおのずと解決すると、私はそう確信している。結局のところ、この融資は現在レスター銀行が行なっている多くの融資の一つに過ぎない」

「ミスター・ジェイク・トーマスはその見方に賛成しないかもしれませんよ」記者が言った。

「ミスター・トーマスと話したのか？」リチャードは耳を疑った。

「実はそうなんです、ミスター・ケイン。今日、早い時間に彼から電話があって、うちの発行人とオフレコで話をしているんです。レスター銀行がこれほど大きな額のキャッシュフローの要求を切り抜けられなくても意外ではないと彼が考えているのはまったく明らかです」

「それについてはノーコメントだ」リチャードは素っ気なく応えて電話を切った。

リチャードの要請で、フロレンティナがバロン・グループの重役会を招集した。レスター銀行の株価が下がった場合でも、バロン・グループが財政支援をすることを確認するのが目的だった。ところが、リチャードとフロレンティナが驚いたことに、バロン・グループがレスター銀行の問題に関わること自体、ジョージがまったく納得しなかった。レスター銀行乗っ取りにバロン・グループの株を使うことにも自分はそもそも賛成していない、と彼は言った。

「あのときは黙っていたが、二度目の今回はそうはいかない」重役会議室のテーブルに両手をついての発言だった。「個人的な関係がどんなに深かろうと、アベルはいい金を悪いことに使うのを絶対に好まなかった。将来の利益について口先だけの約束をして、稼いでもいない金を使いはじめることはだれでもできる、というのが口癖だった。バロン・グループとレスター銀行が共倒れになる可能性はないと言い切れるのか？」

「バロン・グループにとってはそう大きな金額ではないでしょう」リチャードは言った。

「どんな損失であれ、問題は利益の十倍大きい、というのもアベルの口癖だった」ジョージが言った。「レスター銀行が世界の国々に貸している金のなかで、未返済のもの、一夜にして返済不能になる恐れのあるものはどのぐらいなんだ？」

「欧州経済共同体《EEC》以外では一件だけで、イラン国王へ二億ドル融資しています。これもレスター銀行が三千万ドルを拠出して主導したものですが、利子の支払いが一時間と遅れたことはありません」

「最終返済期限はいつだ？」ジョージが訊いた。

リチャードは自分の前に置いた分厚いファイルをめくり、そこに並ぶ数字の列に指を這わせた。ジョージの態度に苛《いら》ついたが、あらゆる質問を想定してしっかり準備したという満足は感じることができた。

「一九七八年六月十九日です」

「では、その融資の更新時期がきても、レスター銀行は再融資に応じないと保証してもらいたい」

「何ですって?」リチャードは思わず声を上げた。「イラン国王はイングランド銀行に劣らず安全なんですよ——」

「昨今のイングランド銀行はそうでもあるまい」

リチャードは腹が立ってきた。言い返そうとしたとき、フロレンティナが割って入った。

「待って、リチャード。レスター銀行が一九七八年に再融資に同意しなかったら、あるいは、どこであれほかの第三世界諸国への新規融資をしないと決めたら、ジョージ、それと引き換えに、レスター銀行がナムバウェ政府の契約不履行で出すことになる四千五百万ドルの損失をバロン・グループに引き受けてもらえる?」

「いや、まだそれだけでは駄目だ。もっと納得できる材料が必要だ」

「どんな材料です?」リチャードの口調が尖《とが》った。

「リチャード、大きな声を出すな。私はいまでもバロン・グループの社長だ。このグループを現在の地位に押し上げるのに、アベルは三十年かかった。その偉業が三十分で崩壊するのを、私は見たくないんだよ」

「申し訳ない」リチャードは謝った。「この四日というもの、あまり寝ていないものですから。それで、ジョージ、ほかに何が知りたいんです?」

「イラン国王への融資のほかに、レスター銀行が一千万ドルを超える融資をしているところはあるのかな?」

「ありません」リチャードは答えた。「国家間の大きな融資の大半は〈チェイス〉や〈ケミカル〉といった大手銀行がやっていて、われわれが扱っているのは総額のわずかなパーセンテージに過ぎないんです。ナムバウェに融資を決めた当時の頭取はジェイク・トーマスですが、あそこは銅とマンガンが豊富ですから、絶対確実な賭けと踏んだに違いありません」

「あの男が間違いを犯しやすいことは、まあ結構な代償は払ったが、もうわかっている」ジョージが言った。「というわけだから、五百万ドル以上の融資で返済が終わっていないものはいくつあるのかを知りたい」

「二つです」リチャードは答えた。「一つはオーストラリアの〈ジェネラル・エレクトリシティ〉への七百万ドル、もう一つはロンドンの〈ICI〉です。両方とも五年融資でそろそろ完済期限を迎えるけれども、いまのところ返済は期日通りに行なわれています」

「では、今回レスター銀行が被るであろう四千五百万ドルの損失をバロン・グループが支えるとして、レスター銀行がその損失を取り戻すのにどのぐらいかかる?」

「それは貸し手が要求する返済利率と融資期間によります」

「では、返済利率は十五パーセント、融資期間は五年だ」

「十五パーセント？」リチャードは仰天して鸚鵡《おうむ》返しに繰り返した。

「バロン・グループは慈善団体ではないんだ、リチャード。それに、私が社長でいるあいだは、危ない銀行を支えることを仕事にはしない。われわれの本業はホテル経営であり、過去三十年、十七パーセントの利益を上げてきている。もし四千五百万ドルをきみに融資したとして、十五パーセントの利子をつけて五年で完済できるのか？」

リチャードはためらい、自分の前に置いたメモパッドに数字を走り書きして、ファイルを確認してから静かに答えた。「できます。五年で一セントも残さず完済できる確信があります。たとえナムバウェへの融資が丸ごと回収不能になったとしても、です」

「間違いなくそうなると見なさなくてはならないだろうな」ジョージが言った。「私が得ている情報では、前の国家元首のエロボ国王はロンドンへ脱出して〈クラリッジ・ホテル〉に当面の居を構え、チェルシー・スクウェアで売りに出ている住宅物件を見て回っているとのことだ。どうやらイランの国王を別にすれば、だれよりも多くの金をスイスの銀行に隠し持っているようだから、近い将来にアフリカへ戻ることは期待できないだろう——まあ、当然だろうがな」そして、リチャードが笑みを浮かべようとするのを見ながらつづけた。「いまここできみが言ったことがバロン・グループの監査役によってすべて裏付けられたら、そのときは、さっき言った返済期限五年、利率十五パーセントの条件で融資に同意しよう。幸運を祈るぞ、リチャード。それからもう一つ、ささやかな秘密を教えておこうか。アベルはきみが嫌っている以上にジェイク・トーマスを嫌っていた。私がきみに力を貸す気になったのは、最終的にはそれなんだ」ジョージはファイルを閉じた。「そろそろ解放してもらえるかな、コンラッド・ヒルトンと昼食の約束があるんだ。彼はこの三十年、一度も遅刻したことがないんでね」

ジョージが退出してドアが閉まると、リチャードはフロレンティナを見て言った。「まったく、いったいどっちの味方なんだ？」

「わたしたちに決まってるじゃない」フロレンティナが言った。「父がなぜ何の憂いもなく彼を信頼してバロン・グループを委ね、自分はドイツとの戦いに向かったか、その理由がいまわかったわ」

翌日の〈ウォール・ストリート・ジャーナル〉にバロン・グループがレスター銀行への融資を引き受けたという記事が載り、そのおかげで銀行の株が持ち直して、リチャードは自らが〝五年の骨折り〟と名付けた仕事に取りかかった。

「ジェイク・トーマスのことはどうするの？」

「無視する」リチャードは答えた。「時が片をつけてくれるよ。以前の雇い主と意見が食い違うたびにメディアに喋《しゃべ》り散らす男だと知れ渡ったら、あいつを雇う銀行はニューヨークに一つもなくなるさ」

「でも、どうして知れ渡るの？」

「ダーリン、〈ウォール・ストリート・ジャーナル〉が知ってるってことは、だれもが知ってるってことだよ」

そして、リチャードが正しかったことがわかった。一週間後、昼食を共にしていた〈バンカーズ・トラスト〉の重役が、リチャードとまったく同じ見方を口にしたのだった。

「あの男は銀行業界の鉄則を破ったんです。今後は当座預金口座を作るのも厳しくなりますよ」

ウィリアムの火傷はフロレンティナが思っていたよりずいぶん早くよくなり、数日後には学校へ通いはじめたが、傷痕はクラスメイトに自慢できないほどに小さくなっていた。その事件から何日か、アナベルは兄の火傷の痕を見るたびに目をそらし、心から罪を悔いているようだった。

「赦《ゆる》してもらえるかしら？」彼女は母親に訊いた。

「もちろんよ、マイ・ダーリン。ウィリアムはお父さんそっくりなの――どんなにひどい喧嘩《けんか》をしても次の日の朝には忘れてるわ」

そろそろヨーロッパの〈バロン〉の視察に行くべきだとフロレンティナは判断した。そして、ローマ、パリ、リスボン、西ベルリン、アムステルダム、ストックホルム、ロンドン、さらにはワルシャワまでも含めた、詳細な日程を作らせた。留守のあいだのことはジョージに任せて大丈夫だと改めて確信した、と彼女は空港へ向かう車のなかで夫に言った。リチャードは妻に同意したあとで、出会って以来三週間も離れているのはこれが初めてなのを思い出させた。

「だからって、死にはしないでしょ？」

「寂しいんだよ、ジェシー」

「さあ、そんなに感傷的にならないの。夫をニューヨークの銀行の頭取でいさせつづけるためにはわたしが死ぬまで働かなくちゃならないのはわかってるでしょう」

「愛してるよ」リチャードが言った。

「わたしもよ」フロレンティナは応えた。「だけど、四千五百万と五十六ドルの借りがあるのを忘れないでね」

「その五十六ドルはどこから出てきてるんだ？」リチャードが訊いた。

「サンフランシスコ時代に貸したじゃない。結婚前のことだけど、まだ返してもらってないわね」

「あれは結婚持参金だと言ったじゃないか」

「いいえ、そう言ったのはあなたで、わたしは〝貸し〟だとちゃんと釘《くぎ》を刺したわ。ヨーロッパから帰ったらすぐに、どうやってあの五十六ドルを返してもらうかをジョージに相談しないといけないみたいね。利率十五パーセントで返済期限が五年というのはどうかしら、ミスター・ケイン。結構妥当な線だと思うけど、その計算だと、いまは四百ドルになってるわよ」フロレンティナは身を乗り出して夫にキスをした。

リチャードは運転手付きの車でニューヨークへ戻ると、オフィスに着くやすぐにロンドンの〈カルティエ〉に電話をした。そして、注文品について明確な指示をし、十八日以内に準備してもらわなくてはならないと言った。

レスター銀行の年次総合報告書の準備をする段になって、リチャードはアフリカのナムバウェの赤字に腹が立ってならなかった。それさえなければ、レスター銀行は健全な利益を計上でき、ジェイク・トーマスが頭取になった初年度を上回る成績を誇示できるはずだった。それなのに、これでは全株主の記憶に残るのは一九七〇年以上の大きな損失を出したことだけになる。そもそもあの投資を決めたのはジェイク・トーマスなのに。

リチャードは毎日、フロレンティナの予定を興味をもって追いかけ、行く先々のすべての首都で、二人は少なくとも一日に一回は必ず電話で連絡を取り合った。彼女は視察先の大半に満足している様子で、いくつか変更すべき点は頭にあるけれども、大陸の〈バロン〉がヨーロッパの社長たちによってきちんと経営されていることを認めざるを得ないとのことだった。経費の超過は、建築の基準をより高いものにするよう彼女自身が要求したからにほかならなかった。

フロレンティナがパリから電話してきたとき、リチャードはウィリアムが数学でクラス一番の成績を取ったこと、セント・ポールズ・スクールへ入学できそうだということ、あの熱湯事件以降アナベルも多少は勉強に身を入れるようになり、クラス最下位を脱したことを伝えた。それがそのときにフロレンティナが聞いた最高の知らせだった。

「次の視察先はどこなんだい？」リチャードは訊いた。

「ロンドンよ」フロレンティナが答えた。

「いいじゃないか。チェックインしたら、きみがすぐに電話をしたくなる相手はだれだろうな。答えはわかっているような気がするけどね」リチャードは小さく笑って電話を切り、この何日かで最高の気分でベッドに入った。

フロレンティナからの電話は思っていたよりずいぶん早くかかってきた。翌朝の六時ごろ、リチャードはまだ眠りのなかにいて、アバンホ少佐と決闘する夢を見ていた。リチャードが引鉄《ひきがね》を引き、弾丸が発射された。そのとき、電話が鳴った。リチャードは目を覚まして受話器を取った。アバンホ少佐の死に際の言葉を聞くつもりだった。

「愛してるわ」

「何だって？」リチャードは思わず訊き返した。

「愛してるわ」

「ジェシー、いま何時かわかってるのか？」

「十二時を何分か過ぎたところよ」

「ニューヨークは朝の六時八分だ」

「ダイヤモンドのブローチがどんなに素敵だったかをどうしても知らせたかったのよ」

リチャードはにやりと笑みを浮かべた。

「サー・コリンとレディ・ダドリーとの昼食に着けていくわ。〈ミラベル〉よ。そろそろ二人が迎えに見えるころだから、切るわね。明日また話しましょう——こっちは今日だけど」

「いやはや、きみという女性《ひと》は」

「ところで、興味があるかどうかわからないけど、こっちの昼のニュースで言ってたわよ。アバンホという少佐が、名前は忘れたけどどこかの中央アフリカの国の反クーデターで殺されて、前国王が明日、英雄として歓迎されて帰ってくるんですってよ」

「何だって？」

「その国王がいまインタヴューを受けているから、彼の言葉を繰り返すわね。『わが政府は西側世界の友人たちの不興を買っていた融資返済中止を取り下げるつもりである』」

「何だって？」リチャードはもう一度繰り返した。

「玉座に復帰した彼はとてもいい人みたいよ。おやすみなさい、ミスター・ケイン。ぐっすり寝《やす》んでね」


リチャードがベッドで歓喜のあまり飛び跳ねているころ、フロレンティナのスイートルームにノックがあり、サー・コリンとレディ・ダドリーが入ってきた。

「準備はよろしいかな、ヤング・レディ？」

「はい」フロレンティナは答えた。

「なんだかとても嬉《うれ》しそうだね。きっとエロボ国王が玉座に戻ったことが、きみの頬に薔薇《ば ら》の彩を添えてくれたんだな」

「さすが、情報が早くていらっしゃいますね、サー・コリン。でも、それが理由ではないんです」フロレンティナは自分の前のテーブルに置いてあるカードを一瞥《いちべつ》して読み直した。


五十六ドルを利子ともども返済するまでの担保として受け取っていただけると嬉しいのですが。

ミスター・ケイン

「何て素敵なブローチなの」レディ・ダドリーが言った。「驢馬《ろば》よね？　何か特別な意味があるのかしら？」

「そうなんです、レディ・ダドリー。次の選挙でニクソンに投票するという送り手の意志表示です」

「では、きみはお返しに象のカフスを送らなくてはならないな」サー・コリンが言った。

「やっぱり、リチャードの言ったとおりです。イギリス人を過小評価すべきではありませんね」フロレンティナは言った。


夫妻との昼食後、フロレンティナはミス・トレッドゴールドが勤務している学校に電話をした。事務員が応答し、教員室へ電話をつないでくれた。結局のところ、ミス・トレッドゴールドは故アバンホ少佐ではなく、ウィリアムとアナベルのことを根掘り葉掘り知りたがった。そのあと、フロレンティナは〈サザビー〉に電話をし、部門の責任者に面会を申し込んだ。

「そのような作品となると出品まで何年も待っていただくことになるかもしれませんが、ミセス・ケイン」専門家が言った。

「わかっています」フロレンティナは応えた。「でも、出品されたら必ず連絡をください」

「承知しました、マダム」専門家はフロレンティナの名前と住所を書き留めた。

三週間が経《た》ってニューヨークへ帰ったフロレンティナは、ヨーロッパ視察旅行中に考えていた改革の実行に着手した。一九七二年の終わりには、自身の精力、ジョージの知恵、ジァンニーニ・ディ・フェランティの天才をもって、利益の増加を示すことができた。言葉通りの誠実な人物だとわかったエロボ国王のおかげで、リチャードも妻にはわずかに遅れをとったものの、かなりの利益を計上することができた。

定例株主総会の夜、リチャード、フロレンティナ、ジョージの三人は、外でお祝いのディナーを共にした。ジョージは六十五歳の誕生日に引退したことに公式にはなっていたが、〝引退記念パーティ〟は名前だけのものだったとバロン・グループの全員が気づくのに、二十四時間とかからなかった。というわけで、彼はいまも毎朝八時にオフィスに出てきていた。

ジョージが同時代の仲間の多くを失ったいま、どんなに寂しい思いをしているか、どんなに父と腹を割った関係だったか、フロレンティナはわかりはじめていた。もう少しのんびりしたらどうかとは一度も言わなかった。意味がないことがわかっていたし、ウィリアムとアナベルを連れ出してくれるジョージを見るたびに格別の嬉しさを感じたからである。子供たちはともに彼のことを〝おじいちゃん〟と呼び、ジョージはそのたびに涙ぐんで、特大のソフトクリームを買ってやると約束するのが常だった。

ジョージがバロン・グループのためにどれほど多くのことをしてくれたか、フロレンティナはわかっているつもりだった。だが、本当のことを知ったのは、彼がもはや引退を延期できなくなったとわかった後になってからに過ぎなかった。一九七三年十月、ジョージは穏やかな眠りについたまま目を覚まさなかった。遺言書にはすべてをポーランド赤十字に寄付するとあり、その執行をリチャードに頼むという短い手紙が認められていた。

リチャードはジョージの願いを文字通りに一つ残らず実行し、フロレンティナを帯同してわざわざワルシャワまで足を運んでポーランド赤十字社長と直接会ったうえで、ジョージの寄付の役立て方を相談した。ニューヨークへ帰ると、フロレンティナはバロン・グループのすべてのホテルの支配人に指示を送り、各ホテルの最高級のスイートを〈プレジデンシャル・スイート〉から〈ジョージ・ノヴァク・スイート〉に改名させた。

ワルシャワから戻った翌日の朝にリチャードが目を覚ますと、起きるのをいまかいまかと待ち兼ねていたフロレンティナが、ジョージには生前本当に多くのことを教えてもらったけれど、いま、死んでもまた一つ、新しいことを教えられたと夫に言った。

「いったい何の話だ？」

「ジョージは自分の持っているすべてを慈善目的で寄付したけど、一度も口にしなかった事実があるの。それはわたしの父がほとんど慈善目的での寄付をしていないこと、ときどき寄付をするとしてもポーランドに関わることと政治的なことに限られていたことよ。わたし自身もそれについては同罪だった。あなたがバロン・グループの年次総合報告書に慈善目的の寄付は税の控除の対象になるという付記を加えてくれていなかったら、わたしはこのことを死ぬまで思いつきもしなかったでしょうね」

「それで、いまのきみの話は、きみが死んだあとにそういう何かをするなんてことじゃないよな。いま、生きているときのことに違いない。どんなことを計画しているんだ？」

「あなたのお父さまとわたしの父を記念して基金を創設するのはどう？　二つの家族を最終的に一つにするのよ。お互いの父が生きているあいだにできなかったことを、わたしたちが生きているあいだにやりましょうよ」

リチャードは起き上がると、ベッドを下りてバスルームへ向かいながらも話しつづける妻を見つめた。

「バロン・グループからその基金へ、毎年二百万ドルを寄付するの」彼女が言った。

「使うのは基金に入ってくる収入からに限る、基金の資本金には手をつけない、という条件ならいいんじゃないかな」リチャードはいきなり口を挟んだ。

バスルームのドアが閉まり、彼女の提案を考える多少の時間を与えてくれた。新たな冒険への大胆で壮大なアプローチにいまだに驚かされるとはな、と彼は思った。もっとも、その基金が設立された瞬間から必要とされる日常業務の舵取《かじと》りをだれがするのか、そこまでは考えが及んでいないだろう。リチャードが内心でにんまりしていると、バスルームのドアが開いた。

「その基金に入ってくる収入の使い道だけど、きちんとした教育を受ける機会がなかった移民第一世代のためというのがいいんじゃないかしら」

「それとももう一つ、生まれ育ちに関わりなく、例外的な才能を持った子供のための奨学金制度があってもいいな」リチャードはベッドを出ながら言った。

「素晴らしいわ、ミスター・ケイン。ときどきでいいから両方の資格を持っただれかが出てきてくれると、なおのこといいんだけどね」

「きみのお父さんはそうだっただろうな」リチャードがそう言ってバスルームへ消えた。

サディアス・コーエンはすでに引退していたが、それでも自分がやると言って聞かず、ケイン夫妻の希望をそっくり取り込んで、基金設立のために必要な書類をひと月以上もかけて完成させてくれた。基金が発足するや、全米のメディアが飛びつき、この経済的貢献はリチャード・ケインとフロレンティナ・ケインが気前の良さと大胆なオリジナリティを組み合わせることができるというもう一つの例だと好意的に報道してくれた。

〈シカゴ・サン－タイムズ〉の記者がサディアス・コーエンに電話取材をし、基金の名前の由来を尋ねた。〈レマゲン〉という名称が選ばれたのは、ロスノフスキ少佐がそうとは知らずにケイン大尉の命を救ったのがその戦場だから、というのがコーエンの説明だった。

「あの二人が戦場で出会っていたなんて知りませんでした」記者の若い声が言った。

「当人同士も知らなかった」サディアス・コーエンは応えた。「わかったのは、二人が死んだあとだ」

「それはすごい話ですね。ところで、ミスター・コーエン、〈レマゲン基金〉の初代理事長はどなたでしょう？」

「ルイジ・フェルポッツィ教授だ」

翌年、レスター銀行とバロン・グループはともに過去最高の利益を出し、リチャードはウォール・ストリートにおける新たな勢力を確立して、フロレンティナは中東とアフリカに新たにホテルをオープンさせた。エロボ国王はナムバウェにやってきたフロレンティナに敬意を表してパーティを催した。この国の首都にホテルを建てる約束はしたものの、国王が締結した最新の国際的融資契約にレスター銀行の名前がない理由については説明を避けた。

ウィリアムはセント・ポールズ・スクールの最初の一年を上首尾に終え、父親がかつて示したのと同じ才能を数学で発揮した。父も子も数学の教師は同じ人物だったから、どっちの出来がいいかを訊くことはお互いにしなかった。アナベルは兄ほど出来はよくなかったが、ボブ・ディランに恋をしているにもかかわらず学業面で進歩していることは、担当教官も認めざるを得なかった。

「ボブ・ディランって何者？」フロレンティナは訊いた。

「知らないよ」リチャードは答えた。「もっとも、彼がアナベルにしていることは、シナトラが二十五年前にきみにしていたことと同じだと聞いてるけどね」

バロン・グループの会長として六年目を迎えたフロレンティナは、自分が同じ日々を繰り返していることに気がついた。リチャードは常に新しい挑戦を見つけているようで、ジアンニーニ・ディ・フェランティは〈フロレンティナズ〉全店を完全掌握しているらしく、訊いてくることと言えば小切手の送り先ぐらいしかなかった。バロン・グループはいまやとてもうまく動いていて、管理部門も極めて有能だったから、ある朝、フロレンティナがオフィスに姿を現わさなかったときも、特に心配した者はいなかった。

その日の夕刻、リチャードが暖炉のそばの栗《くり》色の革張りの椅子でポール・アードマンの『十億ドルの賭け』を読んでいると、フロレンティナが胸の内を声にした。

「わたし、もう飽きた」

リチャードは何も言わなかった。

「そろそろ命を懸けてもいいと思うことをするときよ、父の築いた帝国を拡大する以外にね」

リチャードは微笑したが、『十億ドルの賭け』から顔を上げなかった。

28

「私はだれでしょう、チャンスは三回です」

「ヒントはもらえないんですか？」フロレンティナは訊いたが、聞き憶《おぼ》えのある声の主を思い出せないことに少し苛立《いらだ》った。

「ハンサムで、頭がよくて、国民的なアイドル」

「ポール・ニューマン」

「残念、もう一度」

「ロバート・レッドフォード」

「もっと残念。最後のチャンスです」

「もう少しヒントをください」

「フランス語は無惨、英語も多少ましな程度で五十歩百歩、いまもあなたを愛している」

「エドワードね、エドワード・ウィンチェスターでしょう。久しぶりに聞く声だわ——もっとも、昔と少しも変わっていないけど」

「それは願望のなせる業でしかないな。ぼくはもう四十を過ぎてるんだぜ。そういえば、きみも今年は四十だろう」

「それはないの。わたし、十五年前から氷漬けになっていたの」

「そりゃ嘘《うそ》だな。知ってるぞ。きみはどんどん力をつけてるらしいじゃないか」

「あなたはどうなの？」

「シカゴの法律事務所の共同経営者《パートナー》だ。〈ウィンストン・アンド・ストローン〉のね」

「結婚は？」

「してない。きみを待つと決めてる」

フロレンティナは笑った。「これがこんなに長い時間が経ったあとでのプロポーズの電話なら教えておくべきでしょうけど、わたし、十五年以上前に結婚して、十四歳の息子と十二歳の娘がいるの」

「そういうことなら仕方がない、結婚は諦めるけど、会えないかな。個人的なことで話がしたいんだ」

「個人的なこと？　面白そうね」

「来週のどこかでニューヨークへ行ったら、昼食を一緒にどうかな？」

「楽しそうね」フロレンティナはデスク・カレンダーを確認した。「火曜日でどう？」

「わかった。一時に〈フォー・シーズンズ〉でいいかな？」

「了解」

フロレンティナは受話器を戻すと椅子に背中を預けた。この十七年、エドワードとの接触はクリスマスカードとたまの手紙ぐらいしかなかった。鏡の前に行って自分の姿を検《あらた》めた。目と口の周りに小さな皺《しわ》が何本か出てきはじめていた。横を向いて、ほっそりした体形がまだ崩れていないことを確かめた。年を取ったとは思わなかった。通りすがりの若い男性をすでに振り返らせずにはおかない娘と、見上げなくてはならないほど大きくなった十代の息子がいることは否定できなかった。フェアじゃない、とフロレンティナは思った。リチャードは四十に見えない。こめかみにわずかながら白いものが見えはじめているし、髪も以前より薄くなってはいるかもしれないけれど、引き締まって力強い身体は出会ったときとまったく変わっていない。週に二回〈ハーヴァード・クラブ〉でスカッシュをし、ほとんどの週末チェロを弾く時間がいまもあるなんて、羨ましい限りだ。いまのエドワードからの電話で、フロレンティナは初めて中年を意識した。気が滅入《めい》らざるを得なかった。次は死を考えることになるのではないか。サディアス・コーエンも一年前に世を去り、その年代で生きているのはケイト・ケインとザフィアだけになっていた。

フロレンティナは立ったまま腰を曲げて手が爪先に届くかどうか試してみた。届かなかった。それで、とりあえず嫌なことを忘れるべく、バロン・グループの月例報告書に戻った。〈ロンドン・バロン〉はメイフェアという最高の立地にあるにもかかわらず、いまだに採算が取れていなかった。どうしてかはわからないが、イギリス人というのはあり得ないほど高額の賃金をもってすれば高い失業率と労働力不足を同時に解決できると考えているらしかった。リヤドでは横領を常態化させて私腹を肥やしている上層部をほとんど全員入れ替えなくてはならず、ポーランドではいかなる通貨も国外へ持ち出すことを政府が認めていなかった。しかし、こうした小さな問題はバロン・グループ本社によって解決されるはずであり、バロン・グループ全体としては順調そのものと言えた。

フロレンティナはリチャードに対して、一九七四年のバロン・グループの利益は四千百万ドルを超える見込みなのに、レスター銀行の利益は千八百万ドルに届けばいいほうだろうと自信満々に断言した。リチャードはしかし、一九七四年までにレスター銀行の利益はバロン・グループのそれを追い越すと予言していた。フロレンティナはそれを歯牙にもかけない振りをしたが、ことが経済となるとリチャードの予測は滅多《めった》に外れないこともわかっていた。

想いがエドワードへ戻ろうとしたとき、電話が鳴った。ジァンニーニ・ディ・フェランティがパリのショウのための新作を見るかどうか訊いてきたのだった。その電話のおかげで、翌週火曜日の一時まで昔のクラスメイトのことを忘れることができた。

フロレンティナはその火曜日の一時を少し過ぎて〈フォー・シーズンズ〉に着いた。ジァンニーニの最新作、ミディ丈のボトルーグリーンのシルクのドレスにスリーヴレスのジャケットという装いだった。いまもエドワードを見分けられるだろうかといささか不安に思いながら広い階段を上がっていくと、てっぺんで彼が待っていた。同じぐらいの年配に見えることを、フロレンティナは密《ひそ》かに願っていた。

「エドワード」フロレンティナは思わず声を上げた。「全然変わっていないじゃないの」彼が笑い出した。「嘘よ」彼女はそう茶化《ちゃか》したあとで付け加えた。「わたし、昔から白髪混じりの髪が好きなの。それに、少し恰幅《かっぷく》がいいほうがあなたには似合ってるわ。わたしの故郷の立派な弁護士なら、せめてそのぐらいの貫禄《かんろく》はないとね」

エドワードはフランスの将軍のようにフロレンティナの両頰にキスをし、フロレンティナはエドワードの腕に自分の腕を通して、ボーイ長に案内されてテーブルに着いた。そこではシャンパンのボトルが二人を待っていた。

「シャンパンじゃないの、しかもボトルで。素敵ね。わたしたち、何かお祝いすることがあるのかしら?」

「またこうして会えただけでもその価値はあるさ、マイ・ディア」エドワードはフロレンティナがどこか上の空なのに気づいて訊いた。「どうかしたか?」

「いいえ、そうじゃなくて、ちょっと昔を思い出しただけよ。あなたがわたしのFDRの腕をもぎ取り、頭からロイヤルブルーのインクをかけて、わたしを床に坐《すわ》り込ませて泣かせてくれた女子ラテン語学校時代のことをね」

「ああ、あれは当然の報いだ。きみはずいぶんな自慢屋だったからな。まあ、FDRはそうじゃなかったけど、あの可哀《かわい》そうなテディベアはいまも健在かな？」

「ええ、元気よ。いまは娘の寝室を住処《すみか》にしているわ。残った腕と両脚が何とかいまも無事でいるところからすると、残念ながら、わたしより娘のほうが男の子の扱い方が上手みたいね」

エドワードが笑った。「そろそろ食事にしようか。話は山ほどあるんだ。テレビや新聞できみの活躍を知るのもいいんだが、昔と変わったかどうかを実際に会ってこの目で確かめたくてね」

フロレンティナはサーモンとサラダを、エドワードはプライム・リブのアスパラガス添えを注文した。

「是非とも知りたいものね？」

「何を？」エドワードが訊いた。

「シカゴの弁護士が昔の恋人に会うためだけに、わざわざ飛行機に乗ってはるばるニューヨークまで飛んできた理由よ。しかも、その恋人のほうはもうあなたのことを何とも思っていないのに」

「シカゴの弁護士としてきたわけじゃないし、熱が冷めてしまっている昔の恋人と話をしたいわけでもない。まあ、きみは最高だったけどね」エドワードが一拍置いた。「実は、民主党クック郡支部の財務担当者として会いにきたんだ」

「去年、民主党シカゴ支部に十万ドル寄付したわ」フロレンティナは言った。「だって、リチャードが共和党ニューヨーク支部に十万ドル献金したんですもの」

「きみが選挙のたびに第九選挙区を支援してくれているのはもちろん知っているが、フロレンティナ、ぼくが用があるのはきみの懐じゃなくて、きみ自身なんだ」

「〝きみ自身なんだ〟——いい台詞《せりふ》だわ」フロレンティナはにやりと笑って言った。「最近はまるっきり言ってもらえなくなったけどね」そして、つづけた。「いいこと、エドワード、この数年のわたしは仕事に忙殺されていて、投票に行く時間すらほとんどないし、選挙に直接関わるなんて論外なの。さらに言えば、ウォーターゲート事件以来ニクソンは大嫌いだし、アグニューはもっとひどいし、マスキーが出馬しないとなると残るのはジョージ・マクガヴァンだけだけど、全然ぴんとこなかったわね」

「だけど、間違いなく——」

「それに、わたしは夫と、まだ成人していない子供と、経営しなくちゃならない五億ドル規模の会社も抱えているの」

「そうだとして、この先二十年、何をするつもりなんだ」

フロレンティナは内心で微笑した。「五億ドルを十億ドルにするのよ」

「要するに、同じことを繰り返すわけだ。マクガヴァンとニクソンについてはきみの見方に同意する。前者は善人すぎるし、後者は悪人すぎる。どこをどう見渡してもふさわしい人物は見つからない。ただし、きみだけは別だ」

「それはつまり、七六年の大統領選挙にわたしを立候補させたいってこと？」

「そうじゃない、大統領じゃなくて下院議員だ。イリノイ州第九選挙区から立候補してもらいたい」

フロレンティナは思わずフォークを置いた。「その仕事の内容についてのわたしの記憶が正しければ、一日十八時間働かされ、家庭生活を犠牲にさせられ、有権者から好き放題に悪口雑言罵詈《ばり》讒謗《ざんぼう》を浴びせられるんじゃなかったかしら。最悪なのは、そもそもイリノイ州第九選挙区に住まなくちゃならないことよ」

「そこまで悪くはないんじゃないかな。〈シカゴ・バロン〉は第九選挙区にあるし、それに、下院は踏み台に過ぎない」

「何の？」

「上院だよ」

「言いたい放題を言ってくる有権者が第九選挙区限定じゃなくなって、州全体に拡大するだけだわ」

「そして、大統領だ」

「そうなったら、いよいよ世界じゅうが言いたい放題を言ってくるんじゃないの？　エドワード、これは女子ラテン語学校の話じゃないのよ。二重生活は不可能よ、バロン・グループの経営に加えてもう一つ――」

「そのもう一つで、きみは人から奪ったものをその人たちに還元することができるんだぞ」

「〝人から奪った〟は言い過ぎなんじゃないの、エドワード?」

「確かに言い過ぎだな、悪かった、謝るよ。しかし、きみなら国の政治の世界で役割を果たせると、ぼくは昔から信じている。きみだって昔はそう自負していただろう。そして、いまがそのときだとぼくは信じている。きみがいまも変わっていないことをこうやって確かめたからには尚更《なおさら》だ」

「でも、もう長いこと政治には草の根レヴェルでも関わっていないのよ、国のレヴェルなんてお話にならないわよ」

「フロレンティナ、きみもぼくと同じぐらいよく知っているだろう、下院にいる連中の大半はきみのような多様な経験をしていないし、きみほど頭もよくない。そして考えてみれば、それは大半の大統領についても言えることだ」

「そう言ってもらえるのは嬉しいけど、エドワード、何と言われても無理なものは無理よ」

「実はこれはぼく一人の考えではないんだ、フロレンティナ。シカゴのわれわれのグループ全員が、きみが帰ってきて第九選挙区から立候補してくれると信じているんだよ」

「ヘンリー・オズボーンが持っていた議席よね」

「五四年の選挙で民主党が奪い返したことは奪い返したんだが、新たな候補者を選定しなくてはならなくなった場合に、勝てると充分な自信を持てるほどの票差ではないんだ」

「デイリー市長はポーランド系の女性を欲しているの？」

「デイリーが欲しているのは、〈タイム〉が〝ジャッキー・ケネディとマーガレット・ミードの次にアメリカで人気がある〟と書いた女性だよ。デイリーは何としても勝ちたいんだ」

「あなた、頭がどうかしてるわ、エドワード。そんなこと、だれが必要としているの？」

「おそらくきみだと、ぼくはそう睨《にら》んでる。きみの人生のたった一日でいいからぼくにくれて、シカゴへ戻り、きみを欲している人たちに会ってくれないか。そして、この国の将来についてどう思っているか、きみ自身の言葉で語るんだ。せめてそのぐらいはしてもらえないかな、ぼくのためだと思って？」

「わかった、何日かじっくり考えてから返事をするわ。言っておくけど、リチャードはわたしの頭がおかしくなったと思うでしょうね」

その点については、フロレンティナが間違っていたことがわかった。その夜遅くなってボストン出張から帰ってきたリチャードが、次の日の朝食の席でこう言ったのである——

「昨夜、寝言を言ってたぞ」

「何て言ってた？」

リチャードが正面から妻を見つめて答えた。「そうじゃないかとぼくが以前から疑っていたことだ」

「だから、それは何？」

「〝立候補したい〟だ」

フロレンティナは沈黙した。

「エドワードがこんなに急にきみを昼食に誘った理由は何だったんだ？」

「シカゴに戻って下院に立候補してほしいと頼みにきたの」

「なるほど、それがあの寝言につながったのか。ところで、ぼくが思うに、その申し出は真剣に考えるべきだな、ジェシー。有能な女性が政治の世界に進出できないことについて、きみはずいぶん前から批判的だし、そういう公的な活動に携わっている人々の能力についても公言してきている。口先で文句を言うだけじゃなくて、そろそろ選挙のときに投票に行く以上の行動を起こすべきじゃないのかな」

「だけど、バロン・グループはどうするの？」

「ロックフェラー一族は何とか生き延びてきているだろう。ケイン一族だって何とかなるに決まってるさ。それに、いまやバロン・グループには社員が二万七千人いるんだぞ、きみの代わりが務まるのが十人ぐらいはいるんじゃないのか？」

「ありがとう、ミスター・ケイン。でも、あなたがニューヨークにいるのに、わたしがイリノイって、いったいどうやって生きていけばいいの？」

「答えは簡単だよ。ぼくが毎週末にイリノイへ行き、きみは水曜の夜にニューヨークへ飛んでくればいい。それにキャロルもずっといてくれることになったから、子供たちの心配もしなくて大丈夫なはずだ。きみが当選した暁には、ぼくが水曜の夜にワシントンへ飛ぶよ」

「あなた、しばらく前からこの案を温めていたみたいね、ミスター・ケイン」

一週間後、シカゴへ飛んだフロレンティナをオヘア空港でエドワードが迎えてくれた。土砂降りでとても風が強く、彼が両手でしっかり握り締めている大きな傘も、彼女を雨から守ることができなかった。

「どうしてシカゴへ帰りたかったか、いま理由がわかったわ」フロレンティナはびしょ濡れになって寒さに震えながら車に飛び込んだ。市内へ戻る車内で、会うことになっている人たちのことをエドワードが説明してくれた。

「民主党のために働いてくれている人たちや忠実な支持者ばかりで、きみのことは活字かテレビでしか知らない。きみに手が二本、足が二本しかなくて、頭の形が自分たちと同じだと知ったら、さぞや驚くはずだ」

「何人ぐらい集まりそうなの？」

「六十人ぐらいかな。七十人ということは滅多にないんだ」

「その人たちと会って、国のことについてのわたしの考えを短く話すだけでいいのね？そのあとは帰ってもいいのね？」

「きみがそうしたければね」

車がランドルフ・ストリートの民主党クック郡支部の前で停《と》まった。そこに入るのはアドレイ・スティーヴンソンを応援して電話係を務めたとき以来だった。ミセス・カラミッチという恰幅のいい飾らない女性がほとんどお辞儀をせんばかりにして迎えてくれ、メイン・ホールへ案内してくれた。フロレンティナが仰天したことに、そこはぎっしり満員で、後ろのほうには立っている人までいた。フロレンティナが入っていくと、全員が拍手をしはじめた。

「あなた、六十人ぐらいだって言ったじゃないの、エドワード」フロレンティナはささやいた。

「ぼくだって負けず劣らずびっくりしてるさ。七十はあるかもしれないとは予想していたが、三百とは夢にも思わなかった」

フロレンティナは選出委員の面々に紹介され、登壇させられて、いきなり緊張と不安に襲われた。

エドワードの隣りに着席すると、そこがひどく寒く、それでも目に希望を宿した人々、フロレンティナが日々当たり前のように思っている特権など滅多に享受できない人々で埋め尽くされていることがわかった。〈ブルックス・ブラザーズ〉のスーツに身を固め、ディナーの前にマティーニを楽しむ重役連が並ぶ、バロン・グループの重役室とは大違いだった。フロレンティナは人生で初めて、裕福であることを恥ずかしく思い、金持ちぶりが表に出ていないことを祈った。

エドワードが壇上中央の席から立ち上がった。

「お集まりの紳士淑女のみなさん、今夜、アメリカの人々の尊敬と羨望の的となっている女性をここに紹介できることは私の喜びとするところです。彼女は世界最大の経済帝国の一つを築くことに尽力してきましたが、私の信じるところでは、いまや政治的実績を、もっと大きなスケールで築くことも可能であるはずです。彼女が今夜、この場所で、そのスタートを切ってくれることを願うものであります。では、ミセス・フロレンティナ・ケインをご紹介します」

フロレンティナは緊張して立ち上がった。スピーチの準備をする時間を充分に取れなかったことが悔やまれた。

「ありがたいお言葉をくださってありがとうございます、ミスター・ウィンチェスター。故郷シカゴへ戻ってきて、本当に素晴らしい思いをさせてもらっています。寒い雨の夜にもかかわらず、わたしのためにこんなに多くのみなさんに足を運んでいただき、感謝に堪えません。

「わたしもみなさんと同様、今日の政治指導者に失望しています。わたしは強いアメリカを常に信じてきました。わたしが政治という戦いの場に入った暁には、三十年前にフランクリン・デラノ・ローズヴェルトがこの町で言った言葉、〝公共への奉仕ほど偉大な仕事はあり得ない〟を体現すべく専心するつもりです。

「わたしの父はポーランドからの移民としてこのシカゴへやってきましたが、これほどの大きな成功を収めることはアメリカ以外では不可能でした。わたしたちの一人一人が愛する国の運命のなかでそれぞれの役割を演じなくてはなりませんし、自分たちの候補者として考慮すべくわたしを呼んでくださったみなさんの親切を忘れることは終生ありません。ただし、軽々しく最終決断をするつもりのないことは、はっきり申し上げておく必要があると考えます。今夜は長いスピーチを準備していませんが、それはみなさんが重要だと考えておられる質問にお答えするほうがいいだろうと考えたからです」

席に戻ったフロレンティナに、三百人の人々から熱狂的な拍手が送られた。それが静まると、フロレンティナはアメリカのカンボジア爆撃から中絶の合法化、ウォーターゲート事件からエネルギー危機まで、様々な質問に答えていった。事実と数字を掌を指すように頭に叩き込んでいない会合に出たのはこれが初めてだったが、自分がこれほど多くの問題にこれほど強い関心を持っていたことに、われながら改めて驚くことになった。一時間以上が過ぎて最後の質問に答え終わると、参加者が総立ちになって叫びはじめた。「ケインを議会へ！」それは彼女が演壇を下りるまで止《や》みそうになかった。人生で滅多にないことだったが、さすがのフロレンティナもどうしていいかわからなくなった。そこへエドワードが助け舟を出してくれた。

「みんながきみを気に入ることはわかっていたんだ」エドワードが嬉しさを隠そうともせずに言った。

「でも、わたしのスピーチは散々の出来だった」フロレンティナは会場の騒音に負けじと声を張り上げた。

「それなら散々の出来じゃないときのきみがどんなふうかを、早く見せてもらいたいものだな」

エドワードのあとについて演壇を下りると、群衆が押し寄せてきた。青白い顔をした車椅子の男性の手が何とか腕に触れることに成功し、フロレンティナを振り返らせた。

「サムだ」エドワードが紹介した。「サム・ヘンドリック、ヴェトナムで両脚を失ったんだ」

「ミセス・ケイン」サムが言った。「憶えていらっしゃらないでしょうが、昔、このホールで、あなたと一緒に封筒舐《な》めをしたことがあるんですよ。スティーヴンソンのためにね。もしあなたが下院に立候補すると決まったら、私も妻もあなたを当選させるために昼夜兼行で働きます。あなたが戻ってきて私たちの代表になってくれるのを、シカゴのほとんどの市民が長いあいだ待っているんです」車椅子を押していた彼の妻が笑顔でうなずいた。

「ありがとうございます」フロレンティナは応え、踵《きびす》を返して出口へ向かおうとしたが、好意的に伸ばされた手にまたもやさえぎられることになった。フロレンティナが出口でふたたび足を止めると、今度は二十五歳ぐらいの若い女性が言った。「わたしもラドクリフなんです、ホイットマンのあなたがいたのと同じ部屋に住んでいました。あなたと同じく、かつて、ソルジャー・フィールドでケネディ大統領の演説を聴きました。アメリカは新たなケネディを必要としています。それが女性でもいいんじゃないでしょうか?」

フロレンティナは情熱的でやる気に満ちた若い顔を見つめた。「いまは卒業してシカゴで仕事をしています」その女性がつづけた。「でも、あなたが立候補したら、その日には千人ものイリノイ州の学生があなたをワシントンへ送り出そうと集まってくるはずです」

フロレンティナは名前を訊こうとしたが、出口へ進んでくる人たちに押されてしまって叶《かな》わなかった。ようやくエドワードがその人たちを掻《か》き分けるようにして道を開け、待たせてあった車にフロレンティナを押し込んだ。空港へ向かう車のなかで、彼女は沈黙をつづけた。オヘア空港に着くと、アフリカ系アメリカ人の運転手が飛び降りて後部席のドアを開けてくれた。フロレンティナは彼に礼を言った。

「どういたしまして、ミセス・ケイン。南部にいる同胞のためにあなたが声を上げてくださったことに、私のほうこそお礼を申し上げたいのです。同一賃金を実現する戦いにあなたが先頭に立って味方してくださったからこそ、アメリカのすべてのホテルが追随しなくてはならなくなったのですから、私たちはそのことを忘れるわけにはいきません。ついにあなたに一票を投じる機会を得られることを、心から願っています」

「もう一度お礼を言わせてもらいます、どうもありがとう」フロレンティナは笑顔で応えた。

　エドワードがターミナルへ連れていってくれ、出発ゲートへ案内してくれた。

「帰りの便には余裕で間に合ったな。きてくれてありがとう、フロレンティナ。考えが決まったら知らせてくれ」間があった。「指名を受けられないという結論になったとしても、きみの気持ちは常に理解するつもりだ」

「どうして自分が立候補しないの、エドワード？」

「きみには到底敵《かな》わないからさ。これからだって、それは変わらないだろう」エドワードは彼女の頰に軽くキスをすると、それ以上は何も言わずに帰っていった。

帰りの機内では独りで席に坐り、今夜あったこと、予想もしなかった圧倒的な好意に満ちた歓迎のことを考えた。あのホールのあの光景を父に見せられなかったのが残念だった。

客室乗務員が飲み物は何がいいかと訊いてきた。

「ありがとう、でも、結構よ」

「ほかにご用はございませんか、ミセス・ケイン?」

自分の名前をその若い女性が知っていることに驚いて、フロレンティナは顔を上げた。

「以前、あなたのホテルで働いていたことがあるものですから」

「どこかしら?」フロレンティナは訊いた。

「〈デトロイト・バロン〉です。バロン・グループのホテルは、どこでも常に客室乗務員の一番人気なのです。あなたがホテルを経営なさっているやり方でアメリカが経営されさえすれば、いまわたしたちが直面している状況に陥らずにすむのではないでしょうか」彼女はそう言い残して、通路を移動していった。

〈ニューズウィーク〉をめくっていくと、〝ウォーターゲート事件はどこまで波及するか〟というキャプションの下に、アーリックマン、ホールドマン、そして、ディーンの顔写真があった。フロレンティナはその顔写真をつくづく眺めてから雑誌を閉じた。表紙はニクソンで、〝大統領はいつ知らされたか?〟と謳《うた》われていた。

東六十四丁目に帰り着いたのは夜半を少し過ぎたころだった。リチャードはまだ起きていて、暖炉のそばの栗色の椅子から立ち上がって妻を迎えた。

「どうだった？　アメリカ合衆国大統領選挙に立候補してくれと頼まれたか？」

「それはないけど、下院議員フロレンティナ・ケインはどうかしら？」

フロレンティナは翌日、エドワードに電話をした。「民主党下院議員候補として名乗りを上げさせてもらいます」

「ありがとう。ぼくの気持ちをもっときちんと伝えるべきだとは思うんだが、とりあえずはこう言うにとどめるよ――感謝する」

「エドワード、わたしが断わったらだれが立候補することになっていたのか、訊いてもいいかしら？」

「そもそもはぼく自身が推されていたんだ。だけど、ぼくの胸の内にはもっといい候補者がいて、その名前を教えたというわけだ。今回ばかりはその人物もぼくの忠告を受け容れてくれるという確信があったからね、たとえその人物が大統領になるとしてもだ」

「わたし、生徒会長にもなれなかったのよ」

「ぼくは生徒会長になったけど、結局のところ、いまだにきみに仕えているじゃないか」

「わたし、どこから始めるのかしら、コーチ？」

「予備選挙は三か月後だ。だから、これから秋まで、週末は全部空けておいてもらうほうがいいな」

「もう今週末から空けてあるわ――それから、あのラドクリフ出身の若い女性がだれだったかわからないかしら、ホールの出口でわたしを捕まえて、ケネディのことを話してくれた彼女だけど？」

「あの子ならジャネット・ブラウンだよ。あんなに若いのに、もうシカゴ市福祉課で最も尊敬されているケースワーカーの一人だ」

「彼女の電話番号を教えてもらえるかしら？」

その週のバロン・グループの重役会で、フロレンティナは自分の決断を伝えた。重役会は驚く様子もなく、リチャードをグループの共同会長に指名して、彼とフロレンティナの空席を埋めるべく新たに二人の重役を選出した。

フロレンティナはジャネット・ブラウンに電話をし、フルタイムの政治補佐官の仕事を依頼した。ありがたいことに二つ返事で引き受けてくれた。そのあと、秘書を新たに二人増やして、政治関係の仕事に専念してもらうことにした。最後に〈シカゴ・バロン〉に電話をして、三十八階を全部空けておくよう指示し、少なくとも今後一年は、その階全体をいつでも自由に使えるようにしておいてもらう必要があると念を押した。

「どうやら、いよいよ本腰を入れるようだな？」その日の夜、リチャードが言った。

「そりゃそうでしょうよ。だって、あなたがファースト・ジェントルマンになるのなら、わたしが死に物狂いで頑張らないといけないんだから」

29

「反対は多いかしら？」

「反対があるとしても、大勢に影響はないよ」エドワードが言った。「対抗馬が一人か二人出てくるかもしれないが、選出委員会は全員がきみを推している。真の戦いの相手は共和党だ」

「共和党がだれを立ててくるかはもうわかってるの？」

「いや、まだだ。情報源によると、二人に絞られているらしい。引退することになっている現議員が推しているらしいレイ・バックと、市議会議員を八年務めているスチュアート・ライルだ。二人とも、候補になった暁には手強《てごわ》い選挙運動を仕掛けてくるだろうが、それは差し当たって問題じゃない。残されている時間がほとんどないも同然なんだから、民主党の予備選挙に集中することが最優先だ」

「予備選挙の投票に行く有権者はどのぐらいなの？」フロレンティナは訊いた。

「確かなことは言えないな。わかっているのは、ざっと十五万人の登録民主党員がいて、投票率が普通は四十五パーセントから五十パーセントということだけだ。だとすると、投票総数は七万から八万というところじゃないかな」

エドワードがシカゴの大きな地図を広げてフロレンティナの前に置いた。

「選挙区の境界は赤い線で示してあるが、南はイースト・シカゴ・アヴェニューから北はエヴァンストンまで、西はレイヴンズウッドとウェスタン・ハイウェイから東は湖までだ」

「その区割りはヘンリー・オズボーンの時代から変わっていないわよね」フロレンティナは言った。「だったら、すぐにわたしを思い出してもらえるわ」

「そうであってくれることを祈ろう。なぜなら、われわれのこれからの主な仕事は、この選挙区内のすべての民主党員に、新聞、広告、テレビ、集会を通して、きみがどういう人物かを知らしめることなんだから。彼らが新聞を開いたり、ラジオをつけたり、テレビを観《み》たりするとき、フロレンティナ・ケインは常にそこにいなくちゃならない。きみは常に、どこであろうと自分たちとともにいて、自分たちにしか関心がないと信じさせなくてはいけないんだ。実際、いまから三月十九日までにシカゴで開かれる大規模集会には何が何でも絶対に顔を出さなくちゃ駄目だ、欠席は一度たりと許されないからな」

「わかった」フロレンティナは言った。「もう〈シカゴ・バロン〉に選挙本部を設置したわ。父の先見の明のおかげで、選挙区のど真ん中という立地よ。だから、週末は必ずこっちにいて、平日で時間があるときは向こうで家族と過ごそうと考えているんだけど、とりあえずはどこから始めればいい？」

「次の月曜日に記者会見を予定している。場所は民主党支部の選挙本部だ。短いスピーチをしたあと、質疑応答だ。それがすんだらコーヒーを出すから、そのときに重要人物と顔を合わせて話してくれ。きみは頭の回転も速いし、自分で考えられるから、メディアとの丁々発止《ちょうちょうはっし》も楽しんでやれるはずだ」

「特に注意することはない？」

「ないな、ありのままのきみでいればいい」

「あなた、死ぬまで後悔することになるかもよ」


結局、エドワードの判断は正しかった。フロレンティナが記者会見冒頭で行なった短いスピーチのあとの質疑応答では、記者の手が続々と、いつ終わるともなく挙がりつづけた。指名されて立ち上がった記者の名前を、エドワードが小声で教えてくれた。

一番手は〈シカゴ・デイリー・ニューズ〉のマイク・ロイコだった。

「ニューヨークの女性大富豪がイリノイ州第九選挙区から立候補するのが妥当だとお考えの理由を教えてください」

「その質問についてまず申し上げますが」フロレンティナは立ち上がって質問に答えた。

「わたしはニューヨークの女性大富豪ではありません。わたしはここシカゴのセント・ルーク総合病院で生まれ、リッグ・ストリートで育ちました。父は着の身着のままでこの国にやってきて、まさにこの第九選挙区でバロン・グループを立ち上げたのです。今日、この国の領内にやってくる移民の人たちが——それがヴェトナムからだろうとポーランドからであろうと——わたしの父と同じ目標に到達する機会を保証すべく、わたしたちは常に戦わなくてはならないと、わたしは固く信じるものです」

エドワードが次の記者を指名した。

「公職を追求するとき、女性であることは不利だとお考えですか?」

「有権者が情報不足で考えが限定されている人物であれば、不利だと考えると答えざるを得ないでしょう。しかし、有権者がそういう時代遅れの偏見を過去のものと見なす聡明《そうめい》な人物であれば、不利ではないと考えます。ここにいるみなさんのだれかが、今日、帰る途中で交通事故にあったとして、現場に真っ先に駆けつけた医師が女性だからといって、手当てを受けることに二の足を踏みますか?　女性だとか男性だとかいう問題についても、宗教のそれと同じように、そもそも無関係だともうすぐ見なされるようになることを期待しています。かつて人々はジョン・F・ケネディに対し、あなたはローマ・カトリックだが、それゆえに大統領として不適格かもしれないとは考えないかと問いました。それがもう一世紀も前のことのようではありませんか。わたしの見るところでは、テッド・ケネディにそんな質問をする人は、今日、もはやいないはずです。ほかの国では、すでに女性が主導的役割を果たしています。イスラエルのゴルダ・メイア、インドのインディラ・ガンジーがそうですが、この二人とてほんの一例にすぎません。二億三千万の人々が住む国で、百人の上院議員に女性が一人も含まれず、四百三十四人の下院議員のなかにも十六人しかいない現実を、わたしはとても残念に思っています」

「家族のなかであなたがズボンを穿《は》くことについて、ご主人はどうお考えでしょう?」どうでもいい、大きなお世話の質問だった。

「夫は聡明すぎるぐらい聡明で、成功しすぎるぐらい成功していますから、そのような、どうでもいい、大きなお世話の疑問は頭に浮かぶことすらないと思います」

「ウォーターゲートについてはどう考えておられますか?」

「アメリカ政治史における悲しい事件であり、遠くない将来に過去の、しかし、忘れられないものになることを願っています」

「ニクソンは辞職すべきだと考えますか?」

「それは倫理の問題であり、大統領が自ら決めることです」

「あなたがニクソン大統領なら辞任しますか?」

「わたしはホテルに忍び込む必要がありません。すでに百四十三のホテルを持っていますから」どっと笑いが起こり、それに拍手がつづいて、フロレンティナは多少自信を深めた。

「ニクソン大統領は弾劾されるべきだとお考えですか？」

「それは司法委員会が考慮中の証拠に基づいて、下院が判断すべき事柄です。そこには、ニクソン大統領が公開するとすればですが、ホワイトハウスの録音テープも含まれます。ですが、エリオット・リチャードソン司法長官が自ら職を辞したことに心を動かされなかったアメリカ国民はいないはずです。何しろ、その高潔さを一度として疑われたことのない人物なのですから」

「妊娠中絶についての立場を聞かせてください」

「つい先週、メイソン上院議員が同じ質問の罠《わな》にはまって、問題発言だと騒ぎになりましたよね。あのとき、彼はこう答えたのでした――〝紳士諸君、それは下半身、しかも股間の問題を狙った卑怯《ひきょう》な反則だ〟。でも、わたしは同じ手には乗りません」フロレンティナは笑いが収まるのを待って、もっと真面目な口調に戻った。「わたしは生まれも育ちもローマ・カトリックです。ですから、母の胎内の宿っている命は守られるべきだと強く感じています。それでも、中絶が必要な場合、あるいは、倫理的にも正しいと見なされる場合があると考えてもいます。もっとも、処置を行なうのは資格を持った医師でなくてはなりませんが」

「例を上げていただけますか？」

「最も明白なのはレイプによる妊娠です。母体が危険な場合も同様でしょう」

「その考えはあなたの教会の教えに反しませんか?」

「反します。しかし、教会と国は分けて考えるべきだと、わたしはずっと信じています。公職を志す者には、ときとして、人々が常に歓迎してくれるとは限らない立場に立つ覚悟がなくてはなりません。それをわたし自身の言葉では望み得ないほど見事に、エドマンド・バークがまとめてくれています。〝あなたたちの代表があなたたちに負っているのは、勤勉であることだけでなく、判断することもそこに含まれる。もし自身の判断を曲げてあなたたちの意見に従うのであれば、それはあなたたちへの奉仕ではなく、裏切りである〟」

エドワードはいまの引用が切り札になったと見て取り、勢いよく立ち上がった。「さて、メディアのみなさん、そろそろ一息入れることにして、コーヒーでもいかがですか。そのあいだに、ミセス・ケインと直接話していただく機会もあるでしょうし――もっとも、彼女が第九選挙区を代表するにふさわしいとわれわれが考えた理由は、もうおわかりだと確信してはいますが」

それからの一時間、フロレンティナはさらなる個人的、政治的な質問の集中砲火を浴びることになった。そのなかには、私生活を詮索するような、普段なら腹を立てるべき質問もあったが、何であれ公人でありながらプライヴァシーを守りつづけるのは、あるいは守りつづけようとするのは不可能であることを、フロレンティナは速い速度で学びつつあった。記者の最後の一人が帰ると、コーヒーの一杯も飲む時間がなかったフロレンティナは崩れ落ちるようにして椅子に坐り込んだ。

「すごかったですよ」ジャネット・ブラウンが言った。「そう思いませんか、ミスター・ウィンチェスター?」

エドワードが微笑した。「まあ、すごいとまでは言わないが、いい出来ではあった。ただし、これはぼくが悪いんだが、私企業の会長と公職への立候補者との違いをあらかじめ教えておくべきだったよ」

「何が言いたいの?」フロレンティナは意外に思って訊いた。

「この会場にいた記者のなかには非常に強い影響力を持っている者がいて、自分のコラムを通じて毎日何十万という読者に発信している。きみを個人的に知っていることを書かずにはいないだろうが、きみは一人あるいは二人に対して少しよそよそしかったし、〈トリビューン〉の記者にはまさに無礼だった」

「あの家族のなかでズボンを穿く云々《うんぬん》という質問をした記者のこと?」

「そうだ」

「だったら、どう答えればよかったの?」

「冗談にしてしまえばよかったんだ」

「冗談にするも何も、面白くも何ともない質問だったじゃないの、エドワード。無礼だったのは向こうよ」

「そうかもしれないが、きみは公職への立候補者だが、向こうはそうじゃない。だから、言いたいことを言いたいように言っていいんだ。それから、シカゴの五十万人以上が、毎日彼のコラムを読んでいることを忘れないでくれ。そこにはきみの有権者の大半が含まれている」

「それはわたしに妥協しろってこと?」

「そうじゃない。ぼくはきみに当選してほしいんだ。下院に入りさえすれば、きみに投票したのが正しかったことをみんなに証明できる。だけど、いまのきみはまだその価値を証明していない。それなのに、たくさんの敵を作ろうとしている。きみは女性で、ポーランド系で、女性大富豪だ。この三つが組み合わされれば、ほとんどの普通の市民はありとあらゆる偏見と嫉妬を覚えるのが普通なんだ。そういう感情に対抗するには、ユーモアと優しさと、きみと同じ特権を享受していない人々への関心を持っているように見せるしかない」

「エドワード、やっぱりわたしじゃなくて、あなたが立候補すべきだったのよ。あなたのほうが公職に向いてるわ」

エドワードが首を横に振った。「間違いなくきみが最適任者だ、フロレンティナ。だけど、いま気がついたんだが、きみは新しい環境に順応するのに少し時間がかかりそうだ。まあ、ありがたいことに、昔からきみは覚えが早いからな。ところで、きみが声を大にして言った心情に同意するにやぶさかではないが、きみは過去の政治家を引用するのが好きなようだから、ジェファーソンのこの金言も忘れないでくれ――〝しなかったスピーチのせいで票を失うことはできない〟だ」

エドワードが正しかったことがふたたび証明された。翌日の新聞のフロレンティナに対する反応は様々で、〈トリビューン〉の記者に至っては、自分の政治記者歴のなかで出会った最悪の日和見主義的落下傘候補者であるとこき下ろし、シカゴは地元にいる最適な候補者を見つけられるはずなのに、と疑問符をつけたうえで、さもなければ、読者に初めて共和党候補を推薦しなくてはならなくなると締めくくっていた。フロレンティナはその記事を読んでぞっとしたが、新聞記者の自尊心はときとして政治家の自尊心以上に傷つきやすいという事実に、それほど時間がかからずに順応した。週の何日かはシカゴに落ち着き、人に会い、メディアの取材に応じ、テレビに出演し、選挙資金を集め、リチャードの顔を見ると必ずそのすべてを繰り返し話して聞かせるという生活が始まった。エドワードでさえ潮目が彼女に有利に変わったと自信を持ちはじめたとき、最初の一撃が襲ってきた。

「ラルフ・ブルックス？　いったいだれ？」フロレンティナは訊いた。

「地元の弁護士で、非常に聡明で、非常に野心的だ。彼の目標は州検事を経由しての連邦判事にあると以前から睨んでいたんだが、どうやら見込み違いだったようだ。それにしても、だれが推しているんだろうな？」

「手強いの？」フロレンティナは訊いた。

「間違いない。地元の人間で、シカゴ大学を卒業したあと、イェール大学のロウ・スクールへ行っている」

「年齢《とし》は？」フロレンティナは訊いた。

「三十代後半だ」

「そして、もちろんハンサムときてるんでしょ？」

「超の字がつくな」エドワードが言った。「やっこさんが法廷に立つと、女性陪審員の全員が彼に勝たせたがると決まっているんだ。だから、ぼくはなるべく彼との対決を避けることにしている」

「その万能選手につけ入る隙はないの？」

「もちろん、ある。この町で弁護士をしていれば、だれでも何人かは敵ができる。それに、デイリー市長は彼の出馬を喜ばないに決まっている。何しろ、ラルフ・ブルックスは彼の息子のライヴァルだからな」

「そのラルフ・ブルックスについて、わたしは何をするの？」

「何もしない」エドワードが言った。「訊かれたら、決まり文句で答えるだけでいい。民主主義が機能して、最適な男性、もしくは女性が選ばれることを祈ります、だ」

「予備選挙まで、彼には五週間しかないのよ」

「それが利巧な戦術になる場合がときとしてあるんだ。きみが疲れ、退屈したメディアが自分のほうを向いて取り上げてくれるのを狙ってるんだな。この件で一ついいことがあるとすれば、ミスター・ブルックスのおかげでこっちの運動員の気持ちがもう一度引き締まることだ。いまや難しい戦いになると全員が覚悟しているはずだからな。それに、共和党と戦うときのいい予行演習にもなる」

依然として自信ありげな言葉にフロレンティナは安心したが、エドワードは後に、接戦になるという予想をジャネット・ブラウンに打ち明けていた。それからの数週のあいだに、大接戦になっていることがフロレンティナにもわかるようになった。行くところ行くところ、その直前にラルフ・ブルックスが機先を制して現われているようだった。重要な問題についてメディア向けの発表をするたびに、ラルフ・ブルックスがやはり機先を制して、前夜のうちに自分の意見を明らかにしていた。しかし、予備選挙の投票日が近づくにつれて、彼のリングで戦い、そこで彼を打ち負かすことを学んでいった。しかし、世論調査でフロレンティナの優勢がわかった時点で、フロレンティナが予想もしていなかった切り札をブルックス陣営が切ってきた。フロレンティナがその詳細を知ったのは、〈シカゴ・トリビューン〉の一面だった。

〝ブルックス、ケインに討論を挑む〟という見出しが躍っていた。彼の法廷での経験と反対尋問の技術を考えれば、侮りがたい敵であることはフロレンティナにもわかった。新聞が通りの売店に並んで何分も経たないうちに、フロレンティナの選挙本部の電話にメディアの問い合わせが殺到した。挑戦を受けるのか？　ブルックスを避けるのか？　シカゴ市民には両候補者が諸問題について討論するのを聞く権利があるのではないか？　ジャネットが何とか防戦に努めて頑張っているあいだに、フロレンティナは急いでエドワードと相談した。彼女はその三分の相談のあいだに急いで声明文を書き、ジャネットがすべての問い合わせに応えてそれを読み上げた。

「フロレンティナ・ケインは喜んでラルフ・ブルックスからの討論への招待を受け容れ、相まみえる機会を楽しみにするものであります」

エドワードがその週のうちに代理人を立て、ブルックス陣営の選挙対策本部長と話し合わせて、討論の場所と日時を決めた。

　双方の合意で、討論会の日取りは予備選挙の前の木曜日、会場はウェスト・トゥーイにある〈バーナード・ホーウィッチ・ジューイッシュ・コミュニティ・センター〉と決まった。CBS系列の現地テレビ局が討論会の中継に同意するや、この討論会の出来が選挙の帰趨《きすう》に大きく影響することを覚悟した。フロレンティナは何日もかけてスピーチの準備をし、エドワード、ジャネット、そして、リチャードを相手に想定問答を繰り返した。ミス・トレッドゴールドのこと、彼女と一緒にウールソン賞奨学金試験の準備をしたことが記憶によみがえった。

討論会当日の夜、会場となったコミュニティ・センターはすべての席が埋まり、後ろのほうに立っている者、窓の下枠に腰かけている者までいた。リチャードもニューヨークから飛んできて、討論会が始まる三十分前に、フロレンティナと一緒に会場入りした。そのあと、フロレンティナがテレビ用のメイクアップという試練に耐えているあいだに、リチャードは最前列の席に案内された。

フロレンティナは温かい拍手に迎えられて会場に入り、ステージに設置された席に腰を下ろした。やや遅れて、ラルフ・ブルックスがやはり熱心な拍手に迎えられ、いささか自意識過剰気味に髪を掻《か》き上げながら、颯爽《さっそう》とした足取りで自分の席へ向かった。会場にいる女性が一人の例外もなく彼を注視し、フロレンティナもそこに含まれていた。第九選挙区民主党議会委員会委員長が二人を歓迎したあとで、ステージの端へ連れていき、それぞれが冒頭演説を行ない、それから質疑応答に移って、最後に締めくくりの演説をするという手順を改めて確認した。フロレンティナもラルフ・ブルックスも同意を示してうなずいたが、委員長は何日も前に両陣営の代理人によって合意されたことを繰り返したに過ぎなかった。そのあと、委員長はポケットから真新しい五十セント硬貨を取り出した。フロレンティナはジョン・ケネディの顔を見つめた。委員長が硬貨を指で弾いて宙に浮かせ、フロレンティナは表を選んだ。床に転がったケネディが彼女を見つめていた。

「後攻にします」フロレンティナは即答した。

それからは一言も発することなく、二人は席に戻った。フロレンティナはエドワードの右に、ラルフ・ブルックスが左に腰を下ろした。八時きっかりに司会者が木槌《きづち》を振り下ろし、会場に静粛を求めた。「まずミスター・ブルックスが、つづいてミセス・ケインが冒頭のスピーチを行ないます」

ラルフが立ち上がり、フロレンティナは長身のハンサムな男を見上げた。映画監督が大統領役を探しているとしたら、ラルフ・ブルックスに白羽の矢を立てるに違いないと認めざるを得なかった。ラルフが口を開いた瞬間から、最強のライヴァルはここにいる、シカゴを出てまで探す必要はないとわかった。ラルフは緊張している様子もなく、自信に満ちていて、職業柄、言葉に説得力があった。

「紳士淑女、民主党の仲間のみなさん」と、彼は始めた。「今夜、みなさんの前に立っている私は、まさにこのシカゴで人生を歩んでいる生え抜きのシカゴ人です。わたしの曾祖父はこの町で生まれ、ブルックス一族はそれから四世代にわたってラ・サール・ストリートに法律事務所を構えて、常に力の及ぶ限り、この共同体のために尽くしてきました。私は今日、人々の代表は必ずその地の草の根の者であるべきだという信念のもとに、みなさんの下院議員候補者として名乗りを上げようと考えます。私は対立候補のように巨額の富を自由にできる身ではありませんが、みなさんが富に勝ると感じてくださるに足る献身と関心をこの地域に捧《ささ》げる覚悟です」拍手喝采が轟《とどろ》いたが、フロレンティナはそれに加わっていない人々がそこここにいるのを見て取った。「犯罪防止、住宅、公共輸送、健康といった諸問題について、私は数年前からシカゴの法廷において、公共の利益が得られるよう努力をつづけてきました。これからはアメリカ合衆国下院において、みなさんの利益を得るべく努力したいと考えます」

フロレンティナはよく練り上げられた一言一言に熱心に耳を傾け、着席したラルフに前にも勝る拍手が送られて鳴りやまないことにも驚かなかった。委員長が立ち上がり、フロレンティナを紹介した。その紹介が終わって立ち上がったものの、フロレンティナはこの場から逃げ出したい衝動に駆られていた。リチャードが最前列から笑顔を送ってくれて、ようやく自信を取り戻すことができた。

「わたしの父は五十年以上前にアメリカにやってきました」フロレンティナは始めた。「最初はドイツ人から、次はロシア人から逃れて、この国にたどり着いたのです。ニューヨークでの独学のあと、このシカゴへ移り、いまはわたしが会長を務めるホテル・グループの礎を、まさにこの第九選挙区に造りました。いまこのグループは全米各州に例外なくホテルを持ち、二万七千人の人たちに仕事をしてもらっています。父は事業の絶頂期にこの国を出てドイツと戦い、青銅星章を授与されて帰国しました。わたし自身、この町で生まれ、この会場から一マイルと離れていない学校に通いました。シカゴの教育が、わたしが奨学金を獲得して大学へ行くことを可能にしてくれたのです。いま、わたしが故郷へ戻ったのは、わたしのアメリカン・ドリームを可能にしてくれた人々の代表になりたいと考えたからです」

このスピーチも大きな拍手喝采をもって迎えられたが、やはりそれに参加していない人がそこここにいるのを、フロレンティナは今度も見て取った。「金持ちに生まれたという理由で公職に就くのを阻まれるのは、わたしの望むところではありません。もし金持ちであることでその資格がないというのであれば、ジェファーソン、ローズヴェルト、そして、ケネディは、公職に就けなかったはずです。父親が移民だという理由で公職に就くのを阻まれるのは、わたしの望むところではありません。もし移民であることでその資格がないというのであれば、この共同体が衆知の最も偉大な市長の一人、アントン・サーマクは市庁舎の住人になれなかったはずです。そしてまた、わたしが女性であることでその資格がないというのであれば、アメリカの全人口の半分は、わたしと同様、資格がないことになります」今度は会場のすべてから拍手喝采が起こった。フロレンティナは深呼吸をした。「わたしは移民の娘であることを悪いとは思いません。金持ちであることを悪いとは思いませんし、女性であることを悪いとは思いませんし、アメリカ合衆国下院でシカゴのみなさんの代表を務めたいと考えることを悪いとも思っていません」耳を聾《ろう》せんばかりの拍手が轟いた。「みなさんを代表することがわたしの運命でなかった場合は、わたしはミスター・ブルックスを支えます。一方、もしわたしがみなさんの候補者に選ばれたら、わたしの会社を世界一成功したホテル・グループにすべく注いでいるのと同じエネルギーと献身をもって、シカゴが直面している諸問題に取り組むことをお約束します」

席に戻っても拍手喝采が鳴りやむことはなく、フロレンティナは笑顔の夫を見て初めて緊張がほどけた。会場に目を凝らすと、いまも立ったまま拍手をしている人々――もっとも大半が彼女のスタッフだったが――がいた。時計を見ると八時二十八分で、タイミングも完璧だった。テレビでは人気の番組「ラフ－イン」が始まり、もう一つのチャンネルではシカゴ・ブラック・ホークスがウォーミングアップを開始するころだった。これから数分のあいだに多くの人がこのチャンネルから別のチャンネルへ切り替えるはずであり、ラルフ・ブルックスの苦い顔から判断すると、彼も同じようにテレビ放送のスケジュールを意識しているようだった。

質疑応答――意表を突く質問は一つもなかった――と締めくくりのスピーチのあと、フロレンティナとリチャードは支持者に囲まれた会場をあとにし、〈シカゴ・バロン〉に戻った。そして、劇評がわかるのを待つ俳優のように、ベルボーイが届けにくるはずの新聞各紙の第一版を緊張して待った。形勢は概《おおむ》ねフロレンティナに有利で、〈トリビューン〉でさえ接戦と判定していた。

投票日までの最後の三日間、フロレンティナは選挙区を忙しく経巡って握手をしつづけ、ミシガン・アヴェニューを端から端まで歩き通した。毎晩倒れ込むようにして熱い風呂に入り、朝は湯気の立つコーヒーカップを持ったリチャードに起こされて、またもや狂乱の一日が始まることになった。

「ようやく裁きの日がきたな」リチャードが言った。

「遅すぎるぐらいよ」フロレンティナは言った。「こんなこと、もう一度やれと言われても、足が聞く耳を持ってくれる自信はないわね」

「その心配は無用だ。今夜、すべてが明らかになる」リチャードが〈フォーチュン〉の向こうから言った。

フロレンティナは起き上がると、防縮加工をした――もっとも、その日の終わりには自分が皺くちゃになっている予感がしたが――シンプルなブルーのスーツに着替えた。そして、ミス・トレッドゴールドが実用的と言ってくれるはずの、選挙運動ですでに二足履き潰したのと同じタイプの靴を履いた。朝食のあと、リチャードと一緒に投票所になっている地元の学校へ歩いていき、フロレンティナ・ケインに一票を投じた。なんだか妙な気分だった。共和党ニューヨーク支部の登録党員であるリチャードは、投票所の外で待った。

その日の投票率はエドワードの予想を上回り、フロレンティナへの票は彼女自身が投じた一票を別にして四万九千三百十二票、ラルフ・ブルックスへの票も同じく四万二千九百七十二票に達した。

フロレンティナ・ケインは彼女の最初の選挙に勝利した。

共和党《グランド・オールド・パーティ》の候補者はスチュアート・ライルに決まったが、ラルフ・ブルックスとは比較にならない楽な相手だった。昔ながらの共和党員で、常に魅力的で礼儀正しく、直接的に対峙《たいじ》するのを好まなかった。フロレンティナは出会ったその日に好感を持ったし、彼が勝ったとしても第九選挙区を熱心に代表することを疑わなかったが、八月九日にニクソンが辞任し、フォードが元大統領になったニクソンに特赦を与えたあと、民主党は自分たちの地滑り的大勝利を信じて疑わなかった。

フロレンティナもその大順風に乗って当選した一人だった。得票数はイリノイ州第九選挙区の過半数である二万七千票を超えていた。リチャードが真っ先に祝福してくれた。

「きみをとても誇りに思うよ、マイ・ダーリン」彼は悪戯《いたずら》っぽい笑みを浮かべて付け加えた。「まあ、マーク・トウェインもぼくと同じ心境のはずだ」

「なぜマーク・トウェインなの？」フロレンティナは怪訝《けげん》に思って訊いた。

「彼がこう言ってるからさ。〝今日のおまえを馬鹿だと思い、明日のおまえを議員だと思う。ずっとその繰り返しだ〟とね」

30

ウィリアムとアナベルがクリスマス休暇でケープコッドのケイン家の別荘にやってきて、両親と合流した。フロレンティナは子供たちと一緒の生活をお祭り気分で楽しみ、あっという間に元気を回復した。

そろそろ十五歳のウィリアムは早くもハーヴァード大学への進学を口にしていて、午後は毎日、リチャードでも歯が立たない数学の本に読み耽《ふけ》った。アナベルは休日の大半をそれぞれに異なる学校の友だちに長距離電話をして長々と男の子の噂《うわさ》話をすることに費やしていて、ついにはさすがにリチャードも、〈ベル電話会社〉がどうやって収益を上げているかを娘に説明しなくてはならなかった。フロレンティナはジェイムズ・ミッチェナーの『センテニアル』を読み、娘にせがまれてロバータ・フラックが「キリング・ミー・ソフトリー・ウィズ・ヒズ・ソング」を絶叫するように歌うのを何度も繰り返し聴かされた。リチャードはさすがにそれに辟易《へきえき》し、レコードを裏返してくれと娘に頼んで聞き入れてもらった。そして初めて、一生楽しめると確信することになるポピュラー音楽に出会った。

アナベルにはさっぱり訳がわからなかったが、父親はその歌詞に魂を奪われたようになり、母親はその様子を見て微笑していた。

ジェシー、帰ってきておくれ、ベッドに穴が開いているんだ、

きみと一緒に寝ていたベッドに。

そろそろ寒くなってきた。

さあ、ジェシー……あのブルース……

クリスマス休暇が終わると、フロレンティナはリチャードと一緒にニューヨークへ帰った。バロン・グループの報告書に目を通し、各部門の責任者からの説明を聞いて、ようやく情報がすべて更新されたと感じるのに一週間かかった。

この年、バロン・グループはブリスベーンとヨハネスブルグにホテルを新築し、ナッシユヴィルとクリーヴランドの古くなったホテルを改装していた。フロレンティナが留守のあいだ、リチャードは拡張を進める計画を幾分減速させていたが、それでもその一年の利益は三千百万ドルと記録的なものになっていた。レスター銀行もその年の利益を大きく増大させていたから、フロレンティナも文句を言う筋合いはなかった。

彼女の唯一の懸念は、リチャードが人生で初めて年齢相応に見えはじめていることだっ

た。額と目の周囲に皺が現われるようになっていて、それはかなりのストレスがかかりつづけているからにほかならなかった。チェロを弾く回数まで減っているように思われた。文明人の仕事の量とは思えない激務をフロレンティナのために強いられたとき、ファースト・ジェントルマンへの道は過酷だなとリチャードがこぼしたことがあった。

ケイン下院議員は一月の初めにワシントンへ飛んだ。すでに十二月にジャネット・ブラウンを議事堂に先遣して議会の自分のスタッフの指揮を執らせていたから、彼女と合流したときには、〈ワシントン・バロン〉の〈ジョージ・ノヴァク・スイート〉の確保に至るまで、すべてが遺漏なく準備できていた。ジャネットはこの数か月のあいだに欠くべからざる人材になっていて、第九四議会の初日が始まるときにはフロレンティナのために万全の態勢が整えられていた。ジャネットはまた、スタッフのために下院議員に割り当てられている、年額二十二万七千二百七十ドルの使い道の配分も終えていた。さらにスタッフについても、多くの候補者のなかから、年齢性別を問うことなく、能力を最重要視して選んでいた。その結果、ルイーズ・ドラモンドというフロレンティナの専属秘書、議会担当補助員が一名、メディア担当秘書官が一名、諸問題調査及び郵便物処理担当員が四名、さらに秘書が二名と受付係が一名、採用されていた。それに加えて、選挙区の事務所には、ポーランド系の有能な現地責任者と、その下で働く三人の運動員が残っていた。

フロレンティナが議会から割り当てられたのは、下院の三つの建物の真ん中に位置していて一番古い、ロングワース・ビルディングの七階の部屋だった。ジャネットが教えてくれたところでは、かつてはリンドン・ジョンソン、ジョン・リンゼー、そして、ピート・マクロスキーが使っていたとのことだった。「悪は聞かない、見ない、言わないの三人ね」フロレンティナは言った。フロレンティナのオフィス・スイートは議事堂からわずか二百ヤードしか離れていなかったから、天気の悪いときとか、ワシントンを見物にきた大勢の観光客を避けたいときは、いつでも小さな地下鉄で議場に直行することができた。

専用オフィスは控えめな大きさで、議会から支給された重厚で褐色の家具がすでに雑然と配置されていた。木の机、革張りで褐色の大きなソファ、坐り心地の悪そうな黒っぽい椅子が数脚、ガラス扉のついたキャビネットが二つ。いまの部屋の様子からすると、前の住人が男性だったことは容易に察しがついた。

フロレンティナは本棚を埋める作業にすぐさま取りかかり、自分の蔵書である『アメリカ合衆国法典』、『下院規則』、『ハード版イリノイ州改正法令集（注釈付）』、カール・サンドバーグの三巻からなるリンカーンの伝記――所属する党は異にしていたが、お気に入りの作品だった――をとりあえず持ち込んだ。さらに何点かの水彩画をくすんだクリーム色の壁に掛け、前の住人が壁に残していった釘穴を隠した。机にはサンフランシスコの〈フロレンティナズ一号店〉の前で撮った家族の写真を飾った。議員は〈ボタニカル・ガーデン〉から植物を取り寄せることができると知るや、許される限度いっぱいまでその権利を使い、毎週月曜の朝には机に新しい花を飾るようジャネットに指示した。

また、フロレンティナは同僚の大半がやっているような、自分を賛美する思い出の品で応接区画を埋め尽くすことは好きではなかった。応接区画は歓迎と威厳を感じさせるものでなくてはならず、何があろうと自分の肖像画など目に見えるところにあってはならないとジャネットに言い含めた。それでも、自分の机の背後にイリノイ州旗とアメリカ合衆国国旗を据えることには渋々ながら同意した。

議会が召集される前日の午後には家族と運動員のためのパーティを開いた。リチャードとケイトは子供たちを連れてニューヨークから、エドワードはフロレンティナの母とオライリー神父を伴ってシカゴからやってきてくれた。招待状を送った百人近い友人や支持者は全米に散らばっていたが、フロレンティナが驚いたことに、七十人以上が駆けつけてくれた。

祝宴の最中、フロレンティナはエドワードを脇へ連れていき、バロン・グループの重役になってくれないかと誘った。彼はシャンパンの酔いの勢いで二つ返事で承諾したものの、それ以降はすっかり忘れてしまっていて、リチャードから手紙が届いて初めて思い出すありさまだった。その手紙は重役就任が正式に承認されたことを確認するもので、政治に専念しているフロレンティナにとって、二人の重役の考慮に値する意見を聴くことは貴重なものになるはずだと付け加えられていた。

そのパーティの夜、〈ワシントン・バロン〉のキングサイズのベッドに入ったとき、彼女の偉業を誇りに思っていることをリチャードが改めて口にした。

「あなたの支えがなかったら到底なし得なかったでしょうね、ミスター・ケイン」

「きみを支えるなんて、ぼくは仄《ほの》めかしもしなかったぞ、ジェシー。まあ、きみの勝利からかなりの喜びを得たことは不本意ながら認めざるを得ないけどな。それはともかく、ぼくはベッドサイドの明かりを消す前に、バロン・グループのヨーロッパにおける予測に目を通しておかないとな」

「少しゆっくりしてもらえるといいんだけどね、リチャード」

「それは無理だな、マイ・ダーリン。ぼくもきみも無理だ。だからこそ、いい夫婦なんじゃないか」

「わたし、いい妻かしら？」

「一言で答えるなら、〝ノー〟だ。時間を巻き戻せるなら、メイジーと結婚していたかな。そうすれば、手袋代も節約できたし」

「やめてよ。でも、メイジーと言えば、彼女は最近どうしてるかしらね？」

「いまも〈ブルーミングデイル〉にいるよ。ぼくを手に入れるのを諦めて、巡回セールスマンと結婚したんだ。というわけだから、ぼくもきみと離れられないんじゃないかな。さて、そろそろこの報告書に移らせてもらっていいだろうか」

フロレンティナは報告書をひったくって床に放った。

「駄目よ、ダーリン」

第九四議会開会の初日、厳粛なダークスーツ姿のカール・アルバート下院議長が一段高い議長席に着き、半円形に並んだ革張りのグリーンの椅子に坐っている議員を見下ろして木槌を打ち鳴らした。フロレンティナは自分の席から後ろを振り返り、二階の傍聴席の指定された席にいるリチャードや家族を見上げて微笑した。議場に目を転じて見回すと、そこにいる同僚たちはこれほどのワーストドレッサーは生まれてこの方見たことがないと思わせる服装感覚の持ち主ばかりで、逆に言えば、フロレンティナの鮮やかな赤のウールのスーツ——しかもミディ丈だった——を例外的に引き立てる役に立ってくれていた。

議長が下院付司祭のエドワード・ラッチ師に祝福を求め、そのあとに民主、共和両党指導者のオープニング・スピーチがつづいた。アルバート議長は議員の発言は簡潔でなくてはならず、ほかの議員の発言中は無用の雑音を入れるのを慎まなくてはならないと釘を刺したあと、ふたたび木槌を打ち鳴らして休会を宣言した。議員は初日に数多く開かれるパーティに出席すべく議場をあとにしはじめた。

「これで終わりなの、お母さん？」アナベルが訊いた。

フロレンティナは笑って答えた。「そんなことはないわよ、ダーリン。今日は最初の顔合わせみたいなもので、本当の仕事は明日から始まるの」

次の日の朝、さすがのフロレンティナも驚いたことに、百六十一通もの郵便物が届いていた。その主な内訳は、日付の遅れたシカゴの新聞が二紙、まだ会ったことのない下院議員からの〝親愛なる同僚議員〟で始まる手紙が六通、同業者団体からのパーティへの招待状が十四通、院外圧力団体からの手紙が七通、講演の依頼状――シカゴとワシントン以外のところからのものもあった――が数通、有権者からの手紙が三十六通、郵送先名簿に自分を載せてほしいという依頼状が二通、求職者からの履歴書が十五通で、さらに、歳出予算委員会と中小企業委員会の委員に任じられたことを知らせるアルバート議長からの通知がそこに加わっていた。

郵便物への対応も大仕事だったが、電話への対応はそれとは較《くら》べものにならない大変さで、公式写真が欲しいという依頼からプレス・インタヴューの申し込みまで、ありとあらゆる用件の電話が鳴りやむことがなかった。シカゴの新聞社のワシントン支局員からは定期的に電話があったし、現地ワシントンの記者からも接触があった。後者は議会の女性新参者に興味を持つのが常であり、それがヘヴィ級ボクサーに似ていないとなれば尚更だった。フロレンティナは知っておくべき名前をすぐに覚えたが、そこにはマクサイン・チェシア、ベティ・ビール、デーヴィッド・ブローダー、そして、ジョー・オルソップが含まれていた。三月の終わりには〈ワシントン・ポスト〉の一面の〝スタイル〟にインタヴュー記事が掲載され、〈ワシントニアン・マガジン〉の〝議事堂の新星たち〟にも登場した。〈パノラマ〉からの出演の誘いは執拗《しつよう》だったが、頑として断わりつづけ、露出をどこまで増やして得――いろいろなところで影響力を増す役に立つはずだった――を取るか、自由な時間をメディア対応に費やす損をどこまで抑えるか、どのあたりがちょうどいいかを考えるようになった。

最初の数週間はそういうふうに過ぎていき、自分がやったのは同じ場所にとどまるために全速力で走ることだけのような気がした。新人としては久しぶりに、強い力を持っている歳出予算委員会に席を得るという大きな名誉を得られたのは、イリノイ州議員団が幸運にも自分を選んでくれたからだと思っていたが、デイリー市長からの乱暴な筆跡の手紙を読んだ瞬間、幸運などではまったくなかったことを思い知らされた。そこにはこう記されていた――〝きみに貸しを一つ作ったからな〟。

気がついてみると、新しい世界に魅了されていたが、委員会室を探してうろうろしたり、議会での投票に遅刻しそうになって地下鉄の駅へ全力疾走したり、ロビイストと面会したり、報告書を読んだり、何十通もの手紙にサインしたりする日々は、昔の学校生活を彷彿《ほうふつ》させた。自動で署名してくれる機械があればいいのにという思いが日増しに募っていった。

選挙区の十八万世帯のすべてに、二か月ごとに有権者向けのニューズレターを送るという知恵を、シカゴ選出の年配の民主党議員が授けてくれた。「いいかい、マイ・ディア」

彼は付け加えた。「第九選挙区に紙をばらまいているだけに見えるかもしれないが、再選を確実にする道は三つしかないのを忘れないことだ。一つ目が誠実、二つ目が誠実、三つ目が誠実だ」

彼はまた、選挙区のスタッフを二人ほど使って、地元の新聞に掲載された有権者についての記事の切り抜きを作らせるよう助言してくれた。その結果、有権者は結婚、誕生、地域貢献、そして、選挙権が十八歳まで拡大されたいまはバスケットボールの試合の勝利に対してまで、お祝いの手紙を受け取ることになった。ポーランド語を使う場合がふさわしいときは、必ず一言か二言、自分の筆で、ポーランド語で書き添えた。父の命令に必ずしも文字通り従うことなく、父のいないときにはポーランド語で会話をしてくれた母に感謝しなくてはならなかった。

常にフロレンティナより早くオフィスにきて、常にフロレンティナより遅くオフィスをあとにするジャネットの助けを借りて、ゆっくりとではあるが事務的な仕事に対応しはじめ、七月四日の休会までにはほぼ完全に自分のものにしていた。議会ではまだ一度も発言の機会がなかったし、委員会での発言も極めて稀《まれ》だった。ニューヨーク州選出の同僚議員、サンドラ・リードが、最初の半年は聞き、次の半年は考え、その次の半年は口を開く――ただし、ときどき――のだと助言してくれた。

「その次の半年は何をするのかしら？」フロレンティナは訊いた。

「再選のための選挙運動よ」という答えが返ってきた。

週末はリチャードを相手に、官僚主義による税金の無駄遣いやアメリカの民主主義がどんなに馬鹿げた形で運営されているかを語って飽きることがなかった。

「そういうものを変えるために選ばれたんだと思ってたけどな」面白がって聞いていたリチャードが、自分の前で組んだ脚の膝を抱いて坐っている妻を見下ろして言った。

「何を変えるにしても二十年はかかるでしょうね。どの委員会にしても数百万ドルの支出に関わる可否を問うのに、委員の半分は自分が何に投票しているかすら知らないし、残りの半分は委員会に出席もしないで委任投票ですませているていたらくなんだから」

「それなら、きみが委員長になって、委員に予習させてから審議に出席させるべきだな」

「それができないのよ」

「できないとはどういう意味なんだ?」リチャードが朝刊を畳んで訊いた。

「委員長になるには年季が必要なの。頭の働きが絶頂期にあっても、そんなの関係ないの。だれよりも長くその委員会の委員を務めていた人物が自動的に委員長になるのよ。いまある委員会は二十二だけど、七十代の委員長が三人、六十代が十三人、六十代以下はわずか六人よ。計算してみたんだけど、わたしが歳出委員会の委員長になるのは六十八歳の誕生日で、二十八年も下院議員でありつづけなくてはならず、そのためには十三回も連続当選しなくてはならないの。だって、一回でも落選したら最初からやり直しなんだもの。南部の州の多くが三十歳以下の新人を議会に送り込む理由が、わずか数週間でわかったわよ。バロン・グループを下院のようなやり方で経営したら、わたしたちはとうの昔に破産していたでしょうね」

政治の世界では梯子《はしご》の頂きにたどり着くのに長い年月がかかること、そのためには〝刑期を務める〟と形容される、長くて厳しい過酷な試練に耐えなくてはならないことを、フロレンティナは徐々にではあるが受け容れていった。歳出予算委員長の方針は、〝足並みを乱さずに協調して進む〟だった。何であれそれが自分の意にそぐわないのであれば、新人である不利を女性であることの利点に変えなくてはならないと、フロレンティナは決心した。

それは彼女が思いもつかなかったはずの形で起こった。

最初の六か月、フロレンティナは一度も議場で発言しなかった。しかし、何時間も議席にとどまり、どのように討論が行なわれるかとか、限られた発言時間の有効な使い方などを古参の同僚から学んでいった。高名な共和党議員、ロバート・C・L・ブキャナンが防衛歳出予算法案に中絶禁止修正案を付加するつもりだと発表したとき、今回こそ自分の出番だとフロレンティナは感じた。

彼女は議長に手紙を書き、ブキャナンの動議に反対する発言の許可を求めた。発言時間は五分に限られるが、と念を押したうえで、頑張るようにという思いやりのある返事が戻ってきた。

ブキャナンは静まり返る議場に思い入れたっぷりの熱い言葉を投げかけ、いかにもプロフェッショナルな下院議員らしい技術をもって五分を使い切った。フロレンティナは彼を最悪の種類の田舎者と見なし、発言を聴きながら、準備してきた自分の演説原稿に慎重にメモを付け加えていった。ブキャナンが席に戻ると、サンドラ・リードが発言を許され、修正案に強く反対したが、その言葉は議場からのうるさいほどの野次《やじ》にしばしばさえぎられた。三人目の発言者は討論に何一つ付け加えることなく、ロバート・ブキャナンの言葉を繰り返しただけだった。地元選挙区の新聞に自分が発言した事実が載ることだけが目的のようだった。ついに、アルバート議長が〝イリノイ州選出の卓越した女性議員〟に発言を許した。フロレンティナはかなりの怯《おび》えと動揺を感じながら、議場の底にある演壇へと歩を進めた。手が震えているのを何とか目立たないようにしなくてはならなかった。

「議長、初めての下院議員としての発言が法案に反対する趣旨のものになってしまうことを、まずお詫《わ》びしなくてはなりません。ですが、わたしが本修正案を支持できないのは、複数の理由があるからです」フロレンティナは仕事をつづけたい母親の役割からスピーチを始め、議会がこの修正案を採択すべきでない理由の説明へと進んでいった。しかし、緊張と不安を意識するあまり普段のようには舌も口も動かず、間もなく気づいてみると、ブキャナンと三番目に発言したあの共和党員が何事かを熱くなって相談していて、それに触発されたほかの議員も言葉を交わしはじめ、席を立って離れた同僚のところへ行ってお喋りをする者まで出てきた。やがて、その騒音はさらにひどくなり、ついにはフロレンティナ自身が自分の発言を聞き取れなくなった。彼女はいきなりスピーチを中断し、沈黙してそこに立ち尽くした。

議長が木槌を打ち鳴らし、発言時間をほかのだれかに譲るかどうかを訊いた。

フロレンティナはカール・アルバートを振り返って答えた。「いいえ、議長。ただし、このままスピーチをつづけるつもりもありません」

「しかし、スピーチはまだ半ばでしょう」

「そうなのですが、議長、いまこの議場にいてわたしと陣営を異にする男性議員二人には、自分たちの声を発することにしか関心がなく、ほかのだれかの意見を聴く気などないことが明らかになりました」ブキャナンが異議を唱えようと立ち上がりかけたが、議長が打ち鳴らした木槌に議事進行の妨害になると咎《とが》められてふたたび着席した。議場が騒然となり、いままでフロレンティナに目もくれなかった議員たちがようやく彼女を見つめた。議長が静粛を求めて木槌を打ち鳴らしつづけるあいだもフロレンティナは演壇にとどまり、静けさが戻ってから、スピーチを再開した。「この場所で何かを成し遂げられると期待できるようになるまでに何年もかかることはわたしも知るに至っていますが、議長、同僚議員の発言をきちんと聴くだけの礼儀をわきまえてもらうのにこんなに長い時間がかかるとは思いもしませんでした」

ふたたび議場が騒然となったが、フロレンティナは今度も、演台を握り締めてそこにとどまりつづけた。いまや全身が震えていた。ようやく議長が議場を静かにさせることに成功した。「議員の指摘はそのとおりです」彼はいまは多少の当惑を顔に浮かべている二人の議事進行妨害者を見下ろして言った。「私はこれまでに何度もこの問題に言及していま す。それなのに、われわれがどれほど礼儀を失しているか、改めて、しかも新人の議員に指摘されるまで気づかないとは、残念と言うほかありません。では、イリノイ州選出の女性議員がそろそろスピーチを再開したいと考えておられるかもしれません」フロレンティナはどこまで話したか、原稿を見て確認した。議場は静かに待ち受けた。

口を開こうとしたまさにそのとき、肩にしっかりと手が置かれた。振り向くと、サンドラ・リードの笑顔があった。「席に戻りなさい。あなたはもう勝ったの。これ以上話したら、せっかく作り出すことに成功した効果が台無しになるだけよ。次の発言者が立ち上がったら、すぐに議場を出るの」フロレンティナはうなずき、次の発言者に時間を譲って席に戻った。

アルバート議長が次の発言者を指名すると、フロレンティナはサンドラ・リードに伴われて議員出入り口へ向かった。扉の前までくるとサンドラがこう言い残して引き返していった。「よくやったわ。あとはあなた独りで頑張りなさい」ロビーに出てメディアに取り囲まれたときに、サンドラの言葉の意味が初めてわかった。

「外へお願いできますか」CBSのインタヴュアーが言い、あとについていくと、テレビ・カメラと記者とフラッシュに迎えられた。

「下院は名誉を汚していると思いますか？」

「妊娠中絶合法化を訴える人々を支持して、その人たちの力になりますか？」

「下院の審議のやり方を改革する意志はありますか？」

「今日のことはあらかじめ計画したものですか？」

矢継ぎ早に質問が浴びせられ、夕刻が夜になる前には民主党上院院内総務のマイク・マンスフィールド上院議員から祝福の電話がかかってきたし、バーバラ・ウォルターズからは〈トゥデイ〉への出演依頼があった。

翌朝の〈ワシントン・ポスト〉は昨日の議場での出来事を、あたかもフロレンティナが宣戦布告をしたかのような書き方で報じていた。リチャードが電話をしてきて、〈ニューヨーク・タイムズ〉の一面を飾った彼女の写真の下のキャプションを読み上げてくれた——〝勇気ある女性、議会に到着〟。午前中、時間が経つにつれて、ケイン上院議員が一夜にして有名になったのは、スピーチを途中で切り上げたからだということが明らかになった。翌日、ペンシルヴェニア州選出のフィリス・ミルズが、共和党は刃を砥《と》いで手ぐすねいているはずだから、次のスピーチのテーマは慎重に選んだほうがいいと忠告してくれた。

「先行しているあいだに矛を収めるべきかもしれないわね」フロレンティナは言った。

最初の熱狂が去り、週に千通も届いていた郵便物が通常の量に戻ると、フロレンティナはもっと冷静で真面目な評判を築くための努力に取りかかった。そういう評判はすでにシカゴでは大きくなりつつあり、二週間に一度現地を訪れるたびに、それを実感することができた。物事の趨勢《すうせい》に彼女が実際に影響力を及ぼせるのだと、有権者は信じはじめていた。フロレンティナはそれを懸念したが、その理由は、すでに決められている指針を外れて動く余地が政治家にはほとんどないことが、速い速度でわかってきていたからである。しかし、地方についてなら、しばしば官僚主義の壁にぶつかって撥ね返されている人々を助けることができると感じてもいた。そして、シカゴの事務所のスタッフを一人増やし、いまでも多い仕事の負担を減らすことにした。

リチャードはフロレンティナが政治という新しく見つけた仕事にどれほど報われているかを見て喜び、バロン・グループの日々の仕事からかかる責任という重圧をできるだけ取り除いてやろうとした。エドワード・ウィンチェスターもニューヨークとシカゴの両方で、さもなかったら彼女にかかるはずの責任のかなりの量を肩代わりして助けてくれた。シカゴでは、一九七二年の大統領選挙のあと、デイリー市長が政治の裏で動く新種の活動家が必要だと気づいたことで、エドワードは様々な秘密の駆け引きや取引についてかなりの影響力を持つに至っていた。デイリーの昔からの支持者たちは、フロレンティナの将来を甘んじて受け容れつつあるようだった。リチャード・ケインはバロン・グループ重役としてのエドワードの貢献をこれ以上ないほどに認めていて、レスター銀行の重役に迎えることも考えていた。

下院議員としての一年目を完了するや、フロレンティナはリチャードに、すぐにまた選挙運動を始めなくてはならないことについての愚痴をこぼした。

「下院にいられるのがたった二年なんて、何て馬鹿げた制度なのかしら。ようやく落ち着いたと思ったら、すぐにまたバンパーステッカーを貼り直さなくちゃならないんだから」

「それを変えるにはどうすればいいと思う？」リチャードが訊いた。

「まあ、そういう点では上院ははるかに恵まれていて、六年に一度しか選挙をせずにすんでいるわけだから、下院も少なくとも任期を四年にしてもいいんじゃないかしら」

シカゴにいるエドワードにも同じ愚痴をこぼすと、同情はするが、共和党からも民主党内からも真の強敵は現われそうにないという返事が戻ってきた。

「ラルフ・ブルックスはどうなの？」

「最近結婚してから、目標を州検事一つにしっかり決めたようだ。妻の社会的背景を考えると、彼女は夫がワシントンの政治の世界にいるのを見たくないのかもしれないな」

「そんなことは信じないでちょうだい」フロレンティナは言った。「彼は戻ってくるわ」

九月、フロレンティナはニューヨークへ飛び、リチャードと一緒に、ニューハンプシャー州コンコードへ、セント・ポールズ・スクールの第五学年が始まるウィリアムを車で送っていった。車に積み込まれたのは、ステレオ、ローリング・ストーンズのレコード、運動用の器具で、本より多かった。アナベルはワシントンのすぐ郊外にあるマデイラ・スクールの一年生だったから、母の近くにいることができたが、フロレンティナのあとを追ってラドクリフ女子大学へ進もうとする様子は依然としてなかった。

フロレンティナががっかりしたことに、アナベルの関心は常に男の子とパーティにしかないようだった。夏休みのあいだ、学校の成績を話題にすることもなかったし、教科書を開くことすら一度もなかった。兄とは一緒にならないようにして、会話のなかで兄の名前が出ると必ず話題を変えようとさえした。出来のいい兄に嫉妬しているのが、日ごとに明らかになっていった。

キャロルはアナベルがだらだら過ごさないよう最善を尽くしていたが、それでも父親の言いつけを守らなかったことが二度あって、一度などは約束した門限を何時間も過ぎて帰ってきた。

フロレンティナは不本意でしかないアナベルの休暇の過ごし方に過剰反応しないと決めていたから、新学期になって学校へ戻ってくれると一安心し、思春期の特徴ともいえる反抗期であって、いずれは収まってくれることを祈った。

男性の世界で生き延びるために苦闘するのは新しい経験ではなかったから、下院での二年目は一年目よりかなりの自信を持って迎えることができた。バロン・グループにおける日々は、政治の日々に較べると、多少穏やかだった。何と言っても会長であり、リチャードが常に隣りにいてくれた。男より多少は激しく戦う必要があるということは、新たなライヴァルを迎え撃つときのための準備としては悪くないかもしれないと、エドワードもすぐに言ってくれた。同僚議員のなかにバロン・グループの重役が務まりそうな人物はどのぐらいいるかとリチャードに訊かれたときは、ほとんどいないも同然だと答えざるを得なかった。

下院での二年目は一年目よりはるかに充実していて、脚光を浴びることも多かった。二月には、実売部数が一万部以下の学術書への税金を免除する修正案をある法案に付け加えて採択された。四月には、政府予算案にいくつかの条項を追加させた。五月にはリチャードと主に、ホワイトハウスで開催された、イギリスのエリザベス二世のためのパーティに招待された。しかし、この一年での最大の喜びは、自分の有権者の生活につながる諸問題に実際に影響力を行使できていると実感できたことだった。

一年を通じての招待のなかで最高に嬉しかったのは、ウィリアム・コールマン運輸長官からのものだった。大型帆船団がニューヨーク港に入ってくるのを見て、アメリカにも誇り得る歴史があることを改めて感じることができた。

全体としては記憶すべき一年であり、唯一の悲しい出来事は、何か月も呼吸器疾患に苦しんでいた母親が世を去ったことだった。ザフィアは一年以上前、社交欄を自分のものにしていたそのまさに絶頂期に、シカゴの社交界から身を引いた。いまははるか昔になった一九六八年、革命的なサン＝ローランのファッション・ショウをフロレンティナが風の町《ウインディ・シティ》シカゴに呼んだとき、母親はすでに娘にこう言っていた。「こういう新しいファッションは、わたしの年齢の女性が着たとしても褒めてもらえないわね」それ以降、大きな慈善の催しにも滅多に顔を出さなくなり、そういう催しの招待に使われる浮き出し文字で印刷された便箋からも名前が消えた。孫たちについての話を何時間でも喜んで聞き、娘がますます尊敬することになる母親らしい助言をたびたび与えてくれた。

フロレンティナは静かな葬儀を望んだ。息子と娘を左右に立たせて墓穴に向かい、オライリー神父の言葉を聴いているとき、もはや葬式のときでさえもプライヴァシーは期待できないのだと気がついた。棺が地中に下ろされて土がかぶせられ、ロスノフスキ夫妻の最後の一人の埋葬が終わるまで、カメラのフラッシュが焚《た》かれつづけて止むことがなかった。

大統領選挙までの最後の数週間、フロレンティナはワシントンのオフィスをジャネットに任せ、自分は普段より多い時間をシカゴで過ごした。ウェイン・ヘイズ下院議員がスタッフの一人に年間一万四千ドルもの給与を支払っていたことを認め、タイプライターの使い方も知らず、電話にも出ないそのエリザベス・レイなる女性をセックス・パートナーにしていた事実が露見して辞任するはめになったあと、ジャネットとルイーズが給料を上げてくれと言ってきた。

「いいけど、ミス・レイがミスター・ヘイズにしていたサーヴィスは、この事務所では必ずしも必要としていないものよ」フロレンティナは言った。

「そうですけど、この事務所での問題は、あれとは正反対なんです」ルイーズが言った。

「どういうこと？」フロレンティナは訝《いぶか》った。

「わたしたちのことを議会の専有物ぐらいにしか考えていない議員に日々誘惑されているんです」

「あなたは何人の議員に誘われたの、ルイーズ？」フロレンティナは笑って訊いた。

「百人以上です」ルイーズが答えた。

「何人に応じたの？」

「三人です」ルイーズがにやりと笑った。

「あなたは?」フロレンティナはジャネットに訊いた。

「三人です」ジャネットが答えた。

三人して声を揃《そろ》えて笑ったあとで、フロレンティナは言った。「そうね、ジョーン・モンデールは正しかったもしれないわね。民主党議員が秘書にしていることを、共和党議員は国にしているってね。わかった、二人とも昇給よ」

エドワードが彼女を選んだのは結局正しかったことが証明された。民主党内に対立候補は現われず、第九選挙区の予備選挙は事実上無風状態だった。ふたたび共和党候補になったスチュアート・ライルときたら、ほとんど自分に勝ち目はないと、こっそりフロレンティナに打ち明けるありさまだった。〝ケインをもう一度国会へ〟のステッカーがいたるところで目についた。

フロレンティナはホワイトハウスに民主党大統領を迎えて新しい国会が始まることを期待していた。共和党はカリフォルニア州知事のロナルド・レーガンとの激戦を勝ち抜いたジェリー・フォードを大統領候補に選出し、民主党はニューハンプシャー州の予備選挙までほとんど無名だったジミー・カーターを大統領候補に選んでいた。

予備選挙でロナルド・レーガンを相手にしたジェリー・フォードの戦いの勢いも現職大統領という強みを補強することにならなかったし、アメリカ国民は彼がニクソンに特赦を与えたことをいまも赦していなかった。個人的な部分では、フォードはヘリコプターのドアに頭をぶつけるとか、飛行機のタラップを踏み外すとか、馬鹿げたへまを避ける能力がないように見えた。そして、カーターとのテレビ討論のとき、フロレンティナが仰天したことに、東ヨーロッパはソヴィエトに支配されていないというようなことを口走った。

「それをポーランドの人たちに言ってごらんなさいよ」フロレンティナは小さなテレビ画面に向かって憤然と吐き捨てた。

民主党の大統領候補もへまをしでかすについては似たり寄ったりだったが、リチャードの見立てでは、結局のところ、アンチ－ワシントンで福音主義的キリスト教徒というカーターのイメージが、ニクソンとのつながりによって受け継いだ諸問題を抱えているというフォードの負のイメージに対してわずかながら有利に働き、カーターに僅差での勝利をもたらしそうだった。

「そういう情勢だとしたら、わたしが前回より票差を広げて再選された理由は何かしら？」フロレンティナは訊いた。

「多くの共和党員がカーターには投票しなかったけれども、きみには投票したからだよ」

「あなたもその一人？」

「それについては、憲法修正第五条、被告は不利な証言を回避できる旨を申し立てさせてもらう」

31

リチャードはスマートなダークスーツを着たが、新大統領はだれであれモーニングコートの着用を禁じると主張して譲らず、それが不本意でならなかった。ケイン一家はテレビの前に陣取り、ケネディのカリスマ性もなく、ローズヴェルトの英知も欠けている就任演説を聞いたが、何はさておき、キリスト教徒としての誠実さを感じさせるシンプルなメッセージは、その時期の国民の気分に合致していた。アメリカ国民は道徳に適《かな》った素朴な人物をホワイトハウスに欲していて、全員がそういう彼の成功を期待していた。ジェリー・フォード前大統領はジミー・カーター新大統領のすぐ左の席にいたが、ニクソン元大統領の席が空席になっているのが目を引かずにはいなかった。フロレンティナには、新政権の性格が新大統領の次の言葉に表われているように思われた。

「私は今日ここで新たな夢を公約するつもりはありません。むしろ、古い夢への忠誠を新たにしたいという強い気持ちに駆られています。〝より多く〟が必ずしも〝よりよい〟とは限らないことをわれわれは学んできました。われわれのこの偉大な国でさえ限界があることにも、すべての疑問に答えられるわけではないことにも、すべての問題を解決できるわけではないことにも気づいています」

新大統領がファースト・レディと娘のエミーと手をつなぎ、ペンシルヴェニア・アヴェニューを徒歩でホワイトハウスへ向かうのを見て、ワシントンの群衆は大いに喜んだ。だが、そういう伝統を無視したやり方にシークレットサーヴィスの準備ができていないことも明らかだった。

「踊り子が動き出した」シークレットサーヴィスの一人が双方向無線に向かって報告した。

「こんな型破りが四年もつづくとしたら、われわれとしてはたまったもんじゃないぞ」

その夜、ケイン夫妻はカーターが言うところの七つの〝国民パーティ〟、実のところは大統領就任祝賀パーティの一つに出席した。

フロレンティナはジァンニーニ・ディ・フェランティの新作、金糸を控えめにあしらった白のドレスをまとい、カメラのフラッシュを閃《ひらめ》かせつづけた。フロレンティナもリチャードも新大統領に紹介されたが、ジミー・カーターという人物は公的にも私的にも同じように内気だとフロレンティナには思われた。

第九五議会の初日、議場に戻って着席したときは、まるで学校へ戻ったかのようだった。だれもが背中を叩き合い、握手をし、抱擁を交わし、休会のあいだ何をしていたかを声高に話し合ったりしていた。

「再選おめでとう」

「選挙は大変だったか?」

「デイリー市長が亡くなったいまとなっては、自分の所属する委員会を自由に選べるとは思わないことだな」

「ジミー・カーターの就任演説をどう思った?」

ティップ・オニール新下院議長が壇上中央の席で位置に着き、木槌を打ち鳴らして静粛を求めると、すべての手続きを二年前と同じように開始した。

フロレンティナは歳出予算委員会の席次が二つ上がっていた。一人が引退し、一人が前の選挙で落選したからである。委員会の仕組みがどういうものか、いまはもうわかっていたが、それでも、何とかしたいと自分が強く願う案件を本当に前に進められるようになるまでにはまだ何年もかかり、何回も選挙に勝たなくてはならないのではないかと思うと、気が滅入らざるを得なかった。より国民に認知される可能性が高い分野に集中すべきだとリチャードが提案してくれていて、フロレンティナは妊娠中絶と税制改革のどちらを選ぶか迷っていた。リチャードに相談したら、妊娠中絶には近づきすぎないほうがいいという見方をしていて、ウーマンリブの運動家が女性であるのに〝ウーマン〟と〝マン〟がつく呼び方を嫌っていることを種に、同僚議員がエリザベス・ホルツマンを〝コングレスパーソン・ホルツパーソン〟と揶揄《やゆ》していることを思い出させてくれた。

　下院では防衛歳出予算案に関する討論が行なわれていて、数十億ドルの大金を支出するかどうかの審議なのに至って緊張感のない議論であるようにしか、フロレンティナには思われなかった。フロレンティナは防衛小委員会の委員ではなかったが、そこの最上席共和党員であるロバート・C・L・ブキャナンの考え方に強い関心を持っていた。ブキャナンは下院議場で、ソヴィエトはいまや宇宙空間でアメリカの衛星を破壊する能力を有しているというブラウン国防長官の最近の発言を取り上げ、新大統領は他の分野の予算を削ってでも防衛予算を増やすべきだと主張した。フロレンティナはいまもブキャナンを最低最悪の保守であり馬鹿者であると見なしていて、その主張を聞いた瞬間、反論しようと怒りに駆られて立ち上がった。議場にいる全員がこの前の二人の対決を思い出し、ブキャナンも彼女のふたたびの挑戦から逃げるわけにはいかないはずだと確信した。

「質問を認めますか？」議長がブキャナンに訊いた。

「もちろんです」

「ブキャナン議員に感謝します」フロレンティナは口火を切った。「では、質問します。議員の想像しておられる壮大な防衛計画のために増額される資金ですが、それはどこから出てくるのでしょう？」

　ブキャナンがゆっくりと立ち上がった。ツイードのスリーピース・スーツを着て、銀髪をきちんと右側で分けていた。寒い練兵場の騎兵隊将校のように、左右の足を交互に踏み替えていた。「私の壮大な計画は私が所属する委員会の要求以上でも以下でもないし、私の記憶が正しければ、その委員会で過半数を占めているのは、まさにいまこの質問をしておられるイリノイ州選出下院議員が所属なさっている党であります」ブキャナンが後段の皮肉を大きな笑いで迎えられてすぐさま着席し、フロレンティナはふたたび立ち上がった。「それでも、いまお答えいただいたテネシー州選出下院議員に再度お尋ねしなくてはなりません。その増額分の予算をどこから持ってくるおつもりなのでしょう？　もしかして、教育、医療、福祉からではありませんか？」

ブキャナン議員がテーブルに置いた資料を手に取り、フロレンティナが上げた三つの部門で去年支出された、正確な数字を議場に向かって読み上げた。実際のところ、防衛歳出予算はその三つの部門を下回っていた。「いま発言した女性のような、事実を持たずに議場に入り、漠然とした印象だけで防衛支出が多すぎると主張する議員こそが、クレムリンの指導者どもを喜ばせ、同時に、下院の評判を毀損するのです。ローズヴェルト大統領に枷《かせ》をはめ、ヒトラーの脅威と折り合いをつける時間的余裕を失くさせたのは、まさにこのイリノイ州選出のレディのような人々でした」

民主党議員からも共和党議員からも賛同の声が轟くのを聞きながらフロレンティナは今日の午後議場に入ったことを後悔し、ブキャナンの発言が終わるや否や議場をあとにしてオフィスに戻った。

「ジャネット、過去十年の歳出予算委員会防衛小委員会の報告書をすべて取り寄せて、わたしの立法調査員にいますぐ招集をかけてちょうだい」フロレンティナは机に着きもしないうちに指示を飛ばした。

「了解しました」と応えたものの、ジャネットはいささか驚かないわけにいかなかった。フロレンティナの下で仕事をして三年、雇い主が防衛関係について口にしたことは一度もなかった。スタッフが勢揃《せいぞろ》いし、フロレンティナの古いソファに腰を下ろした。

「これからの数か月、わたしは防衛問題に集中します。みなさんは過去十年の小委員会報告に仔細に目を通し、何であれ関係があると思われる部分に印をつけてください。ソヴィエトから攻撃を受けて自分たちを護《まも》る必要が生じた場合の、アメリカの軍事力を現実的に評価したいのです」四人のスタッフが忙しくメモを取りはじめた。「CIAのAチームとBチームの評価も含めて、その分野に関連する主要な研究と評価をすべて揃えてもらいたいし、防衛とそれに関連するテーマでワシントンで開かれる講演やセミナーの内容についても教えてください。さらに、〈ワシントン・ポスト〉、〈ニューヨーク・タイムズ〉、〈ニューズウィーク〉、そして、〈タイム〉に載っている論評も、毎週金曜日の夜にファイルにして届けてくれるようお願いします。引用される可能性のあることはすべて、あらかじめ知っておきたいのです」

スタッフもジャネットに劣らず驚いた。何しろ、過去二年以上、中小企業と税制改革にしか関わっていないのだ。これからの数か月、週末もほとんど自由にはならないだろうと思われた。スタッフが引き上げると、フロレンティナは受話器を取り上げ、応答した秘書に与党院内総務との面会を申し込んだ。

「承知しました、ミセス・ケイン。今日じゅうに電話を差し上げるようミスター・チャドウィックにお伝えします」

翌日の午前十時、フロレンティナは与党院内総務のオフィスに通された。

「マーク、わたしを歳出予算委員会防衛小委員会の委員にしてほしいんですけど」

「そう右から左へというわけにはいかないよ、フロレンティナ」

「それはわかっています、マーク。でも、あなたにお願いごとをするのは、わたしが議員になってから初めてですよね」

「現状、あの小委員会に空席は一つしかない。しかも、その席を自分によこせと大勢の議員に腕をねじ上げられていて、骨折しないのが不思議なくらいなんだ。だが、ほかならぬきみの頼みだ、本気で考えよう」院内総務が自分の前のメモ用紙にペンを走らせた。「ところで、フロレンティナ、女性有権者同盟が私の選挙区で年次総会を開くことになっていて、初日に基調演説をしてくれと頼まれている。きみはあの同盟で大人気だからな、時間を割いて飛んできて、私の紹介を短くでいいからしてもらえないだろうか」

「ほかならぬあなたの頼みです、本気で考えましょう」フロレンティナはにやりと笑って答えた。

二日後、下院議長のオフィスから手紙が届き、歳出予算委員会防衛小委員会の委員に任命されたことを知らせてきた。三週間後、フロレンティナはマサチューセッツ州へ飛び、女性有権者同盟の年次総会で、マーク・チャドウィック下院議員のような男性が議会にいる限り、アメリカの将来を心配する必要はないと持ち上げてやった。会場を埋める女性の盛大な拍手喝采を受けながら振り向くと、マーク・チャドウィックが片方の腕を後ろに回して顔をしかめ、痛みに耐える振りをしていた。

夏休みは一家でカリフォルニアへ行った。最初の十日はサンフランシスコでベラの一家と新居で過ごした。新居は丘の中腹から、湾を一望できる丘の頂きへ移っていた。

クロードは法律事務所のパートナーに、ベラは副校長になっていた。リチャードが見るところでは、この前会ったときと較べてクロードはどちらかと言えば少し痩《や》せ、ベラは少し肥《ふと》っていた。

みんなが楽しんでいるはずの休暇に一つ瑕疵《かし》があるとすれば、アナベルがたびたび独りで姿を消すことだった。ホッケー・スティックを握り締めているベラの様子からすると、彼女がアナベルをどうしてくれようとしているのか、フロレンティナには疑う余地がなかった。

二つの家族のあいだに波風が立たないようフロレンティナは最善を尽くしたが、アナベルが屋根裏に隠れてマリファナを吸っているのをベラが発見したときは、さすがに見て見ぬ振りをできなかった。

「お母さんは自分のことだけ考えてればいいのよ」アナベルはベラに言い放ち、もう一服した。

堪忍袋の緒が切れたフロレンティナが問い詰めると、娘は母親にもこう言い放った。

「有権者の幸福だけじゃなくてわたしの幸福にも少し関心を持ってくれていれば、もうちょっといい子になれたんじゃないかしら」

リチャードはその話を聞くやすぐにアナベルに荷物をまとめさせ、東海岸へ連れて帰った。フロレンティナとウィリアムは休暇をこのまままつづけることにしてロサンジェルスへ向かった。

フロレンティナは休暇を楽しむどころではなく、一日に二度もリチャードに電話をしてアナベルの様子を確かめた。結局、休暇を一週間早く切り上げ、ウィリアムと一緒に帰宅した。

九月、ウィリアムはハーヴァード大学の新入生になり、ヤードにある寮、グレイズ・ホールの最上階に部屋を割り当てられた。これで、ケイン家は五代つづいてケンブリッジで教育を受けることになった。アナベルはマデイラ・スクールへ戻り、大半の週末をワシントンの両親の監視下で過ごしているにもかかわらず、学業にはほとんど進歩が見られなかった。

次の会期中、フロレンティナは時間のかなりの部分を割いて、スタッフが揃えてくれた防衛関係の資料や書籍を読み漁《あさ》った。そして、戦略的な安全を確保する場合にアメリカが直面する諸問題に集中することにした。専門家の研究を読み、国防省の次官たちの話を聞き、NATO諸国との主要な条約を調べた。さらに、戦略空軍司令部を訪ね、ヨーロッパと極東のアメリカ軍基地を巡回し、ノースカロライナ州とカリフォルニア州で陸軍の演習を視察し、原子力潜水艦に乗り込んで週末を過ごすことまでした。提督や将軍と会い、兵士や下士官とも話し合ったが、下院議場では一度も発言せず、委員会の聴聞会で質問をしただけだった。そして、国家安全保障の危機が出来《しゅったい》したときに効率的に対処するには軍の準備態勢を改善しなくてはならず、それには時間がかかることに気づきはじめた。そういう準備が全面的に試されたのはキューバ危機が最後だった。一年を費やしての意見聴取と研究の末にたどり着いた結論は、ブキャナン下院議員は正しく、愚かなのは自分のほうだというものだった。自分がこの新たな学びを楽しんでいることに驚き、ある同僚議員から大っぴらに鷹派《たかは》呼ばわりされているのを知ったときには、自分の考えがどれほど大きく変わったかに気づくことになった。依然としてソヴィエトが敵対姿勢を露《あら》わにしている以上、アメリカには軍事費を増やす以外の選択肢はなかった。

MXミサイル・システムに関する全資料に目を通したのは、それが下院軍事委員会で俎《そ》上《じょう》に上ったときだった。そして、そのシステムの認可を阻止しようとするいわゆる〝サイモン修正条項〟が審議日程に上がった時点で、審議中の発言許可をギャロウェイ委員長に求めて認められた。

その修正条項に賛成、あるいは反対する議員の主張に、フロレンティナはひたすら耳を傾けた。ロバート・ブキャナン議員がよく練り上げられた反対意見を述べた。彼が着席すると、フロレンティナが驚いたことに、議長は次の発言者として彼女を指名した。フロレンティナは起立すると、ぎっしり埋まった議場を見渡した。ブキャナンが彼女にも聞こえる大きな声で皮肉った。「いよいよ専門家のご意見を拝聴できるわけだ」フロレンティナは彼の近くの議員の一人か二人が笑うのを聞きながら演壇へと向かい、自分の前の演台にメモを置いた。「議長、わたしはMXミサイル・システム導入に納得し、支持する立場での発言を行なう所存です。アメリカはこの国の防衛をこれ以上、一時《いっとき》たりと遅らせる余裕はありません。関連資料をもっと読み込む時間が必要だと主張している議員団の存在があるとしてもです。それらの資料は一年以上前から準備されていて、議員であればだれでも手に入れて読むことができたのです。今日までにそれらの資料を読み終えてこの議場に入ることは、特に速読の訓練を受けていなくてもできたものと思われます。実際のところ、この修正条項は、ＭＸミサイル・システム導入に反対する議員団の引き延ばし作戦以外の何物でもないのです。わたしはそういう議員団を、砂に顔を突っ込んで現実を見ない人たちだと非難するものです。彼らはソヴィエトが最初の先制攻撃を仕掛けてくるまで、そうやって目をつぶっているつもりでしょうか？　アメリカも先制攻撃能力を持たなくてはならないことを認識できないのでしょうか？

「わたしは〈ポラリス潜水艦システム〉に賛同するものですが、核兵器の問題をすべて海に押しつけて任せるわけにはいきません。海軍情報部によれば、ソヴィエトは四十ノットのスピードで移動し、四年間――四年ですよ、議長――一度も浮上する必要も、基地へ戻る必要もなく潜りつづけていられる潜水艦を保有しているとのことです。そうであるなら、尚更です。四年と言えば、議員任期の二期分です。ＭＸミサイルによってネヴァダ州とユタ州の住民がより大きな危険にさらされるという議論は根拠のないまやかしです。ミサイルが配備される土地はすでに政府所有になっていて、現在住んでいるのは千九百八十頭の羊と三百七十頭の牛だけです。

「国家の安全保障という問題について、アメリカ国民が臆病になる必要があるとは、わたしは考えません。彼らがわたしたちを選んだのは、長期的な決定をわたしたちに行なわせるためであって、自分の国が刻一刻と弱体化しているにもかかわらず徒《いたずら》に議論をつづけさせるためではありません。下院の一部議員は皇帝ネロを、ローマの消火隊を援助するためにヴァイオリンのコンサートを開いた男に仕立て上げようとしているのです」

フロレンティナは笑いが静まるととても重々しい声に戻った。「一九三五年にはアメリカ軍全体の兵士の数よりも〈フォード・モーター・カンパニー〉で働いている者の数が多かった事実を、議員のみなさんはこんなにも早く忘れてしまったのでしょうか？　同じ年のアメリカ軍がチェコスロヴァキア軍より小さかったことをお忘れなのでしょうか？　後にドイツとソヴィエトに相前後して蹂躙《じゅうりん》されることになる国の軍隊より小さかったことを？　海軍はフランスの、われわれが拱手傍観《きょうしゅぼうかん》しているあいだにドイツに屈服した国の、半分の規模しありませんでした。さらに空軍に至っては、ハリウッドが戦争映画にすら使う気にならないようなものでしかなかったのです。ヒトラーの脅威が初めて現実味を帯びたときに、アメリカはサーベルを鳴らして牽制《けんせい》することができませんでした。そういう状況を二度と作り出すわけにはいかないのです。

「アメリカ国民はこれまでのところカリフォルニアの海岸やニューヨークの港に敵が上陸するところを目の当たりにせずにすんでいますが、それは敵が存在しないことを意味しません。一九五〇年、ソヴィエトが保有する戦闘機の数はアメリカとほぼ同じ、兵員数は四倍、戦車部隊の数は三十倍でした。このような不利な状況を、わたしたちは二度と許してはなりません。同様に、わたしたちの偉大な国がヴェトナムのような、わが国にとっての悲劇に巻き込まれることのないよう、二度とアメリカ人が戦死するところを見ることがないよう、わたしは祈るものであります。ですが、一旦緩急あればわたしたちが真っ向から立ち向かうことは、敵に知らしめなくてはなりません。わたしたちの国の紋章にまたがる鷲《わし》のように、友好国を防衛し、自国民を保護するために、常に俯瞰《ふかん》的に目を光らせなくてはならないのです」

　議場のそこここから拍手が起こりはじめた。

「わが国の軍事予算は多すぎると主張する人たち一人一人に対して、わたしはこう応えるでしょう。〝鉄のカーテン〟の向こうの国々を見てほしい、わたしたちの国で保証されている民主主義的自由を手にするための代償ならどんなに高くても高すぎることはないとわかってほしい、と。〝鉄のカーテン〟は東ドイツ、チェコスロヴァキア、ハンガリー、ポーランドを横断し、アフガニスタンとユーゴスラヴィアはそのカーテンがさらに延びて中東の端にまで達するのではないかと日々危惧しながら国境警備に当たっているのです。もしそうなれば、ソヴィエトはさらに手を伸ばして、そのカーテンが地球全体を覆うまで満足することがないはずです」議場が完全な静寂に包まれ、フロレンティナは声を低くしてつづけた。「歴史を通じて、自由世界を守るために多くの国が各々の役割を果たしてきました。その責任はいま、そういう国々の指導者に引き継がれています。わたしたちが安っぽい人気取り、もっと安っぽい一票と引き換えにその責任を放棄したと、孫の世代に言われないようにしようではありませんか。アメリカの自由を保障するために、いまの犠牲を厭《いと》わないようにしようではありませんか。われわれは危機を目の当たりにしながらも義務を放棄することはなかったと、全アメリカ国民に言えるようにしようではありませんか。この下院に、ネロも、ヴァイオリン弾きも、火事も、敵に与える勝利も存在しないようにしようではありませんか」

議場が割れんばかりの拍手に包まれ、フロレンティナは身動《みじろ》ぎもせずに立ち尽くした。議長は木槌を打ち鳴らしつづけて静粛を求めたが結果は空《むな》しく、ようやく最後の一人の拍手が止んだとき、フロレンティナはほとんどささやくような声で言った。

「その犠牲がアメリカの若い世代の命であることが二度とあってはならないし、攻撃に対する防御を提供しなくても世界の平和は守れるという危険な幻想に取って代わられることがあってはならないのです。適切な守りさえあれば、アメリカは何を恐れることもなく様々に影響力を発揮でき、恐怖という手段を使わずとも統治することができ、依然として自由世界の砦《とりで》でありつづけられるのです。議長、〝サイモン修正条項〟は見当違いであり、もっと悪いことに無責任でもあります。ゆえに、わたしはこの修正条項に反対します」

フロレンティナが席に戻ると、あっという間に与野党を問わず同僚議員が押し寄せて、彼女のスピーチを称賛した。翌日の新聞はそれ以上の褒めちぎり方で、すべてのテレビ局が夕方のニュースでスピーチの一部を放送した。自分が国家防衛の専門家にあまりにいい加減に祭り上げられて、フロレンティナは呆《あき》れるしかなかった。二つの新聞に至っては将来の副大統領候補とまで持ち上げていた。

郵便物が急増し、ふたたび週に千通を超えるようになったが、特に心に残ったものは三通しかなかった。一通目は長く病気療養中の元副大統領、ヒューバート・ハンフリーからのディナーへの招待状だった。フロレンティナはそれを応諾したが、ほかの招待者と同じく、出席はしなかった。二通目はロバート・ブキャナンからのもので、太い文字でこう短く記されていた――〝マダム、あなたに敬意を表します〟。三通目はオハイオ州から届いた匿名の手紙で、乱暴な文字で次のように書かれていた。

おまえはろくでもない共産主義者の手先で、できるはずのない防衛計画に政府の金を注《つ》ぎ込ませることでアメリカの破壊を目論《もくろ》んでいるんだろう。おまえのような輩《やから》にはガス室すらもったいない。あの役立たずのフォードや女たらしのカーターと一緒に縛り首にしてやるのが似合いのところだ。キッチンに引っ込んだらどうだ、おまえの居場所はそこだろう、あばずれ。

「こういう連中にどう対応するんですか?」ジャネットが呆気《あっけ》にとられた様子で訊いた。

「気にしなくていいわ。その手の馬鹿げた偏見にはどう言い返しても無駄なの。たとえあなたの凄腕《すごうで》をもってしてもね。手紙の九十九パーセントが好意的な人からのもので、自分たちの考え方を誠実に明らかにしてくれていることに感謝しましょう。でも、正直言うと、この男の住所がわかったら、生まれて初めてこう返事をしてやりたくなるんじゃないかしら。〝うるせえ、くそったれ〟ってね」

電話のメッセージに追いかけ回されたてんてこ舞いの一週間が過ぎて、フロレンティナはようやくリチャードと一緒に静かな週末を過ごした。ウィリアムもハーヴァード大学から帰ってきて、すぐさま〈ボストン・グローブ〉に載っている風刺漫画を見せてくれた。鷺の頭を持ったヒロインのフロレンティナが、熊の鼻面にパンチを食らわせていた。アナベルは週末は帰らないと学校から電話をしてきた。

土曜日、フロレンティナはウィリアムとテニスをしたが、息子がいかに身体を鍛えているか、自分がいかに運動不足かに、ものの数分で気づくことになった。ゴルフコースを歩いていれば運動不足にはならないとはもう言えなかった。一球打つごとに、ウィリアムが手加減していることが明らかになった。デートの約束があるからこれ以上は時間がないと息子に言われて思わずほっとする自分がいた。〈ハーマッハー・シュレーマー〉にルームサイクルを注文するよう、ジャネット宛のメモを書いた。

その日の夜のディナーのとき、マドリードにバロン系列のホテルを造りたいので、エドワードを派遣して建設用地を検分させようと思っている、とリチャードが言った。

「なぜエドワードなの?」

「彼のほうから行くと言ってきたんだ。いまはもうほとんどフルタイムでバロン・グループの仕事をしていて、ニューヨークにアパートまで借りている」

「彼はシカゴの法律事務所のパートナーでしょう、そっちのほうは大丈夫なの？」

「もうバロン・グループの顧問弁護士になってるし、四十歳になって百八十度の転進がきみにできたのなら、自分にもできないはずがないと言ってるよ。デイリーが死んだあとでわかったんだよ、自分が全力で応援しなくても、充分に下院にいる価値があることをきみ自身が証明してしまったことをね。彼はいま、彼自身の言葉を借りるなら、菓子屋にいる子供みたいに興奮しているよ。あれも欲しいこれも欲しいとね。ぼくの知る限りでは、きみと同じぐらい頑張れるのはエドワードだけだ。おかげで、ぼくはずいぶん楽をさせてもらってる」

「結局のところ、最高の味方だったわけね」

「ああ、そういうことだ。ところで、気づいてるか？　彼はきみに恋をしてるぞ」

「何ですって？」フロレンティナは訊き返した。

「いや、きみとベッドに飛び込みたがってるという意味じゃない。まあ、そうだとしても仕方のないことではあるけどな。いや、そうじゃなくて、きみを敬愛しているという意味だ。もっとも実際に口に出してそれを認めることはないだろうが、まあ、一目瞭然ではあるな」

「でも、わたしは絶対に――」

「ああ、もちろんきみは絶対にそんなことはしないさ、マイ・ダーリン。愛する妻を取られるかもしれないと思ったら、彼をレスター銀行の重役にしようなどとぼくが考えると思うか？」

「妻になる人を見つけて結婚すればいいのに」

「きみが近くにいるあいだは、それはまず間違いなくないだろうな、ジェシー。きみを尊敬し、愛してくれる男が二人もいることをありがたいと思うんだな」

週末が終わってワシントンへ戻ると、ますます数が増えるようになった招待状の山がまたもや待ち受けていた。それをどう処理すればいいか、フロレンティナはエドワードに助言を求めた。

「きみの考えを聞いてもらえる出席者の数が最も多そうなものを六つ選んで出席し、それ以外は仕事に忙殺されていていまは時間が取れないのでと断わるんだな。ただし、欠席の返事の最後に、自分の筆で一言付け加えるのを忘れるな。いつの日か、イリノイ州第九選挙区よりも多くの聴衆を集めたいときに、きみとのつながりはその欠席の手紙だけという人たちがいるはずで、彼らはきみの味方になるか敵になるかをその手紙だけで決めることになるだろうからな」

「エドワード、あなたって本当に賢い古狸《ふるだぬき》ね」
「そうかもしれないが、ぼくのほうが年上だとしても、一歳しか違わないことを忘れてもらっちゃ困る」

フロレンティナはエドワードの助言を受け容れ、毎晩二時間、防衛問題についてのスピーチがきっかけとなって送られてきた手紙への返事を書いた。五週間が過ぎるころにはその作業も完了し、届く郵便物も普通の量に戻っていた。プリンストン大学とカリフォルニア大学バークレー校からの講演依頼を受諾し、陸軍士官学校《ウエストポイント》と海軍士官学校《アナポリス》でも講演をして、さらに、ヴェトナム戦争の復員軍人《ヴエテラン》に敬意を表するワシントンでの昼食会にも、やはり負傷して帰還することになり、いまは政治の世界にいるマックス・クレランドの招待客として出席することになった。どこへ行っても国家防衛に関する代表的権威と紹介されたが、その分野に深く関わり、強い興味を抱くにつれて、自分がほとんど何も知らないに等しいことがわかって恐ろしくなり、その問題について以前にも増して勉強する結果になった。シカゴのほうの仕事も何とか滞ることなくこなしていたが、有名になるにつれて、スタッフに任せざるを得ない仕事が増えていった。というわけで、ワシントンに二人、シカゴに一人、自腹を切ってスタッフを増員した。いまや自分のポケットから出ていく金は年に十万ドルを超えていて、リチャードはそれを〝アメリカへの再投資〟と表現した。

32

「いまでなくても、あとでいいんじゃないの」フロレンティナはその日の朝机に届いていた郵便物を一瞥して言った。第九五下院議会は終わりが近づき、議員の大半はワシントンでの立法活動よりも再選のほうへふたたび関心が移りつつあった。会期のこの段階では、各議員のスタッフも、国よりも選挙区に時間のほとんどを使っていた。普段は立派な人格者が選挙の影が忍び寄ると偽善者になってしまうこの制度を、フロレンティナは不満に思っていた。

「三つ、留意してもらわなくてはならないことがあります」ジャネットがいつものきびきびした口調で切り出した。「一つ目は、記録を見る限り、あなたの投票回数が立派とは言えないということです。前会期は八十九パーセントだったのに、今会期は七十一パーセントに落ちています。敵陣営がこの事実に飛びつき、あなたはいまの仕事に関心を失いつつあるから交代させるべきだと主張しはじめる恐れがあります」

「でも、棄権せざるを得なかったのよ。国防を担う軍の基地を視察したり、州外に足を運んで約束を果たしたりしていたんだもの。同僚議員の半分に自分の選挙区でスピーチをしてくれと頼まれたらどうしようもないでしょう」

「そのことは、わたしは知っています」ジャネットが言った。「ですが、シカゴの有権者は知らないと考えるべきです。ワシントンにいてほしいのにカリフォルニアやプリンストンにいたとあれば、シカゴの有権者は喜びませんよ。次の会期までは、議会の同僚からだろうと支持者からだろうと、もう招待を応諾しないほうが賢明かもしれません。いまの会期の残りは数週間ですが、これから採否を問う法案の大半を欠席しないで投票すれば、投票率をいまからでも八十パーセント以上に押し戻せないとも限りません」

「わたしが忘れないよう、くどいほどに思い出させてちょうだい、ジャネット。それで、二つ目は何？」

「ラルフ・ブルックスがイリノイ州検事に選ばれました。ですから、これからしばらくは彼のことを気にする必要がなくなりました」

「そうだといいんだけどね」フロレンティナが彼に手紙を書いて祝福することを忘れないようメモを走り書きしていると、ジャネットが〈シカゴ・トリビューン〉を置いた。ブルックス夫妻がフロレンティナを見上げていて、キャプションがこう謳っていた――〝新州検事、シカゴ・シンフォニー・オーケストラのチャリティ・コンサートに出席〟。

「さすが、抜かりがないわね」フロレンティナは感想を口にした。「きっと、彼が議員なら法案投票率は常に八十パーセントを超えるんじゃないかしら？　三つ目は？」

「午前十時にドン・ショートと面会の約束が入っています」

「ドン・ショート？」

「〈航空宇宙計画研究《エアロスペース・プラン・アンド・リサーチ》〉という会社の重役です」ジャネットが言った。「彼の会社が敵のミサイルを追跡するレーダー基地を建設する契約を政府と結んだというので、会うことにされたんじゃないですか。あの会社はいま、アメリカ海軍戦闘艦に自社製品を装備させるべく、海軍の新たな契約入札に参加しています」

「そうだった、いま思い出したわ」フロレンティナは言った。「その問題についての優れた論文があったわね、それを探して持ってきてもらえないかしら」

ジャネットが茶色のマニラ封筒を手渡した。「必要なものはすべて揃っているはずです」

フロレンティナは微笑し、素早くページをめくった。「ええ、そうよ、全部思い出したわ。一点か二点、ミスター・ショートに問いたださなくちゃならないことがあったのよね」

それから一時間をかけて返事をするべき手紙を口述したあと、ジャネットがさっき渡してくれた説明資料に目を通した。まだ時間に余裕があったので、ドン・ショートに質問すべき点をいくつか、メモすることができた。

十時、ドン・ショートが到着し、ジャネットに案内されてフロレンティナのオフィスに入ってきた。

「お目にかかれて光栄です、議員」ドン・ショートが握手の手を差し出した。「わが社はあなたを、自由社会の希望の最後の砦と考えています」

一目でその人物を嫌いになることはフロレンティナの場合滅多になかったが、ドン・ショートは間違いなくその範疇《はんちゅう》に入る類いだった。

身長は五フィート七インチぐらい、二十ポンド肥りすぎていて、五十代の初めというところか、ほとんど禿《は》げていたが、残り少ない黒い髪が頭頂部に慎重に櫛《くし》で撫《な》でつけられていた。格子柄のスーツを着て、茶色のブリーフケースを持っていた。いまのような〝鷹派〟の評判が定着するまで、ドン・ショートのような人物の訪問を受けたことは、フロレンティナは一度もなかった。ロビー活動をする価値はないと、彼らの業界全体から見なされていたからだった。ところが、防衛小委員会の委員になってからというもの、ディナーや顎脚付きの官費旅行への招待が引きも切らず、F15戦闘機の青銅模型から半透明の合成樹脂の箱に入ったマンガンの塊まで、ありとあらゆる種類の贈り物が届くようになった。そのときに関わっている問題に関係のある招待しか受けず、コンコルドの模型を除いてほかの贈り物はすべて、丁重な手紙をつけて返送した。コンコルドの模型は机の上に置かれつづけたが、それはどこの国のものであれ素晴らしいものは素晴らしいことをみんなに思い出させるためだった。マーガレット・サッチャーが下院の自分の机にアポロ11号の模型を飾っていると聞いたとき、その理由は自分と同じはずだと考えた。

ジャネットが退出して二人だけになると、フロレンティナはドン・ショートに坐り心地のいい椅子を勧めた。腰を下ろして組んだ脚から、ズボンと靴下で隠しきれない、毛のない脛がちらりと覗いた。

「いいオフィスですな。お子さんたちですか?」ドン・ショートがフロレンティナの机の上の写真を肉のついた指で示した。

「そうです」フロレンティナは答えた。

「美男美女じゃないですか――母上に似たんですな」ドン・ショートが神経質に笑った。

「XR108のことでいらっしゃったのですよね、ミスター・ショート?」

「そうなんですが、私のことはどうぞドンと呼んでください。本題に入りますと、XR108はアメリカ海軍に必要不可欠、それなしでは存立しえない装備だと、われわれはそう信じています。XR108は一万マイル離れたところから敵のミサイルを追跡し、正確な位置を把握することが可能です。アメリカ海軍の空母すべてにXR108の制御システムが装備された暁には、ソヴィエトもそう軽々にアメリカを攻撃できないはずです。なぜなら、われわれが寝ているあいだも、常に公海からわれわれを守ることができるようになるからです」ドン・ショートが拍手でも期待するかのように間を置いてからつづけた。「そのうえ、XR108はソヴィエトのミサイル基地を一つ残らず写真撮影し、それをホワイトハウスのシチュエーション・ルームのテレビ画面に直接送ることができるのです。ソヴィエトの連中は小便に行くときも写真を撮られることになるわけです」そして、また笑った。

「XR108の性能については詳しく検討させてもらいました、ミスター・ショート。その上で不思議に思うことがあるのですが、本質的に同じものをあなたの会社の価格のわずか七十二パーセントで造れるとボーイング社が主張しているのはなぜでしょうね？」

「わが社のもののほうがはるかに精巧で性能がいいからです、ミセス・ケイン。それにわれわれのその分野での実績はすでに証明されていて、アメリカ陸軍にもすでに納入している装備が存在します」

「あなた方の会社は契約書に明記されている期日までに追跡基地を完成させられませんでした。それなのに、当初見積もりより十七パーセントも多い、もっと正確に言うと二千三百万ドルも多い建設費用を請求していますよね」フロレンティナは一度もメモを見ることなく言った。

ドン・ショートが唇を舐めはじめた。「いや、その点については、残念なことにインフレの影響が大きいと言わざるを得ません。それはどこも同じかもしれませんが、航空宇宙産業においては特にそうなのです。少し時間を割いていただいて、私どもの重役連と会ってもらえれば、その問題についてもっと明確に説明できるかもしれません。ディナーの手筈《はず》を整えるにやぶさかではありませんが、いかがですか?」

「わたしはディナーの招待を原則として受けないことにしているのですよ、ミスター・ショート。ディナーで得をするのはボーイ長だけだと、ずっと前から信じているものですからね」

ドン・ショートがふたたび笑った。「いや、私が言っているのは、あなたの功績を労《ねぎら》い、敬意を表するためのディナー・パーティですよ。そうですね、五百人ほどを五十ドルの参加費で招待して、その参加費をあなたの選挙運動資金に加えていただくというのはどうでしょう。あるいは、何であれ現金が必要なことに使ってもらうというのは?」最後の部分はほとんどささやくような声だった。

この男を追い出そうとしたとき、秘書がコーヒーを運んできた。ルイーズが退出するころには、フロレンティナも冷静さを取り戻し、あることを思いついていた。

「そんなこと、どうやってやるんですか、ミスター・ショート?」

「いや、私どもの会社は友人に援助の手を差し伸べたがる傾向がありましてね。あなたにしても、再選のためにはかなりの運動資金が必要なのではないかと認識しているわけです。ですから、ディナー・パーティを主宰すれば多少なりと集金の役に立つだろうと考えるわけです。それに、参加費は送ってきたけれどもパーティには顔を出さない招待客がいたとしても――まあ、そんなこと、だれにもわかりませんからね」

「確かに、だれにもわからないでしょうね、ミスター・ショート」

「では、お任せ願えますか？」

「よろしくお願いします、ミスター・ショート」

「あなたとは仕事をご一緒できるとわかっていましたよ」

ドン・ショートがぽってりした手を差し出し、フロレンティナは強《こわ》ばった笑みを辛うじて浮かべた。面会者を見送るべく、ジャネットが入ってきた。

「改めて連絡しますよ、フロレンティナ」ドン・ショートが出口で振り返って言った。

ドン・ショートが出ていってドアが閉まると同時に、投票開始を告げるベルが鳴り響いた。時計を一瞥すると、その上に並んでいる小さな豆電球が、五分以内に議場に着けば間に合うと教えてくれた。

「まだ間に合いそうなのが一件あるわね」フロレンティナはオフィスを出て議員専用エレベーターへ走り、地階に着くとロングワースと議事堂のあいだを往復する地下鉄に飛び乗った。腰を下ろすと、隣りにロバート・ブキャナンが坐っていた。

「どっちに入れるのかな？」ブキャナンが訊いた。

「大変」フロレンティナは思わず声を上げた。「何の法案の賛否を問うんですか？　わたし、知らないんですけど？」

頭にはいまもドン・ショートと、ディナー・パーティをどうするかということしかなかった。

「今回は大丈夫だよ。定年を六十五から七十に引き上げる法案だから、きみも私も間違いなく同じ側へ一票を入れることになるのではないかな」

「そんなの、あなたのような老人を議会にいつづけさせて、わたしをどの委員会の委員長にもさせないようにする企《たくら》みでしかありませんよ」

「きみも六十五になるまで待つんだな、フロレンティナ。そのときは考えが変わっているかもしれないぞ」

地下鉄が議事堂の地下に着き、二人は同じエレベーターで議場階へ上がった。この頑固な保守派共和党議員に完全に一人前と見なされ、同等に扱われていることが、フロレンティナは嬉しかった。二人は議場に着くと、後方の真鍮《しんちゅう》の手摺《てすり》にもたれて自分の名前が呼ばれるのを待った。

「議場できみたちの側に立つのを愉快だと思ったことは一度もない」ブキャナンが言った。

「長い年月が経ったいまでも妙な気分だ」

「ご存じでしょうけど、民主党議員のなかにも立派な人はいます。ところで、秘密を一つ、明かしましょうか。わたしの夫はジェリー・フォードに投票したんです」

「賢明な男だ、と評すべきだろうな」ブキャナンが小さく笑って言った。

「奥さまはジミー・カーターに一票を投じたかもしれませんよ」

老人がいきなり悲しそうな顔になり、小声で言った。「妻は去年死んだよ」

「ごめんなさい、知らなかったとはいえ、わたしったら何てことを。本当にすみません」

「いいんだ、マイ・ディア。きみが知らないことはわかっていたからね。だが、家族を大事にして楽しむことだ。ずっと一緒にいられるわけではないからな。それから、一つ気がついたことがある。その人物がどんなに大きな仕事をしているつもりでも、本物の家族からすると、ここは貧しい代わりの場所に過ぎないということだ……そろそろ頭文字がBの名前を呼びはじめたようだから、きみが考える邪魔にならないよう、これで失礼する。通路のこっち側に立つのも、これからはそう悪くないかもしれないという気がしているよ」

フロレンティナは微笑しながら、このお互いへの尊敬はお互いへの不信のなかから生まれたことを改めて肝に銘じた。選挙という次元では双方の党の立場の違いが露骨すぎるぐらい露骨に示されるのに、日々の仕事のなかではそれが消えてくれることがありがたかった。しばらくして頭文字がKの名前が呼ばれはじめた。フロレンティナは投票を終えるやオフィスに戻って与党副院内総務のビル・ピアスンに電話をし、すぐに会いたいと面会を申し込んだ。

「いまでないと駄目なのか？」

「いまでないと駄目なんです、ビル」

「今度は外交委員会に押し込めと言うんだろう」

「違います、もっとはるかに深刻な話です」

「そういうことなら、いますぐでかまわない」

今朝オフィスであったことについてのフロレンティナの説明をピアスンはパイプをくわえて聞いていたが、そのあとでこう言った。「そういうことがしばしば行なわれているのはわれわれも知っているが、ほとんどそれを立証できないのが現実だ。きみのミスター・ショートの件は、その現場を押さえる、願ってもない好機のように思われる。その茶番に付き合って、私に報告をしてくれ、フロレンティナ。何であれ連中が金を手渡した瞬間に、われわれが〈エアロスペース・プラン・アンド・リサーチ〉に飛びかかってがっちり押さえ込んでやる。たとえ最終的に何も立証できなくても、そういう怪しげなことに関わる前に議員連中がもう一度考えるきっかけには少なくともなるだろう」

週末、フロレンティナはドン・ショートのことをリチャードに話したが、彼は特に驚かなかった。「その問題は簡単だよ。議員のなかには議員報酬だけが頼りの者がいるわけで、そういう議員にとって、ささやかではあれときどき臨時収入があることはありがたいわけだから、そういう誘惑に抵抗するのは難しいだろう。議席を失う恐れがあって、当選が保証されていないとなれば尚更だ」

「そうだとしたら、ドン・ショートはどうしてわざわざわたしを選んで接近してきたのかしら?」

「その説明も簡単だな。ぼくも銀行で、平均すれば半年に一回ぐらいの頻度でその手の誘いを受けている。賄賂を使おうとする連中というのは、国税当局に知られずに手早く金を手にするチャンスに飛びつかない者はいないと考えているんだ。どうしてかというと、本人たちがそうだからさ。どれだけ多くの大金持ちが一万ドルの現金を手にするために母親を売るか知ったら、きみもさぞや驚くだろうな」

次の週のうちにドン・ショートから電話があり、フロレンティナの功績を労《ねぎら》い、敬意を表するディナー・パーティをメイフラワー・ホテルで開催することになったと伝えてきた。出席者は五百人ぐらいになるとのことだった。フロレンティナは礼を言い、インターコムでルイーズを呼ぶと、その日取りを予定表に書き込んでおくよう指示した。

それからの数週間は議会の仕事や州外での約束を果たすことに忙殺されつづけたせいで、ドン・ショートが設定したディナー・パーティはほとんど完全に頭から抜け落ちていた。下院で中小企業にまつわる法案に補足された民主党の修正案に賛成票を投じていると、ジャネットが大急ぎで議場に入ってきた。

「〈エアロスペース・プラン・アンド・リサーチ〉のディナー・パーティを忘れていませんか？」

「忘れてないけど、あれは一週間後でしょ？」

「予定表を確認してもらえれば、今夜だとわかるはずです。あと二十分しかありませんよ」ジャネットが言った。「五百人があなたを待っていることをお忘れなく」

フロレンティナは同僚議員に詫びて急いで議場をあとにし、ロングワースの駐車場へ走った。自分でハンドルを握ってワシントンの夜へと、速度制限などお構いなしに突っ込んでいった。デ・セールズ・ストリートでコネティカット・アヴェニューへ入ると、ずいぶん前で車を停め、そこからメイフラワー・ホテルまで歩いて、脇の出入り口からなかに入った。実際には数分しか遅れていなかったが、フロレンティナの感覚では大遅刻だった。

ロビーでは、ドン・ショートがサイズの合わなくなったディナー・ジャケットを窮屈そうに着て待っていた。フロレンティナは着替える時間がなかったことをいきなり思い出し、いまの服装がくだけすぎて見えないことを祈った。

「今夜のために特別に部屋を取ってあります」エレベーターへ案内しながら、ドン・ショートが言った。

「このホテルに五百人も収容できる宴会場があるとは知りませんでした」フロレンティナはエレベーターのドアが閉まるや言った。

ドン・ショートが笑って言った。「なかなかいい部屋ですよ」案内された部屋は二十人も入れば満員になるはずで、そこにいる出席者の紹介もあっという間に終わった。何しろ十四人しかいなかった。

ディナーのあいだ、ドン・ショートの下卑た冗談や彼の会社の大袈裟《おおげさ》な自慢話を聞かされ、このまま最後まで癇癪《かんしゃく》を破裂させずにいられるかどうか自信がなくなっていった。ドン・ショートは終わりに際して立ち上がると、空のグラスをスプーンで鳴らして注目を求め、フロレンティナを親友扱いして歯の浮くような褒め言葉を並べ立てた。着席したとたんに、十四人しかいないとは思えないほど盛大な拍手が湧き起こった。フロレンティナは短く感謝の言葉を述べ、十一時を少し過ぎたところで何とか逃げ出すことに成功した。メイフラワー・ホテルの料理が素晴らしかったことがせめてもの救いで、シェフに感謝しないではいられなかった。

ドン・ショートが駐車場まで送ってきて、運転席に坐ったフロレンティナに封筒を差し出し、にやりと笑って言った。「出席者が少なかったことはお詫びするしかありませんが、少なくとも参加費五十ドルは欠席者全員が送ってくれましたよ」そして、運転席のドアを閉めた。

フロレンティナは〈ワシントン・バロン〉に戻ると、封を切って中身を検めた。二万四千三百ドルの現金小切手が入っていた。

翌朝、ビル・ピアスンと面会して、何があったかをありのまま正確に話したあとで、封筒を渡した。

「これが」ピアスンが小切手を振りながら言った。「蛆虫《うじむし》の缶詰を開ける缶切りになるはずだ」そして、笑顔で小切手を机にしまって鍵をかけた。

週末はワシントンを離れた。やるべきことをかなりうまくやったという満足感があった。リチャードまで褒めてくれて、そのあとでこう言った。「その金があったらわれわれも助かったはずなんだけどな」

「どういう意味？」フロレンティナは訊いた。

「今年度はバロン・グループの利益が大幅に減りそうなんだよ」

「大変じゃないの。でも、なぜ？」

「カーター大統領が行なっている一連の経済政策のせいで、ホテル業界はかなりの打撃を被っている。もっとも、皮肉なことに銀行業界には有利に働いているけどね。物価上昇率が十五パーセントなのに、プライムレートは十六パーセントなんだから。電話のほうがはるかに安く上がると気づいた会社の大半が、真っ先に出張費を削減するんだ。そうなるとホテルの部屋の稼働率は下がるから、最終的には値上げを余儀なくされるだろう。それは実業界にさらなる出張費削減の理由を与えることにしかならない。おまけに、食品価格が急騰していて、人件費も物価上昇率のあおりを食って膨れ上がる一方だ」

「きっと、ほかのホテル・グループも同じ問題に直面しているんでしょうね」

「それはそうなんだが、去年、企業オフィスを〈ニューヨーク・バロン〉から締め出しただろう。あれが誤算だった。ぼくの予想よりはるかに高くつく結果になってしまった。パーク・アヴェニュー四五〇番地はいい立地かもしれないが、その住所をぼくたちのホテルのレターヘッドに印刷するのを諦めれば、南部に二つホテルを造ることができたはずなんだ」

「でも、〈ニューヨーク・バロン〉の企業オフィス向けの三フロアを解放したおかげで、新しい宴会場を複数造ることができたじゃない」

「しかし、不動産価値四千万ドルの土地で、二百万ドルの利益しか出していない」

「でも、ニューヨークの中心にバロン・グループのホテルがないのは駄目よ。グループの最高位に位置するホテルなのよ。売却なんて考えられないわ」

「利益が出なくなるまではな」

「でも、バロン・グループの評判が……」

「利益と天秤《てんびん》にかけて損が出るとわかったら、きみのお父さんは評判なんか気にしなかったぞ」

「だったら、どうするの?」

「〈マッキンゼー・アンド・カンパニー〉に頼んで、バロン・グループのすべてのホテルを徹底的に評価してもらう。三か月ごとに中間報告を聞いて、その評価に価値があると考えればつづけてもらい、一年かけて作業を完了する」

「でも、あそこはニューヨークでも超一流の経営コンサルタントでしょう、結構な調査費を払うことになるんじゃないの？」

「そのとおりだ、あそこは高い。だけど、長期的に見てかなりの節約になるとしてもぼくは驚かないぞ。いまや世界じゅうの現代的なホテルが相手にしている客は、きみのお父さんがバロン・グループを創設した時代の客とは違う、それを忘れては駄目なんだよ。いま自分たちの目の前にある問題を見落とすような失態は、絶対に犯すわけにはいかない」

「でも、そういう助言なら、バロン・グループの古参の重役にもできるんじゃないの？」

「〈ブルーミングデイル〉の調査をしたとき、〈マッキンゼー・アンド・カンパニー〉が提案したのは、十七の売り場を元々の場所から別の場所へ移すことだった。簡単なことじゃないかときみは言うかもしれないが、翌年は利益が二十一パーセントも増えた。だけど、それまで、売り場の場所替えが必要だと考えた重役はいなかったんだ。もしかすると、われわれも同じ轍《てつ》を踏んでいて、それに気づいていないのかもしれない」

「わたし、なんだか蚊帳の外に置かれているような気がする」

「心配するな、ジェシー、ダーリン。きみが百パーセント賛成してくれない限り、何もしないから」

「それで、銀行はどうやって生き延びてるの？」

「皮肉なことに、レスター銀行は〝大恐慌〟以降のいつのときより大きな利益を出しているよ。融資と当座貸し越しのおかげでね。ジミー・カーターが大統領になった時点で金《きん》を買うことにした、ぼくの決断が大いに報われたというわけさ。カーターが再選されたら、さらに買い増すつもりだ。ロナルド・レーガンがホワイハウスの住人になったら、次の日に売るさ。だけど、心配は無用だ。きみが下院議員として年間五万七千ドルを稼いでくれる限り、ぼくは枕を高くして寝られるからな。何しろ、苦しいときに頼れる何かがあるとわかっているんだから……ところで、ドン・ショートと二万四千ドルのことはもうエドワードに教えたのか？」

「二万四千三百ドルよ。まだ、話してないわ。何日も顔を合わせていないし、合わせても、彼ときたらホテル・グループの経営のことしか話題にしないのよね」

「今度の年次総会で、彼をレスター銀行の重役に迎える提案をするつもりでいるんだ。だから、次は銀行の経営のことしか話題にしなくなる可能性があるぞ」

「すぐに全部を自分で取り仕切るようになったりして」

「それこそぼくがファースト・ジェントルマンになるときのために計画していることだよ」

ワシントンに戻ってみると、意外にもビル・ピアスンからはなしのつぶてのままだった。彼の秘書によると、カリフォルニアの選挙運動で留守にしているとのことで、それを聞いて、フロレンティナは選挙が近いことを改めて思い出した。立法府は次の会期まで休眠状態にあること、もっと長い時間をシカゴで過ごすほうが賢明かもしれないということを、ジャネットがすかさず指摘してくれた。

木曜日、ビル・ピアスンがカリフォルニアから電話をかけてきて、例の一件を共和党幹部議員と防衛小委員会の委員長に話したが、二人とも選挙前にその問題を持ち出すのは有利に働くよりも不利に働く可能性が高いという意見で、自分の見方も彼らと同じだと言った。そして、その件についての自分の調べが邪魔される恐れがあるから、あの二万四千三百ドルのことは公表しないでくれと頼んできた。

フロレンティナはその助言に激しく反発し、小委員会幹部に直接話をしようかとまで考えてエドワードに電話で相談したところ、そういうことはしないほうがいいと諫《いさ》められた。その理由は、副院内総務のオフィスは賄賂に関してフロレンティナより多くの情報を得ているに決まっているし、彼女自身が裏で画策していると勘繰られかねないというものだった。フロレンティナは不承不承、選挙が終わるまで待つことに同意した。

ジャネットがしつこく思い出させてくれたおかげで、フロレンティナは会期の終わりまでに、何とか投票率を八十パーセント以上に押し上げることに成功した。しかし、そのための代価として、机の上に置かれたワシントン以外からの招待状にはすべて欠席の返事をしなくてはならず、さらに、届いている招待状はジャネットが机の上に置いてくれる数よりはるかに多いのではないかと思われた。議会が休会に入ると、フロレンティナは次の選挙の準備をするためにシカゴに戻った。

　気がついてみると意外なことに、選挙運動の期間中、フロレンティナはランドルフ・ストリートにある民主党クック郡支部でかなりの時間を大人しく過ごしていた。ジミー・カーターの一年目はアメリカの有権者の期待に充分に応えたとは言えなかったが、そうであるにもかかわらず、地元の共和党はフロレンティナの対立候補を見つけるのが難しいことをよくわかっていた。フロレンティナを忙しくさせておくために、スタッフは自分たちは選挙区内に目を配って選挙準備をし、彼女については州内のほかの民主党候補の応援に送り出しつづけた。

　共和党は最終的にスチュアート・ライルが再出馬に同意したが、日夜選挙区を駆けずり回ることをしない、自分の金は一セントたりと使わないという条件を選出委員会が呑《の》んだからに過ぎなかった。そのライルが私的な会話のなかで――選挙運動中は〝私的〟などないことを忘れて――「ケインとデイリー市長との違いが一つだけある。それはケインは誠実だということだ」と漏らしたとき、共和党は憮然《ぶぜん》とせざるを得なかった。

　イリノイ州第九選挙区もスチュアート・ライルと同じ考えだったと見えて、得票差を少し広げる形でフロレンティナを下院へ送り返した。だが、民主党自体は下院で十五人、上院で三人、仲間を失っていた。そのなかにビル・ピアスンが含まれていた。

フロレンティナはカリフォルニアのピアスンの自宅に何度も電話をしたが、応答は一度もなかった。そのたびに留守番電話にメッセージを残したけれども、折り返しの電話も一度もなかった。リチャードとエドワードに相談すると、すぐに与党院内総務に会うべきだという答えが揃って返ってきた。

話を聞いたマーク・チャドウィック院内総務はびっくりし、すぐにビル・ピアスンと接触して、今日のうちに改めて連絡すると言った。そして、言葉に違わず電話をくれたが、その報告はフロレンティナをぎょっとさせずにおかなかった。二万四千三百ドルのことなど何も知らないし、賄賂の問題をフロレンティナと話し合ったこともない、とビル・ピアスンは主張しているとのことだった。そのうえ、フロレンティナがだれかから二万四千三百ドルを受け取ったのなら、それを選挙資金あるいは収入として申告する法的義務があるとチャドウィックに指摘していた。彼女の選挙資金報告書にその二万四千三百ドルは記載されていなかったし、下院規則はだれからであれ七百五十ドルを超える謝礼を受け取ることを禁じていた。その二万四千三百ドルのことは口外しないでくれとピアスンに頼まれたのだと、フロレンティナはチャドウィックに説明した。きみを信じるとチャドウィックは言ってくれたが、ピアスンが嘘をついていることをフロレンティナが証明する方法についてはまったくわからないとのことだった。そして、これは秘密でも何でもないがピアスンは二度目の離婚以降、経済的に苦しくなっているんだ、と付け加えた。「仕事がなくなったうえに、扶養費を二人分払わなくてはならないときたら、どんな善良な男だって血迷わないとは限らないからな」と、彼は指摘した。

チャドウィックがこの件について全面的な調べを行ない、自分はその間沈黙を守ることに、フロレンティナは同意した。その週、ドン・ショートが電話をしてきて選挙の勝利を祝福し、木曜日の小委員会でミサイル計画についての海軍との契約が審議されることを思い出させた。ドン・ショートの次の言葉を聞いて、フロレンティナは唇を嚙んだ。「あの小切手を現金化してもらって嬉しいですよ。きっと選挙のときに役に立ったはずですからね」

フロレンティナはすぐさま与党院内総務と連絡を取り、ビル・ピアスンについての調べが完了するまでミサイル計画に関する投票を延期してくれるよう頼んだ。しかし、その要請には応じられないというのがマーク・チャドウィックの返事だった。延期すれば予算が宙に浮く形になってよそへ回されかねないし、契約相手はどこの会社でも構わないがこれ以上決定が引き延ばされれば混乱が生じるだろうとブラウン国防長官も警告しているからだと理由を説明し、最後には防衛計画を引き延ばしている議員に対するフロレンティナ自身のスピーチを持ち出すことまでした。フロレンティナは時間を無駄にすることなく、すぐさま議論を開始した。

「あなたのほうの調べは進んでいるんですか、マーク」

「進んでいるとも。あの小切手がペンシルヴェニア・アヴェニューの〈リッグ・ナショナル・バンク〉で現金化されたことを突き止めた」

「わたしの取引銀行で、しかもわたしが使っている支店じゃないですか」フロレンティナは耳を疑った。

「現金化したのは、サングラスをかけた四十五歳ぐらいの女性だそうだ」

「何かいいニュースはないんですか?」フロレンティナは訊いた。

「あるとも」チャドウィックが答えた。「金額が結構大きいので、万一何らかの調べが入った場合を想定し、支店長が紙幣の記番号を控えておいてくれたんだ。皮肉と言えば皮肉だな」フロレンティナは笑みを浮かべようとした。「私の見るところでは、きみにある選択肢は二つだ、フロレンティナ。木曜の小委員会ですべてを暴露して爆弾を破裂させてもいいし、私がこの面倒な仕事をし終えるまで静かにしていてもいい。していけないことが一つあるとすれば、私の調べが完了する前にビル・ピアスンが関わっているのを公にすることだ」

「それで、わたしにどうしてほしいんですか?」

「たぶん、党はきみに黙っていてもらいたいはずだ。だが、きみにどうしてもらうかを私が決めることになれば、そのときは考えがある」

「ありがとうございます、マーク」

「きみのやり方をよしとする者はたぶんいないだろうが、だからと言って、過去にきみが思いとどまった例は一つもないからな」

トーマス・リー防衛小委員会委員長が木槌を打ち鳴らして審議開始を告げたとき、フロレンティナはすでに数分前から議場にいてメモを取っていた。レーダー衛星契約は六番目の議題で、最初の五つの議題については一度も発言しなかった。記者席と傍聴席のほうを見ると、ドン・ショートが笑っている顔が嫌でも目に入ってきた。

「議題六番に移ります」委員長が欠伸《あくび》を嚙み殺しながら――彼に言わせれば、それまでの五つの議題にあまりにも時間がかかりすぎていた――宣言した。「わたしたちは今日、海軍のミサイル計画に参入しようとしている三つの会社について検討しなくてはなりません。最終決定は国防省調達局が行ないますが、彼らはわれわれの熟慮の結果の意見を待っています。では、最初の発言を希望する議員はだれでしょうか？」

フロレンティナはだれよりも早く挙手をした。

「ケイン議員」

「わたしとしては、委員長、〈グラマン〉と〈ボーイング〉については参入を認めてもいいと考えていますし、特にどちらかに肩入れをするものではありませんが、〈エアロスペース・プラン・アンド・リサーチ〉だけは、いかなる状況であろうとも参入を許すべきでないと考えます」ドン・ショートが信じられないという顔で真っ青になった。

「〈エアロスペース・プラン・アンド・リサーチ〉に対してそこまで強く反対される理由を本委員会に教えてもらえますか、ミセス・ケイン？」

「もちろんです、委員長。反対する理由はわたしが直接経験したことによるものです。数週間前、〈エアロスペース・プラン・アンド・リサーチ〉の社員がわたしのオフィスを訪れ、この契約を自分の会社と結ぶべき理由を細かく説明してくれました。その社員は後に、二万四千三百ドルの小切手と引き換えに自分の会社に票を投じさせようと、わたしの買収を企てたのです。その社員なる人物はいまこの議場にいますが、自分のしたことについて、いずれ法廷で申し開きをしなくてはならなくなるのは疑いの余地がありません」

委員長が議場を静かにすることにようやく成功すると、フロレンティナはメイフラワー・ホテルでのディナー・パーティの実態を明らかにし、自分に金を渡した人物としてドン・ショートを名指しした。振り返ったときには、その姿はすでに消えていた。フロレンティナは発言をつづけたが、ビル・ピアスンについての言及は一切しなかった。それは党の問題だといまも考えていたからだが、発言を終えたとき、ドン・ショートに負けず劣らず青ざめている委員が二人いることに気づかないわけにいかなかった。

「わが同僚議員による深刻な申し立てに鑑み、全面的な調べが行なわれるまで、本件に関する決定を延期することとします」リー委員長が宣言した。

フロレンティナは委員長に感謝すると、すぐさま自分のオフィスへ向かった。廊下に出たとたんに記者団に囲まれたが、執拗に浴びせられる質問には一切答えずに歩きつづけた。

その日の夜、リチャードに電話をしてそのことを話すと、これからの何日かは愉快なことにはならないだろうという警告が返ってきた。

「どうして？　わたしは本当のことを言っただけよ？」

「それはわかってる。だけど、あの委員会には命懸けで戦っているグループがあって、連中はきみを敵としか見ていない。だから、きみもルール無用の攻撃を覚悟して応戦することだ」

次の日の朝の新聞を見て、リチャードが言おうとしていたことの意味がわかった。〝ケイン議員、〈エアロスペース・プラン・アンド・リサーチ〉を贈賄で告発〟の見出しがあったかと思うと、別の一紙は〝企業ロビイスト、下院議員が選挙資金として現金を受け取ったと主張〟と謳っていた。ほとんどの新聞が同じような記事を載せていることがわかると、急いで着替えをして、朝食抜きで議事堂へ車を走らせた。オフィスに着いて新聞全紙にくまなく目を通すと、一紙の例外もなく、二万四千三百ドルがどこへ消えたのかを知りたがっていた。「わたしもそれを知りたいのよ」フロレンティナは声に出して言った。一番不穏当なのが〈シカゴ・サン－タイムズ〉の見出しで、〝ケイン議員、小切手現金化のあとで、宇宙航空関係企業を贈賄で告発〟となっていた。事実ではあるが、誤解を生じさせる恐れがあった。

リチャードが電話をしてきて、すでにエドワードがニューヨークからそっちへ向かっているから、彼と話をするまではメディアに何も言うなと知らせてきた。だが、どのみちそれは不可能だった。ＦＢＩが上級捜査官を二名送ってきていて、明朝十時に事情聴取を受けることになっていたからである。

エドワードと与党院内総務の立ち会いの下で、フロレンティナはすべてをありのままに供述した。自分たちの捜査が終了するまでビル・ピアスンが関わっていたことをメディアに話さないよう要請され、今度も不承不承ながら了承した。

その日、下院議員のなかにはわざわざやってきてよくやったと褒めてくれる者もいたが、ほかの者たちはこれ見よがしに彼女を避けた。

〈シカゴ・トリビューン〉はその日の午後の第一面で、二万四千三百ドルはどこへ消えたのかと大々的に追及していた。そして、本意ではないが公器としての義務だとして、フロレンティナの父親が公務員の買収を企て、一九六一年にシカゴの法廷で有罪判決を受けていることを明らかにもしていた。州検事局から新聞社に電話をし、その件について詳細な情報を与える、ラルフ・ブルックスの声が聞こえるような気がした。

エドワードは何とかフロレンティナの癇癪を破裂させないようにし、リチャードは毎晩ニューヨークから飛んできて一緒にいてくれた。その間《かん》、新聞はその件の後追い記事を掲載しつづけ、ラルフ・ブルックスは州検事として次のような声明を出した。〝小職はミセス・ケインを尊敬し、彼女の無実を信じるものであるが、今回は状況に鑑み、ＦＢＩの捜査の完了を待って下院議員職を辞されるのが賢明ではないかと愚考する〟。フロレンティナはそれを読んで、絶対に辞任などしないと決意を新たにした。何があっても諦めるなというマーク・チャドウィックからの電話が、その決意をさらに確固たるものにしてくれた。有罪になるべき人物が裁きの場に引き出されるのは時間の問題に過ぎないのかもしれなかった。

四日が過ぎたがＦＢＩからは何の連絡もなく、フロレンティナがどん底の気分でいるとき、〈ワシントン・ポスト〉の記者が電話をかけてきた。

「ミセス・ケイン、〝エアロゲート〟に関するブキャナン下院議員の声明についてどう思われますか？」

「彼もわたしの敵に回ったの？」フロレンティナは小さな声で訊いた。

「そうではありません」電話の向こうの声が答えた。「いま、その声明を読み上げます。〝私はほとんど五年前からケイン下院議員を知っている。何度となく苦汁を飲まされてきた手強い敵でもある。しかし、わがテネシーの格言にあるとおり、川の向こうへ泳いで渡らなければ、より誠実な人間を見つけることはできない。もしミセス・ケインが信頼できない人物であるならば、私の知る限り上下両院に正直者は一人もいないことになる〟」

数分後、フロレンティナはロバート・ブキャナンに電話をした。

「いいかね、私が年齢《とし》を取って優しくなったなどと思わないことだ」ブキャナンは勢いのある大きな声で応えた。「議場で下手なことをしたら、この私がしたたかに痛い目にあわせてやるからな」

フロレンティナはこの何日かで、初めて声を立てて笑った。

十二月の寒風が音を立てて通りを吹きすさぶなか、フロレンティナはその日の最後の投票を終え、ロングワース・ビルディングへと一人で歩いていた。角では新聞売りの少年が夕刊の見出しを叫んでいた。何を叫んでいるのかはっきりとは聞き取れなかったが、だれかが逮捕されたと言っているようだった。フロレンティナはその少年のところへ急ぎ、ポケットを探って硬貨を探した。二十ドル札しかなかった。

「お釣りがないんですが」少年が言った。

「気にしないで」フロレンティナは新聞を手に取ると、まずは大急ぎで、次にゆっくりと最初の記事に目を走らせた。「〝ビル・ピアスン前下院議員は〟」彼女は声に出して読んでいった。新聞売りの少年に確実に聞こえるようにしたいと思っているかのようだった。

「〝エアロゲート・スキャンダルに関わった容疑で、カリフォルニア州フレズノでＦＢＩによって逮捕された。一万七千ドルを超す現金が、フォードの新車のリアバンパーに隠されていた。容疑者は最寄りの警察へ連行され、取り調べを受けたあと、一件の重窃盗容疑と三件の軽罪容疑で告発された。そのとき一緒にいた若い女性も従犯として告発されている〟」

フロレンティナが雪のなかで飛び跳ねるのを見て、新聞売りの少年は急いで二十ドル札をポケットにしまうと、別の角で新聞を売るために走っていった。こういうタイプの議員には気をつけるよう、かねがね注意されているのだった。

「ニュースで知りました。ようございました、ミセス・ケイン」〈ジョッキー・クラブ〉のボーイ長――その日の夕刻に声をかけてくれた何人かの最初の一人だった――が言った。リチャードがニューヨークから飛んできて、お祝いのディナーに連れ出してくれたのだった。樫《かし》板張りの部屋へ向かう途中、政治家やワシントン社交界の何人かに、ようやく真実が明らかになってよかったと声をかけられ、フロレンティナはその一人一人に笑顔で応えた。五年近く政治の世界にいて身についた、〝ワシントンの微笑〟だった。

翌日、〈シカゴ・トリビューン〉と〈シカゴ・サン－タイムズ〉が、危機にあっても冷静さを失わなかったわれらの議員の能力に仰々しいほどの賛辞を呈した。フロレンティナは苦笑いを浮かべながらも、これからも何があろうと自分自身の判断に従うと固く決意した。ラルフ・ブルックス州検事は一切のコメントを出さず、その沈黙ぶりが目を引いた。エドワードはフリージアの大きな花束を送ってくれ、ウィリアムからは電報が届いた――

〝さらなる取り調べのためにいまもフレズノに勾留されている女性がお母さんでないのなら、今夜会おうよ〟。帰宅したアナベルは最近の母親の苦境など知らなかった振りをして、ラドクリフ女子大学に合格したことを教えた。マデイラ・スクールの校長が後にこっそり打ち明けてくれたところでは、合格は本当にぎりぎりで、しかし、父親がハーヴァード大学にいたこと、母親がラドクリフの卒業生であることが邪魔になったはずはないとのことだった。フロレンティナは自分の名声のおかげで指一本動かさなくても娘の将来に影響力を及ぼすことができると知って驚き、これでアナベルの生活がもっと落ち着いてくれると思うとほっとしたと、後にリチャードに打ち明けた。

　何を専攻するつもりかとリチャードは娘に訊いた。

「心理学と社会学よ」アナベルが即答した。

「それは本当の専攻じゃないだろう」リチャードは喝破した。「三年間を親に咎められずに過ごすための方便に違いない」

　いまやハーヴァードの二年生になったウィリアムが知ったふうな顔でうなずいて父親に同意し、そのあとで、小遣いを一学期当たり五百ドルに増額してもらえないかと頼んだ。

　保健法案に補足された妊娠六週目以降の中絶禁止条項の審議が開始されると、フロレンティナはエアロゲート・スキャンダル以来初めての発言をした。彼女が席から立ち上がると、通路を挟んだ双方の陣営から友好的な笑みが送られ、拍手が小波《さざなみ》のように広がっていった。フロレンティナはまだ生まれていない子供より母親の命を優先すべきだと力強い議論を展開し、妊娠を経験できる議員がこの議場に二十八人しかいないことを思い出させた。それを受けてロバート・ブキャナンが立ち上がると、このシカゴ出身の高名なレディは月の周囲を回った経験がなければ将来の宇宙開発計画に口を出す資格がないと考える単純極まりない頭の持ち主だと酷評し、その資格がある者は上下両院を通じて実際に宇宙を飛んだことのあるジョン・グレンしかいないと指摘した。

それから数日のうちにドン・ショートと二万四千三百ドルは過去の出来事になったようで、フロレンティナは普段の忙しい議会生活に戻った。歳出予算委員会の席次がさらに二つ上がり、会議テーブルを見回すと自分が古参になった気がしはじめた。

33

シカゴに戻ってみると、民主党員の不安の声が大きくなっていた。ジミー・カーターをホワイトハウスの住人にしておくことは必ずしも自分たちの利点にならないのではないかと言うのである。現職大統領が再選を保証され、激戦区の自分の党の候補者をも確実に当選させる時代は、すでに過去のものになっていた。リチャードに言われてフロレンティナも気づいたのだが、二度の任期を全うした大統領はアイゼンハワーが最後だった。

共和党もやる気を見せはじめていて、ジェリー・フォードが大統領選に出馬しないと明言すると、ジョージ・ブッシュとロナルド・レーガンが最有力候補と見なされているようだった。民主党でも、エドワード・ケネディがカーターの対抗馬として、議会の廊下で公然と口にされるようになっていた。

フロレンティナは下院での仕事に専念し、カーター支持の陣営ともケネディ支持の陣営とも関わらないようにしていたが、双方の選挙対策本部長から声がかかり、ホワイトハウスからの招待状の割り当ても普段より多くなっていた。それでもどちらにつくかを明らかにしないままでいたのは、両候補とも一九八〇年の民主党を率いるにふさわしいといまだに信じられないからだった。

　ほかの議員が選挙運動に血道を上げているとき、フロレンティナは〝鉄のカーテン〟の向こう側の国家指導者にはもっと強硬な態度で対応し、NATO諸国にもっとしっかり寄り添うべきだと大統領に圧力をかけつづけたが、その方向に状況が進んでいるようには見えなかった。ロシア人が約束を反故《ほご》にする可能性があることに驚いたとジミー・カーターが発言して聴衆を驚愕《きようがく》させたとき、フロレンティナは絶望してジャネットに言った――シカゴへ逃げてきたポーランド人なら、そんなことはだれでも彼に教えてやれたのに、と。

　しかし、フロレンティナがカーターと決別したのは、一九七九年十一月四日、大学生を名乗る集団がテヘランのアメリカ大使館を占拠して五十三人のアメリカ人を人質にしたときだった。カーター大統領は〝生まれかわり《リボーン》〟演説をした以外ほとんど何の努力もせず、自分は手を縛られていると言うばかりだった。フロレンティナは駆使し得るすべての手段を使ってホワイトハウスを攻めたて、アメリカ大統領がアメリカのために立つことを要求した。大統領はようやく救出作戦を企てたものの結局失敗に終わり、悲しいかな全世界の目の前でアメリカ合衆国の威信を失墜させるはめになった。

　この屈辱的な大失態の直後、国家防衛に関する議論が下院で行なわれているとき、フロレンティナは準備した原稿から離れて即興のスピーチを行なった。「月に人類を降り立たせるエネルギーと才能とオリジナリティを持つ国が、三機のヘリコプターを砂漠に着陸させることに失敗したのはどうしてでしょう?」瞬間的に忘れていたのだが、この下院の審議はテレビで生中継されていて、彼女のスピーチのこの部分が三大ネットワークの夕方のニュースで全米に放送されることになった。

レスター銀行はイランの国王への融資を更新すべきでないと主張したジョージ・ノヴァクの先見の明をリチャードに思い出させる必要はなかったし、ソヴィエトがアフガニスタン国境を越えて侵攻すると、アメリカはモスクワ・オリンピック不参加を決め、リチャードも休暇を取ってモスクワでオリンピック観戦をする予定をキャンセルした。

共和党は七月にデトロイトで党大会を開き、ロナルド・レーガンを大統領候補に、ジョージ・ブッシュを副大統領候補に選出した。数週間後、民主党はニューヨークで党大会を開いて、ジミー・カーターを大統領候補にすることを確認した。しかし、それはアドレイ・スティーヴンソンを大統領候補にしたとき以上に仕方なしのことであり、大統領候補としての勝者であるジミー・カーターがマディソン・スクウェア・ガーデンに姿を現わしたときは、風船までが天井から下りてくることを拒否するありさまだった。

フロレンティナは数か月後にどちらが多数を占めているか確かでない議会の仕事に集中しようとし、防衛歳出予算法案に補足された修正条項と文書削減法案が可決されるよう後押しした。選挙が近づくにつれて心配になりはじめたのが、共和党がスチュアート・ライルに代えて選出した、やる気満々の若い広告代理店の重役、テッド・シモンズとの戦いが接戦になるのではないかということだった。

ジャネットに尻を叩かれて法案への投票率は八十パーセントほどに回復したが、そのもう一つの理由は、選挙前の数か月はワシントンとイリノイ州以外の講演依頼をすべて断わったことにあった。

カーターとレーガンはまるでシカゴに住んでいるかのように頻繁に、同じ時計から同時に顔を出す二羽の鳩《はと》のごとくにイリノイ州に出入りしていた。世論調査はまったくどちらとも言えないほど拮抗《きっこう》していたが、推定数百万のアメリカ国民が視聴したはずの、クリーヴランドで行なわれた大統領候補によるテレビ討論を見たあと、フロレンティナは到底楽観できなくなった。その次の日にロバート・ブキャナンが教えてくれたところでは、レーガンは討論には勝たなかったかもしれないが、負けなかったことも確かで、ホワイトハウスのいまの住人に取って代わろうとする者にとっては負けないことが何より重要なのだった。

投票日が近づくにつれて、アメリカ国民のあいだではイランの人質問題についての関心がますます高まっていき、カーターではそれを解決できないのではないかという疑いが頭をもたげはじめた。シカゴの通りからは、フロレンティナは下院に送り返すけれども、カーターに二期目を務めさせる気にはなれないという、民主党支持者からの声が聞こえてきた。リチャードはそういう有権者の気持ちはよくわかると言い、レーガンの楽勝を予測した。フロレンティナは夫のその見方を深刻に受け止め、最後の数週間、あたかも初出馬した無名の新人候補者であるかのように選挙運動に邁進《まいしん》した。

その努力に文字通り水を差したのが、投票日当日にシカゴを襲った豪雨だった。最後の一票が数えられて開票が終わったとき、選挙はさすがのフロレンティナも驚いたほどのレーガンの圧勝だったことがわかった。その結果、レーガン人気に便乗した共和党が上院を制し、下院でも過半数まであと一歩に迫ることになった。

フロレンティナ自身は九千三十一票差まで追いすがられはしたが下院に戻ることができた。疲れてはいたが意気阻喪したわけではなく、ワシントンへ戻った数時間後、人質が帰国した。

新大統領の就任演説は国民の士気を高めることに成功した。リチャードはその演説をモーニングコートという正装で終始笑顔で聞き、そのあと何年もフロレンティナが夫の口から聞かされることになる部分では力いっぱいの拍手を送った。

私たちは特殊利益団体という言葉をしばしば耳にします。しかし、私たちがいま目を向けなくてはならないのは、あまりに長いあいだ無視されてきた、ある特殊利益団体です。その団体は地域的な境界を知らず、民族・人種的区分や政党の路線をも横断していますます。そして、私たちが食べているものを育て、私たちの通りをパトロールし、私たちの鉱山や工場で働き、私たちの子供たちを教え、病気のときに私たちを治療してくれる男女によって構成されています。つまり、専門職、産業人、商店主、事務職、タクシーやトラックの運転手といった人たちです。彼らは、要するに、われわれ国民、アメリカ人と呼ばれる種族なのです。

演説に熱狂的な拍手が送られたあと、大統領はメインスタンドの前の群衆にもう一度手を振ってから演壇を離れた。

そのあと、二人のシークレットサーヴィスに先導され、両側に並んだ儀仗《ぎじょう》兵のあいだを通って階段を下りると、レーガン大統領とファースト・レディはリムジンの後部席に乗り込んだ。ジミー・カーター夫妻に倣ってコンスティチューション・アヴェニューを歩いて新居に向かうつもりのないことは明らかだった。リムジンがゆっくり動き出すと、シークレットサーヴィスの一人が双方向無線のスイッチを入れて報告した。「ローハイドが玉座に戻る」そして双眼鏡を目に当て、ホワイトハウスのゲートまでリムジンを追いつづけた。

一九八一年一月、フロレンティナが議会に戻ったとき、ワシントンは別のものになっていた。共和党は自分たちが提出する法案を支持してほしいと腰を低くして懇願する必要がもはやなくなっていた。国が変革を強く求めていることを、新たに選ばれた議員が知っていたからである。フロレンティナはレーガンが議会に送ってくる計画の検討という新しい挑戦を楽しみ、そのほとんどを喜んで支持した。

フロレンティナはレーガン予算と防衛計画に対する修正条項に没頭するあまり、自分が下院議員を辞めなくてはならなくなるかもしれない記事が〈シカゴ・トリビューン〉に載っていることを、ジャネットに指摘されるまで気づかなかった。

〝イリノイ州選出のニコラス上院議員は、今朝、一九八二年の選挙に出馬しないと発表した〟

フロレンティナがオフィスの机に向かってその声明の意味するところを理解しようとしていると、〈シカゴ・サン－タイムズ〉の編集長から電話があり、一九八二年の選挙で上院を目指すつもりがあるかどうかを訊いてきた。

すでに下院議員として三期半務めているのだから、自分の立候補をメディアが憶測するのは自然の成り行きなのだとフロレンティナは気がついた。

「ミセス・ケインは議員を辞すべきだと、高名なる貴紙が仄めかしたのはそう遠い過去ではなかったように思いますけど？」フロレンティナは皮肉で応じた。

「かつて、一週間は政治の世界では長い時間だと言ったイギリス首相がいましたね。それで、どうなんです、ミセス・ケイン？　出馬の意思はあるんですか？」

「頭をよぎったこともありません」フロレンティナは笑いながら答えた。

「そんな決まり文句はだれも信じないし、私だって記事にする気にもなれません。もう一度同じ質問をさせてもらいますから、もう一度答えてください。ただし、別の答えをお願いします」

「どうしてそんなに急《せ》いているのかしら？　選挙はまだ一年以上先のことなのに？」

「聞いておられないんですか？」

「何を？」フロレンティナは訊き返した。

「今朝、市庁舎で記者会見が開かれ、州検事の上院選出馬が発表されたんです」

〝ラルフ・ブルックス、上院選出馬を表明〟という大見出しが、その日の午後、イリノイ州全紙の一面を飾った。ほとんどの記者が自分のコラムで、ケイン下院議員はまだ州検事に挑戦するかどうかを決めていないと書いていた。またもやブルックス夫妻の写真がフロレンティナを見上げていた。あのろくでなし、年齢《とし》を取って男ぶりがよくなったみたいじゃないの、とフロレンティナはつぶやいた。エドワードがニューヨークから電話をしてきて、出馬すべきだと自分は考えるが、ブルックス出馬騒ぎが一段落するまで何も言わないほうがいいと助言してくれた。

「出馬するとしても、あたかも有権者の圧力に負けてのことだと見せかけるために、表明のタイミングは慎重に見極めたほうがいい」

「党はどっちを推すかしら？」

「ぼくの推定では六対四できみに分があるが、ぼくはもう選出委員ですらないから、確かなことは何とも言いようがない。だけど、いいかい、予備選挙まではまだ一年以上あるんだから、不必要に急がないことだ。ブルックスがすでに動き出したからには尚更だ。落ち着いて、絶好機の到来を待つんだ」

「だけど、ラルフ・ブルックスがこんなに早々に出馬宣言をした理由は何かしらね？」

「機先を制して、きみを慌てさせようとしているんじゃないかな。きみが一九八四年まで待つ気になるんじゃないかと考えたのかもしれんな」

「そのほうがいいかもしれないわね」

「いや、その考えには与《くみ》しかねる。アイオワ州のジョン・カルヴァーがどうなったかを忘れないことだ。彼はもっと弱い対立候補が出てきたときのほうが勝利しやすいと考えて待つことにした。ところが、自分の専属アシスタントに先を越されて立候補されてしまい、あまつさえ当選までされて、専属アシスタントだったその人物はいまでも上院議員だ」

「考えてみて、また連絡するわ」

実際のところ、それからの数週間は、そのこと以外ほとんど考えなかった。今回ラルフ・ブルックスを破ることができれば、未来永劫《みらいえいごう》、二度と彼が頭をもたげることはないとわかっていたからだ。あの州検事がいまもさらなる、上院から十六街区《ブロック》先、すなわちホワイトハウスへ到達するという野望を捨てていないことに疑いの余地はなかった。ジャネットの助言で、自分の州内の大きな講演依頼はすべて受け、自分の州の外からの頼みはほとんど断わるようにした。「そのほうが、イリノイの形勢がどうなっているかを知る機会が増えるでしょう」ジャネットは言った。

「そのことをうるさいほどに思い出させてちょうだいね、ジャネット」

「ご心配なく、言われなくてもそうします」

気がついてみると、この半年近く、フロレンティナは毎週二回ずつシカゴへ飛んで、法案投票率は辛うじて六十パーセントを上回るところまで下がっていた。ラルフ・ブルックスのほうには、週に四日ワシントンにいる必要がなく、法廷での仕事がパーセンテージで表わされることもないという利点があった。加えて、シカゴは去年ジェーン・バーンを市長に選んでいて、その結果、イリノイ州に女性の政治家は一人でまったく充分だと言う人々が出てきていた。それでも、州内をほとんど虱潰《しらみつぶ》しに歩いてみたあと、エドワードはやはり正しい、六対四でラルフ・ブルックスを破るチャンスはあると確信を持つことができた。実は、中間選挙はホワイトハウスの住人に伝統的に不利だったから、ラルフ・ブルックスに勝つのは上院議員に選ばれるより難しいのではないかと考えていたのだった。

フロレンティナは一日だけ予定を空白にしていたが、それは〈ヴェトナム復員軍人会〉の年次大会に出席するためだった。今年の会場にシカゴが選ばれ、テキサス州選出のジョン・タワー上院議員とフロレンティナが基調演説者として招かれていた。イリノイ州の新聞は自分たちのお気に入りの娘が州外からも敬意をもって遇されていると書き、ヴェトナム復員軍人たちが彼女を上院軍事委員会委員長と同列に見なしてくれたことは本当に大いなる名誉であるとつづけていた。

フロレンティナは下院の仕事を全力でこなしつづけた。彼女が後押しして採択された〝善きサマリア人修正条項〟が、有毒廃棄物処理の改善に本気で努力している企業に利益をもたらす〝スーパーファンド法案〟に補足されて採択された。驚いたことに、あのロバート・ブキャナンまでが支持してくれた。

フロレンティナが議場後方の手摺にもたれ、自分が提出した修正条項の最終投票の順番を待っているとき、ブキャナンが上院選出馬を勧めてきた。

「そんなことをおっしゃるのは、下院から出ていくわたしの後ろ姿を見たいからじゃないんですか？」

ブキャナンが小さく笑った。「それもわれわれにとっていいことの一つには違いないが、もしきみがホワイトハウスの住人になるべく運命づけられているのなら、あまり長くここにいるべきではないと思ってね」

フロレンティナはびっくりしてブキャナンを見つめた。彼は彼女のほうをちらりとも見ようとせず、満員の議場に目をとどめつづけた。

「きみがあそこの住人になることを、私は露ほども疑っていない。きみの就任を生きてこの目で見なくてすむくらい年齢《とし》を取っていることを神に感謝するばかりだ」ブキャナンはそうつづけたあと、フロレンティナの修正条項に票を投じるべく去っていった。

フロレンティナはシカゴへ行くたびに上院出馬に関する質問を避けつづけたが、だれしもがそのことに関心を持っていることは明らかで、彼女自身もそれを否定できなかった。エドワードが指摘したところでは、今回出馬しなかったら、今後二十年はその目はないかもしれなかった。ラルフ・ブルックスはまだ四十四歳と若く、一度当選させたが最後、打ち負かすのは事実上不可能だというのがその理由だった。

「〝カリスマのブルックス〟でいるあいだは尚更よね」フロレンティナは返事を茶化したあとでつづけた。「いずれにせよ、二十年も待つ気になんてだれがなるかしら？」

「ハロルド・スタッセンは待ったぜ」

フロレンティナは笑った。「そして、彼がどんなにうまくやったかもみんなが知ってるわ。ともかく、〈ヴェトナム復員軍人会〉までには、出るか出ないかを決めないとね」

フロレンティナとリチャードは週末をケープコッドで過ごし、土曜の夕方にエドワードが合流した。

三人は夜遅くまでかかって、フロレンティナの前にある選択肢のすべてと、もしエドワードが彼女の選挙参謀になった場合にバロン・グループの仕事にどんな影響があるかを検討した。結論が出てベッドに入ったときには日曜の早朝になっていた。

〈コンラッド・ヒルトン〉のインターナショナル・ルームは二千人の男性で一杯で、目に入る限りでは、女性はウェイトレスだけだった。リチャードはフロレンティナと一緒にシカゴへきて、タワー上院議員の隣りに腰を下ろした。基調演説のために立ち上がったとき、フロレンティナは自分の脚が震えているのがわかった。まず最初に、強いアメリカにするために尽力することを約束し、トルーマン大統領から青銅星章を授けられた父親を誇りに思っているけれども、アメリカにとって初めての不人気な戦争で国に尽くしたみなさんをもっと誇りに思っているとつづけた。復員軍人たちは口笛を鳴らし、テーブルを叩いて喜んだ。フロレンティナはさらに、自分がMXミサイル・システム導入に尽くしたこと、アメリカ国民が何物をも、とりわけソヴィエトを恐れずに暮らせるようにすると固く決意していることを思い出させた。

「アメリカ議会には自国の立場を弱体化させてよしとする議員がいるかもしれないけれども」フロレンティナは言った。「ここにいるこの女性はそうではないことをモスクワに知らしめたいのです」復員軍人たちがふたたび拍手喝采した。「レーガン大統領が追求している孤立主義政策は、いま現在危機に直面しているポーランドや、どこであれソヴィエトが次の攻撃対象にする国にとって何の助けにもなりません。われわれはある時点で断固たる立場を維持しなくてはならないし、ソヴィエトがカナダ国境に駐屯するのを拱手傍観してはならないのです」その思いの披歴には、タワー上院議員でさえ賛同の意を表わした。フロレンティナは会場が静まるのを待って演説を再開した。「わたしは今夜、アメリカ国民全員が崇敬する、ここに集っておられるみなさんとともにいられるこの機会を選んで、みなさんがなさったように自分の国に尽くす意志のある男女がいる限り、わたしもこの偉大な国の公職に就きつづけ、みなさんに、そしてこの国に尽くしたいと考えていることをお伝えし、それを叶えるためにアメリカ合衆国上院議員になるべく名乗りを上げることをここに表明します」

〝上院議員〟という言葉を聞き取れた者はほとんどいなかった。そこに集《つど》っている全員が、立てる者は立って拍手喝采し、立てない者はテーブルを叩いて歓声を上げて、さながら収拾のつかない興奮状態に陥ったからである。フロレンティナは次の言葉で演説を締めくくった。「わたしはどこのだれが、どこの国が戦争を仕掛けてこようと恐れないことをアメリカに誓います。同時に、みなさんがこの国が必要とする最後の復員軍人であることを祈ります」

着席したあともしばらく歓声が止むことはなく、タワー上院議員はこれまで聞いたなかで最も素晴らしい演説の一つだったと褒《ほ》め称《たた》えて選挙での幸運を祈ってくれ、そのあとで聴衆に背中を向けると、幸運を祈って指を交差させた両手を見せて全員の笑いを誘った。

34

エドワードが選挙運動を指揮するためにニューヨークからやってきた一方、ジャネットはワシントンに残って毎日連絡を怠ることがなかった。あらゆる方面から資金が送られてきた。有権者のためにした努力がようやく報われはじめたのだった。予備選挙まで十二週間の時点での州全域を対象にした世論調査では、五十八パーセント対四十二パーセントの優勢が変わっていなかった。

フロレンティナのスタッフは全選挙期間を通じて夜遅くまで仕事をすることを厭わなかったが、その彼らをもってしても、候補者を別々の場所に同時に存在させることはできなかった。ラルフ・ブルックスはフロレンティナの法案投票率の低さを咎め、下院議員として何ら真の成果を上げていないと批判した。十歳の少年のような頑張りで攻撃をつづけることで、効果が出てきていないことはなかったが、世論調査は依然として五十五対四十五でフロレンティナの優勢を示していて、ブルックスの追い上げもさしたる勢いはないようだった。ブルックス陣営は消沈し、選挙資金も底を突きつつあった。

リチャードは毎週末シカゴへやってきてくれて、夫婦水入らずなどとんでもないとばかりに二人一緒に州内を遊説して回り、州南部ではヴォランティアの家に泊めてもらうこともしばしばだった。若い運動員の一人がブルーの小型車、シヴォレー・シェヴェットを運転して、疲れる様子も見せずに州内を経巡ってくれた。フロレンティナは朝食の前に各都市郊外の工場の門の前で出勤する人たちと握手をし、昼食の前にはイリノイの田舎の町で農業関係者の集まりに出席したが、それでもどうにか午後の時間をやりくりしてシカゴの銀行界や新聞界の集まりにもときどき顔を出し、夕方はどうしても断われないスピーチをして、夜はバロン・グループの歓迎会に足を運んだ。その期間中に一つだけ例外を認めたのは〈レマゲン基金〉の月例会議で、それだけは一度も欠席しなかった。

食事はと言えば、朝は割り勘、夜はありあわせのものとほぼ決まっていて、それが延々とつづいた。夜、ベッドに入る前には、その日の遊説で手に入った事実や数字を、肌身離さず持っている、くたびれた黒いノートに書き込んだ。この選挙運動で果たした役目を忘れたら気を悪くするはずの人々——数えきれないほどの数だった——の名前を頭に叩き込もうとしながら眠りに落ちた。

リチャードは日曜の夜に、フロレンティナに負けず劣らず疲労困憊《ひろうこんぱい》してニューヨークへ帰っていった。しかし、不満を口にすることも、バロン・グループや銀行の問題で妻を煩わせることもなかった。寒い二月の空港へ送っていって別れる間際、フロレンティナはリチャードを見上げて微笑した。二十五年前、彼が父親のために〈ブルーミングデイル〉で買った青い革手袋をしているのに気づいたのだった。

「実はまだもう一組あるんだ。それを使い終わらないと、次の女性を探しはじめられないんだよな」リチャードが言い、フロレンティナをふたたび微笑させた。

毎朝、起きるたびに、フロレンティナは上院議員になる決意を新たにした。一つ、悲しいことがあるとすれば、ウィリアムとアナベルにほとんど会えないことだった。フィデル・カストロのような頰から下全体を覆う髭《ひげ》を伸ばしているウィリアムは、最優等《スマ・クム・ラウデ》を目指しているようだったし、一方のアナベルは休暇のたびに違う男の子を家に連れてきていた。

選挙運動期間中はどこかで青天《せいてん》の霹靂《へきれき》が出来することがあることは過去の経験から学んでいたが、それと一緒に隕石《いんせき》が二つに小惑星が一つ落ちてくるとは想像もしなかった。この一年、シカゴは新聞が〝シカゴ喉切り魔〟と綽名《あだな》する男が引き起こす連続殺人事件に震《しん》撼《かん》させられていた。この犯人は被害者の喉を切り裂いたあと、自分がやったことを警察に誇示するつもりなのか、一人一人の額にハートの形を刻んでいた。フロレンティナとリチャードは集会に出席するたびに、法と秩序の問題について質問されることが多くなった。夜になるとシカゴの通りはほとんど人気がなくなり、それはかの殺人鬼に対する恐怖ゆえだったが、警察は依然として犯人を逮捕できずにいた。フロレンティナがほっとしたことに、犯人はある晩、ノースウェスタン大学構内で捕まった。女子学生を襲おうとした瞬間に警察の不意打ちを食らったのである。

翌朝、フロレンティナはシカゴ警察を称《たた》える声明を発表し、実際に逮捕した警察官に個人的に手紙を書いた。これで一件落着だと思っていたのだが、それは朝刊を読むまでの束《つか》の間《ま》に過ぎなかった。たとえ上院の議席を犠牲にすることになるとしても、この連続殺人犯の裁判では自分が検察官を務めるつもりでいることを、ラルフ・ブルックスが明らかにしたのだった。それはフロレンティナでさえも感心せざるを得ない、見事な作戦と言うしかなかった。全米の新聞に、凶悪な殺人犯と並べてハンサムな州検事の写真が掲載された。

裁判が始まったのは予備選挙の五週間前で、ラルフ・ブルックスは朝刊の一面を一日も欠かすことなく飾って、シカゴ市民が夜の町を安全に歩けるようにするために、この件だけでなく、ほかの殺人事件についても死刑を要求しつづけた。フロレンティナはエネルギー危機、空港の騒音規制、穀物価格の維持、戒厳令が発令されたあとのソヴィエトのポーランド国境への移動に関してまでも、そのたびにメディアで声明を出したが、州検事を新聞の一面から追いやることはできなかった。〈トリビューン〉の重役との会合で穏やかに編集長に苦情を申し立てると、申し訳ないと謝罪したあとで、しかしながらラルフ・ブルックスは売り上げにつながるのだという返事が戻ってくるありさまだった。その強敵に反撃する効果的な方法がないことを、フロレンティナはワシントンのオフィスで無力感とともに悟らされた。

フロレンティナは直接対決こそがこの状況を変える一条《ひとすじ》の光明になってくれるかもしれないと考えて、ラルフ・ブルックスに公開討論を申し込んだ。しかし、州検事の事実上の回答は新聞紙上で行なわれ、公務員として社会に対して重大な責任を負っている身であれば、そのような対決を考慮する余地はないと断わってきた。

「この判断によってイリノイ州の善良な人々を代表する機会を失うことになるとしても、それはそれで仕方のないことである」と、彼は何度も繰り返した。自分を支持してくれている有権者のパーセンテージが世論調査のたびに下がっていくのを、フロレンティナはなす術《すべ》もなく見ているしかなかった。

〝シカゴ喉切り魔〟に有罪判決が下された日、世論調査が示した数字はフロレンティナ五十二パーセント、ラルフ・ブルックス四十八パーセントで、優勢であるとはいえ、差はさらに縮まっていた。投票日は二週間後だった。

フロレンティナは最後の十四日間を使って州内をくまなく回るつもりでいたが、一つ目の隕石が落ちてきたのはまさにそういうときだった。

〝シカゴ喉切り魔〟の裁判が終わったあとの火曜日、リチャードが電話をしてきて、アナベルのルームメイトから連絡があり、先週の土曜の夜にアナベルがラドクリフ女子大学へ戻ってこなかったこと、それ以降なしのつぶてであることを伝えてきたと教えてくれた。フロレンティナはすぐにニューヨークへ飛んだ。リチャードは警察へ届を出し、私立探偵を雇ってアナベルを捜し出す手配をすませると、フロレンティナをシカゴへ送り返した。その前に警察から連絡があり、一年に二十二万人の行方不明者が出ているけれども深刻な結果に終わるのは一パーセントに過ぎず、その大半は十五歳以下の子供だとのことだった。一パーセントでも二千二百人だということをリチャードは警察に指摘した。

シカゴへ戻ったフロレンティナは心ここにあらずの状態でうろうろと歩き回り、一時間おきにリチャードに電話をしたが、いい話を聞くことはできなかった。投票日まで一週間の時点での世論調査では、五十一パーセント対四十九パーセントとさらに差が縮まり、リードしていると言ってもわずか二パーセントでしかなかった。エドワードは彼女を選挙に専念させようとしたが、フロレンティナの頭にはあのロバート・ブキャナンの言葉がよみがえりつづけた――「ここはきみの家族の貧しい代用品にしかなり得ない……」その間《かん》に失った票のほうが得た票より多いとフロレンティナが感じることになった最悪の週末のあと、リチャードが興奮して電話をかけてきて、アナベルが見つかったこと、彼女がずっとニューヨークにいたことを教えてくれた。

「よかった」フロレンティナは言った。安堵《あんど》の涙が込み上げた。「あの子は大丈夫なの?」

「ああ、大丈夫だ。いまはマウント・サイナイ病院で休んでいる」

「何があったの？」フロレンティナは不安の声で訊いた。

「中絶手術を受けたんだ」

フロレンティナはアナベルと一緒にいようと、その日の午前中のうちにニューヨークへ飛んだ。その機内の数列後ろに党の活動家らしき人物がいるような気がした。彼の笑顔がどこか気になった。病院に着いてみると、アナベルは自分の行方不明届が出ていることすら知らないのだとわかった。すぐにシカゴへ戻るよう、リチャードから懇願された。メディアがフロレンティナの行方を知りたがってリチャードにしつこくつきまとっていて、アナベルの私生活は何とか新聞に知られずにすんでいるけれども、フロレンティナがイリノイでなくニューヨークにいる理由をひどく不審に思って疑っている記者が何人もいるとのことだった。フロレンティナは初めてエドワードの助言に逆らった。

ラルフ・ブルックスがすかさず反応し、フロレンティナがニューヨークへ戻ったのはバロン・グループに何らかの危機が生じたからであり、バロン・グループこそが何を措いても彼女の最優先事項なのではないのかと仄めかしてみせた。エドワードに引っ張られ、アナベルに押されて、月曜の夜にシカゴへ戻ってみると、予備選挙は大接戦でもはや優劣をつけがたい、とイリノイ州のすべての新聞が言っていた。

その夜、二つ目の隕石が降ってきた。イリノイ州選出の上院議員が夜の最も視聴率の高い時間帯のニュースで、自分はラルフ・ブルックスに投票すると宣言したのである。

言ったのよ」

「彼はほんのひと月前、わたしに味方することを公表すると、ほかでもないわたしにそう

「考えが変わったか」エドワードが言った。「ラルフ・ブルックスと取引をしたかのどちらかだな」

「ラルフ・ブルックスとできる取引って、どんなことがあるの？」

「それは時のみぞ知るところだ」エドワードが答えた。

二つ目の隕石と踵を接するようにして小惑星が衝突した。

火曜日の朝、フロレンティナは新聞の見出しを見てぞっとした――〝上院議員候補者の娘、中絶手術を受ける〟。それにつづく記事が、アナベルが入院している病院の部屋番号まで含めて一切合切を明らかにしていた。「とにかく頭を低くして風が吹き止むのを待ちながら祈りつづけるんだ」その日、神経が擦り切れそうなほどに疲労困憊しているフロレンティナを連れて歩き回りながら、エドワードはそれだけを言いつづけた。

投票日、フロレンティナは六時に起床し、エドワードの運転する車で十四時間のうちに回れる投票所にできる限り顔を出した。その先々で運動員が〝ケインを上院へ〟という青白のプラカードを掲げ、主要な問題に対するフロレンティナの考えを明らかにしたパンフレットを有権者に差し出していた。ある投票所で妊娠中絶についての意見を訊かれ、その女性を睨みつけながら憤然としてこう答えた。「わたしの考えは変わっていません」あと

で気づいてみると、その質問はまったく無邪気なもので、また一票を失う結果になっただけだった。運動員はケイン支持の有権者を投票所へ向かわせようと倦《う》むことなくあらゆる努力をつづけ、フロレンティナ自身も十時に投票が締め切られるまで最善を尽くした。一九七六年にカーターがフォードを敵に回して何とか逃げ切ったときのように、自分も何とか逃げ切れることを祈った。その夜、アナベルがラドクリフへ戻ったという知らせをリチャードが持ってきてくれて、多少は気持ちが持ち直した。

　フロレンティナは〈シカゴ・バロン〉に戻り、夫婦水入らずでスイートに腰を落ち着けた。三台設置されているテレビのチャンネルを三大ネットワークのそれに合わせて、十一月に共和党候補と対峙するのがラルフ・ブルックスになるか、それともフロレンティナ・ケインになるか、それを決める州全域の開票速報に見入った。十一時にはフロレンティナが二パーセント先行した。十二時にはラルフ・ブルックスが一パーセント追い抜いた。午前二時にはフロレンティナが再度逆転したが、その差は一パーセントに満たなかった。三時にはリチャードの腕のなかで眠っていた。結果がわかったときも、夫は妻を起こさなかった。そのまま眠らせておきたかった。

　その直後にリチャード自身もうとうとしてしまい、はっと目を覚まして驚いたことに、フロレンティナが窓際に立って外を見ていた。両手が拳に握られていた。テレビの画面に結果が映し出され、ラルフ・ブルックスが民主党の上院議員候補に選出されたことを報じていた。その差はわずか七千百十八票、〇・五パーセントにも満たない僅差だった。画面が替わり、ラルフ・ブルックスが笑顔で支持者に手を振っていた。

フロレンティナが向き直ってふたたび画面を見つめた。その目は勝ち誇った州検事ではなく、彼の真後ろに立っている男性に釘付《くぎづ》けになっていた。その微笑をこの前どこで見たかを、フロレンティナはいま思い出した。

政治の世界で実績を積み上げることは叶わなくなった。いまや議会に席はなく、すぐにワシントンに復帰できる見込みもなかった。アナベルの問題のあと、バロン・グループへ戻ってもっと私生活を大事にするときがきたのではないかと考えたりもしたが、リチャードが賛成しなかった。

「これだけの時間を政治に注ぎ込んできたのに、いまさらそれを諦めるのは、ぼくは残念だね」

「たぶんそこなのかもしれないのよね。自分だけのことを考えないで、もう少しアナベルに関心を持ってやっていたら、あの子も〝アイデンティティの危機〟に直面しなくてすんだかもしれない」

「〝アイデンティティの危機〟ね。そんなのはアナベルの社会学の教授なら言いそうな類いの戯言《たわごと》だ。きみの口には似合わないよ。それに、ぼくが気づく限りでは、ウィリアムは

〝アイデンティティの危機〟なんかに押し潰されてはいないからね。ダーリン、アナベルは男性と関係を持った、そして、用心を怠った。それだけの簡単なことだ。恋人を見つけた者がみな普通じゃないなら、普通な者はほとんどいないことになる。いまあの子に一番必要なのは、きみに普通に、公平に扱ってもらうことだ」

フロレンティナはとりあえずすべてを脇に置いて、アナベルをバルバドスへ連れていった。ゆっくり時間をかけて浜を散歩しながら、娘の相手がヴァッサー大学の男子学生だったことを聞き出した。男子が女子大に普通に入り込めることに、フロレンティナはいまだに馴染《なじ》めなかった。アナベルはその男子学生の名前を明かそうとせず、いまも好きだけれども一生一緒に暮らす気はないことを説明しようとした。

「お母さんは最初に寝た男の人と結婚したの？」アナベルが訊き、フロレンティナはすぐには答えずに、間を置いてからスコット・ロバーツのことを話して聞かせた。

「何てろくでなしなの」話を聞いたあとでアナベルが言った。「お母さん、〈ブルーミングデイル〉でお父さんを見つけて運がよかったわね」

「違うわよ、アナベル。あなたのお父さんが繰り返し思い出させてくれているとおり、彼がわたしを見つけたの」

母と娘はその何日かのあいだに、これまでの四年間以上に仲が良くなった。休暇の二週間目にはリチャードとウィリアムが合流し、一緒になってから十四日が過ぎるころには、四人とも体重が増えて日焼けしていた。

リチャードは母と娘がお互いに気を許し合っていることがわかって喜び、アナベルがウィリアムを〝お兄さん〟と呼ぶようになりはじめたことに感動した。午後のゴルフコースではリチャード－アナベル組がウィリアム－フロレンティナ組を負かしっぱなしに負かしつづけ、そのあとはディナーを楽しみながらお喋りをして長い夜を過ごした。

休暇が終わり、四人とも後ろ髪を引かれる思いでニューヨークへ帰った。もう政治という戦いの世界に身を投じるつもりのないことをフロレンティナが告白すると、自宅の居間でテレビを相手に一日を過ごす母親なんか自分が最も欲しくないものだと言ってアナベルは譲らなかった。

その年、自分のために選挙運動をしなくてもいいのは、フロレンティナには妙な感じだった。上院を目指してラルフ・ブルックスと戦っているとき、空席になった彼女の下院の席へ民主党が送り込むことにしたのは、シカゴの有能な若い弁護士、ヒュー・アボッツだった。候補者選出委員会のなかには、ラルフ・ブルックスがフロレンティナに勝って上院議員候補者として党の指名を受ける可能性がわずかでもあると自分たち考えていたら、アボッツを立てるとあの段階で決めることはしなかっただろうと認める者もいた。

フロレンティナが無所属候補者として立候補することを希望する有権者は多かったが、党が賛成しないことはフロレンティナ自身がよくわかっていたし、イリノイ州選出のもう一人の上院議員デーヴィッド・ロジャーズがまだ五十五歳の若さで、二期目を務めているに過ぎないこともあり、フロレンティナは自分の政治生命に終止符を打つことを不本意ながら受け容れることにした。

何回かシカゴへ飛んでヒュー・アボッツの応援演説をし、彼が議席を獲得したときは、たとえ三千二百二十三票という僅差だったとしても嬉しかった。そこで終わらなかったのは、翌朝の〈シカゴ・トリビューン〉の見出しを見たからだった。

〝ブルックス、上院選挙で圧勝〟

未来

一九八二年―一九九五年

35

その年のクリスマス、ウィリアムが初めてジョアンナ・キャボットを実家に連れてきた。二人は結婚する、とフロレンティナは直感した。それはジョアンナの父親がリチャードの遠い親戚だとわかったという、それだけの理由ではなかった。ジョアンナは黒髪で、ほっそりしていて上品で、ウィリアムに対する思いが恥ずかしそうにではあるがはっきりと顔に現れていたからである。ウィリアムはと言えば、自分の隣りに立っている若い女性への思いやりと誇りを、これ以上ないほどはっきりと表わしていた。フロレンティナはこう言ってリチャードをからかった。「わたし、どうして予想しなかったのかしら、あなたの息子がニューヨークで教育を受け、ワシントンとシカゴで暮らし、最終的にはボストンへ戻って妻を見初めることになるのをね」

「ウィリアムはきみの息子でもあるだろう」リチャードが言い返した。「それに、ウィリアムがジョアンナと結婚すると考える理由は何なんだ?」

フロレンティナは笑うだけで、質問に答えなかった。「きっと、春にボストンで挙式よ」

結果としてフロレンティナの予想は外れ、夏まで待たなくてはならなかった。ウィリアムは学部生としての最終学年で、すでに面接試験を終え、ハーヴァード・ビジネス・スクールへの入学許可をいまかいまかと待っているところだった。

「ぼくの時代には」リチャードが言った。「学校を終えて少し金が貯《た》まってから結婚を考えたものだけどな」

「そんなの嘘もいいところだわ、リチャード。あなた、わたしと結婚するためにハーヴァードを中退して、何週間かはわたしのお金で暮らしたじゃないの」

「それは初耳だな、お父さん」ウィリアムが言った。

「あなたのお父さんは政治の世界で言うところの選択的記憶の持ち主なの。都合の悪いことは忘れてしまうのよ」

ウィリアムが笑いながら出ていった。

「だけど、ぼくの考えは依然として――」

「二人は愛し合っているの。自分の前にあるのが何かも見分けられない年寄りになってしまったの?」

「そんなことはないが、しかし――」

「あなた、まだ五十にもなってないわよね。それなのに、頑迷固陋《がんめいころう》で小うるさい老人のような口振りよ。ウィリアムはわたしたちが結婚したときのあなたとほぼ同い年なんですからね。それで、何か言うことがあるかしら？」

「ない。きみはまるっきり政治家みたいだな。議論に負けそうになると必ず相手の話をさえぎる」

ケイン一家は新年早々の週末をキャボット一家と過ごし、リチャードはすぐにジョアンナの父、ジョン・キャボットと意気投合した。さらに驚いたことに、家族付き合いのある共通の友人もたくさんいて、これまで出会っていないのが不思議なぐらいだった。ジョアンナには妹が二人いて、二人ともその週末はウィリアムを放さなかった。

「考えが変わったよ」土曜の夜、ベッドに入ってから、リチャードが言った。「ジョアンナこそまさにウィリアムに必要な女性だと思う」

フロレンティナは極端な中部ヨーロッパ訛《なま》りの英語で訊いた。「ジョアンナが取るに足りないポーランド移民の娘で、〈ブルーミングデイル〉で手袋を売っていたらどうなの？」

リチャードがフロレンティナを抱き寄せて言った。「デートに誘う前に手袋を三組も買うような無駄遣いはするなと教えてやるさ」

フロレンティナは結婚式の準備というものをしたことがなかったから、何となく馴染めなかった。一方で、自分とリチャードの結婚が本当に簡素なものだったこと、初夜を一つのベッドで過ごせるよう、ベラとクロードがダブルベッドを二階へ運び上げてくれたことが鮮やかに思い出された。幸いなことに、ミセス・キャボットがすべての手配を自分がやると言ってくれたが、ダブルベッドを二階へ上げたり下ろしたりするつもりは毛頭ないようだった。

一月の初め、フロレンティナはオフィスを片づけるためにワシントンへ戻った。かつての同僚が立ち寄って、まるで彼女がいまも現役であるかのようにお喋りをしていった。ジャネットが手紙の山を抱えて待っていた。そのほとんどが、フロレンティナが議会へ戻ってこないことを残念がり、政治を諦めないことを希望していた。

フロレンティナはその手紙の一通一通にすべて返事を書いたが、政治の世界にとどまろうにもその方策があるのかどうかすらわからなかった。最低でもあと二期は上院の議席を譲るつもりはないとデーヴィッド・ロジャーズは言っていて、十二年待てば、フロレンティナは六十歳だった。

首都を引き払ってニューヨークへ帰ったものの、気がついてみると、自分の居場所はどこにもなくなっていた。バロン・グループとレスター銀行はリチャードとエドワードが何の問題もなくきちんと経営していたし、リチャードが〈マッキンゼー・アンド・カンパニー〉の助言を受け容れて改善策を講じて以降、グループのありよう自体がかなり変わっていた。フロレンティナはバロン・グループのすべてのホテルの一階に新規レストラン〈バロン・オヴ・ビーフ〉が店を構えていることに驚き、ロビーに現金自動預け払い機《ATM》と美容室が同居している景色にはどうにも馴染めないような気がした。〈フロレンティナズ〉の経営状況を確認しに行ったときなど、採寸にきただけだろうとジァンニーニに勘違いされるありさまだった。

結局のところ、ウィリアムとジョアンナの結婚式は、フロレンティナにとって人生で最も幸せな日の一つになった。

花嫁と並んで立つ二十二歳の息子は、サンフランシスコ時代の彼の父親を彷彿させた。左手首に銀の腕輪がゆったりと嵌《は》められ、フロレンティナは彼の右手にある、幼いころについた小さな傷痕に気づいて微笑した。ジョアンナはウィリアムの隣りで恥ずかしそうに俯《うつむ》いていたが、これから夫になる男の風変わりな癖を早くも改めさせていた。けばけばしいネクタイを処分させることや、彼女に出会うまでは得意満面で伸ばしていたフィデル・カストロ髭を剃《そ》らせたことなどである。

いまや〝ケイン家のおばあさん《グランドマザー・ケイン》〟とみんなから呼ばれているケイトは、ますます色白の戦艦のようになった身体で波を掻き分けるように招待客のあいだを活発に歩き回っていた。そして、ある人たちには自分からキスをし、ある人たちにはキスされるのを許した。ただし、後者は彼女より年上に限られ、しかもその数は非常に少なかった。七十六歳の彼女はいまも優雅で、衰えの気配はまったくなかった。反発を食らわずにアナベルを諫めることができるたった一人でもあった。

ジョアンナの両親がビーコンヒルの自宅で催した記憶に残る披露宴——そこにはレスター・レーニン・オーケストラの時代を超越した音楽に合わせての、四時間に及ぶダンスも含まれていた——のあと、新郎新婦はヨーロッパでのハネムーンに出発し、リチャードとフロレンティナはニューヨークへ帰った。

ワシントンを離れてからの数か月、フロレンティナは日増しに気持ちが落ち着かなくなっていった。ポーランドを二度訪れ、陰鬱で押しひしがれたような顔を見るにつけ、同胞への絶望を覚えずにはいられなかった。ソヴィエトの次の侵攻の標的はどこなのか、彼らはそれしか考えることができないでいた。フロレンティナはその旅を利用してヨーロッパの指導者と面会したが、彼らはアメリカは大統領が代わるたびに孤立主義を深めているという懸念を異口同音に指摘し、あなたはいつ政治の世界に戻るのかと訊きつづけた。フロレンティナはそれに対して、何か特にわたしにしてほしいことがあるのかと訊きつづけた。〈パリ・バロン〉の経営状況を確認しているとき——そんな必要はなかったのだが——、そのニュースが入ってきた。フロレンティナはすぐに机に向かい、ロジャーズ上院議員に宛てて同情を表明し、数日で復帰できるとの情報に接して喜んでいる旨の短い手紙を書いた。

ロンドンへの機内で、フロレンティナは〈ロンドン・バロン〉の経営内容を収めたファイルを検めた。そこはやり方を徹底的に洗い直して改善策を講じたはずなのに、依然として赤字寸前のていたらくだった。自分が重役に復帰したときに何らかの貢献ができるよう、何が問題なのか突き止めなくてはならない、とフロレンティナは決意した。

最後に毎週送られてくるシカゴの新聞各紙に目を通し、ラルフ・ブルックスが上院で早くも名を上げつつあるのを嫌でも知ることになった。どういうわけか権威ある外交委員会のみならず、イリノイ州の農業関係者にとって重要な農業委員会に席を置くことにも成功していた。さらに、規制改革法案に関する民主党特別調査委員会の唯一の新人上院議員でもあった。

フロレンティナは呪詛《じゅそ》の言葉を吐き捨てた。

支配人は階段のてっぺんで、不安を顔に貼りつけて待っていた。五年のあいだに三人も支配人が交代させられているのだから、経営者の訪問に怯えるのも仕方のないことではあった。

彼の開口一番の言葉がフロレンティナを驚かせた。「ミスター・リチャード・ケインから五回、ミスター・エドワード・ウィンチェスターから二回、お電話がありました」真っ先に頭に浮かんだのはアナベルだったが、もし問題が娘のことならエドワードは素知らぬ顔で沈黙を守っているに違いなく、わざわざ電話をしてくるはずはなかった。支配人は急いでフロレンティナを自分のオフィスへ案内し、ニューヨークへ長距離電話をかけて受話器を彼女に渡してから部屋を出ていった。

「あなたが一日に五回も電話をしてくるなんて、ハーヴァードを中退したとき以来ね」それがリチャードの声を聞いたときの第一声だった。

「デーヴィッド・ロジャーズが二度目の心臓発作を起こして入院した」

十を超すシナリオが頭を駆け巡って、フロレンティナはすぐに言葉が出てこなかった。

「そして、メディアに声明を出して、来るべき中間選挙に出馬しないことを明らかにした。だとすれば、きみに出馬依頼がくるに違いない」

「だけど、この前の選挙では、彼はわたしを支持しなかったわよ」フロレンティナは思い出させた。

「今回はほかにだれがいる?」リチャードが訊いた。「とにかく、荷ほどきなんかしないで、一番早い便でシカゴへ飛ぶんだ」

フロレンティナはリチャードの助言を受け容れてロンドンを発《た》つ前に、もう一本電話をした。

「どうやら、ことはそう簡単じゃなさそうだ」エドワードが言った。「ついさっきのことなんだが、妻が出馬に同意したとロジャーズが発表した」

「だけど、応援する人なんているの？」

「早くもラルフ・ブルックスが名乗りを上げたよ、理想的な候補者だと言ってな。長年の民主党員なのだから、同僚として上院に迎えるのは名誉の限りなんだそうだ」

「わたし、次の便に乗るわ」フロレンティナは言った。

六時間後、エドワードがコンコースでフロレンティナを待っていた。手には〈シカゴ・トリビューン〉があった。フロレンティナは移動中にラルフ・ブルックスの言葉を読んだ。

「これでわかっただろう、ブルックスはデーヴィッド・ロジャーズと取引をしたに決まってる」エドワードが言った。

「そのことには同意するけど、わたしはこれからどう動くべきかしら？」

「いまの時点でできることはほとんどないと思う。選出委員会はいまもきみを強く支持しているし、答えはまだ出ていないが情勢は流動的だ。だとすると、内輪の乱闘に深入りしないほうが賢明かもしれない。これまでやってきたとおりの運動をシカゴでつづけて、候補者選びには超然としているように見せるんだ」

「でも、もしミセス・ロジャーズが選ばれたら？」

「そのときは無所属で立候補するさ。だって、勝てると決まっているんだから」

「でも、党の組織的な票集めに勝つのはほとんど不可能だわ。つい何か月か前にあなたが思い出させてくれたことじゃないの、エドワード」

「トルーマンが勝ってる」

　選出委員会の会議が終わった数分後、六対五の票差でミセス・ベティ・ロジャーズが候補として選ばれ、民主党上院議員候補者としての正式決定を求めて、ひと月後に開かれる民主党党員総会に上程されることを知った。デーヴィッド・ロジャーズとラルフ・ブルックスがともにミセス・ベティ・ロジャーズに票を入れたのだった。

　そんな重要な決定をたった六人でできることが、フロレンティナは信じられなかった。その週のあいだずっと、ロジャーズとブルックスが二人がかりで電話をしてきて、個人の野心よりも党の結束を優先するよう懇願しつづけた。

「いかにも民主党らしい、実に偽善的な言い草だな」というのが、リチャードの感想だった。

　支持者の多くが戦うことを望んで説得しようとしたが、フロレンティナ本人に確信がなかった。州委員長から電話があり、今回は党の結束を優先して、立候補しないことを正式に発表してもらいたいと頼まれていたから尚更だった。結局のところ、と彼は指摘した。ベティはもう六十が近いし、一期六年を務め上げるのがやっとだろう、と。

　それからの数日、フロレンティナは多くの助言に耳を傾けたが、ワシントンへ行ったとき、『ジュリアス・シーザー』をもっと注意深く読むべきだと言ってくれたのがロバート・ブキャナンだった。

「最初から最後まで、全部ですか？」フロレンティナは訊いた。

「いや、その必要はないが、私がきみなら、マーク・アントニーの役割に集中するだろうな、マイ・ディア」

その夜、フロレンティナはその戯曲を読んだ。

そして、翌朝、州委員長に電話をし、党員総会に出席したうえで立候補しないことを表明するけれども、ベティ・ロジャーズを支持することはしないつもりだと伝えた。州委員長はその妥協案を受け容れたが、彼は『ジュリアス・シーザー』を一度も読んだことがなかった。

民主党イリノイ州中央委員会主催の党員総会は、十日後、ウェスト・ランドルフ・ストリートのビスマーク・ホテルで開かれた。フロレンティナが到着するころには、会場はすでに満員になっていた。フロレンティナは会場に入ったときに自分に向けられた大きな拍手喝采から、この総会が委員会の計画通りに順調に運ぶことはないのではないかと感じ取ることができた。

壇上に割り当てられた席は二列目の端だった。ディック・ロヴェッツ委員長――ロジャーズ支持の一人だった――が最前列にいて長テーブルの中央に席を占め、その左右に二人ほかの委員はフロレンティナと一緒に二列目にいて、その一人がささやいた。「戦わないなんて、いったいどうしてしまったんだ？」

委員長が立ち上がり、ベティ・ロジャーズを次の候補者として提案する大まかな理由を縷々《るる》述べていった。「少なくとも、有権者が候補者の名前を新たに覚える必要がありません。過去の選挙運動で使ったポスターを使い回すことも可能です」ロヴェッツは笑ったが、同調した者は壇上に一人か二人だけで、さらに意外だったことに、会場がほとんど反応しなかった。委員長はそのあと十分を費やしてベティ・ロジャーズの長所を述べ立て、市議会議員としての、また、上院議員である夫の右腕としての、長年の功績を列挙した。静まり返った会場に向かって話しつづけたあとでようやく着席したが、迎えてくれたのはまばらな拍手だった。委員長は一拍間を置いてふたたび立ち上がると、フロレンティナ・ケイン前下院議員をおざなりな態度で紹介した。とたんに、耳をつんざかんばかりの拍手喝采が轟いた。

フロレンティナは原稿を持っていなかった。即興で話しているように受け取ってもらう必要があるからだが、実は十日前から何度もリハーサルを繰り返して、万全の準備を整えていた。リチャードも同行したがったが、すべては委員長が開会を宣言する前に決まっているのだから、わざわざそんな手間をかけることはないと、フロレンティナが断わっていた。だが、本当のところは、彼が会場にいては、今日という日のための準備をしていないように見せる邪魔になるのではないかと考えたからだった。

拍手喝采が静まると、フロレンティナはステージ中央に進み出てラルフ・ブルックスの正面に立った。

「委員長、わたしが今日シカゴへきたのは、次のアメリカ合衆国上院議員選挙に立候補しないことを公かつ正式に宣言するためです」

そこで間を置くと、「なぜ出ない？」とか「だれに止められた？」といった叫びがあちこちで上がった。

フロレンティナはあたかも何も聞こえていないかのようにつづけた。「わたしはアメリカ合衆国下院議員として、八年のあいだイリノイのわが選挙区に奉仕する特権を享受してきました。そして、これからもその人たちの最大の利益のために邁進する所存です。わたしはこれまでずっと党の結束を信じてきました——」

「だが、党の裏工作を信じるわけにはいかない」だれかが叫んだ。

フロレンティナは今度もその遮《さえぎ》りを無視した。「——ですから、みなさんが民主党候補として選んだ候補者を喜んで応援するつもりです」説得力があるように聞こえてほしかった。

会場を埋める聴衆が立ち上がって叫びはじめ、ついには轟きのようになった。「ケインを上院へ！　ケインを上院へ！」

デーヴィッド・ロジャーズに懸念の表情で見つめられながら、フロレンティナはさらにつづけた。「わたしを支持してくださるみなさんに申し上げます。またの時、またの場所があるかもしれません。しかし、それは今夜でも、ここでもないのです。いま、鍵を握るこの州で忘れてはならないのは、わたしたちが打ち勝たなくてはならない相手は共和党であって、わたしたちではないということなのです。ベティ・ロジャーズが幸いにも候補者となった暁には、わたしたちが彼女の夫に期待し、その期待を大きくすることができたのと同じ能力をもって党に奉仕してくれるものと、わたしは確信しています。万一共和党に議席を奪われたら、六年後に勝利してそれを取り戻すところをみなさんが目の当たりにできるよう、わたしは自身が奮闘することをお約束します。今回の候補者選出の結果がどうあれ、わたしが選挙の年のあいだはこの重要な州に応援に入ることを、委員会のみなさんも当てにしていただいて大丈夫です」

フロレンティナは二列目の自分の席に戻り、彼女の支持者は立ち上がって拍手喝采を繰り返し、いつまでもやめようとしなかった。

委員長は懸命の努力の末にようやく会場に静粛を取り戻すことに成功し、次期イリノイ州選出アメリカ合衆国上院議員候補、ミセス・ベティ・ロジャーズを会場に紹介した。

フロレンティナはそのときまで俯いていたが、自分の対立候補だった女性を一瞥したいという誘惑に勝てずに顔を上げた。ベティ・ロジャーズは自分に不利な声が上がるとはまったく予想していなかったらしく、その準備もないと見えて、動揺した様子で演説原稿をいじっていた。ついにその原稿を読みはじめたが、ときどきほとんどささやくような声になり、内容は調べの行き届いたきちんとしたものであるにもかかわらず、その拙い話しぶりは、決して演説上手ではなかった夫をキケロばりの雄弁家に格上げさせたほどだった。フロレンティナはそういうベティ・ロジャーズを見て悲しくなり、彼女にこんな試練を課した選出委員会には軽蔑に近い感情を覚えた。それにしてもわたしを上院から追い出すためにラルフ・ブルックスはどんな過激な策を弄したのだろう、と訝らざるを得なかった。席に戻ったベティ・ロジャーズは目に見えるほどひどく震えていて、フロレンティナは急いで席を立ち、脇の出口から姿を消した。これ以上彼らに恥ずかしい思いをさせたくなかった。

タクシーを止めて、オヘア空港へ行ってくれるよう頼んだ。

「承知しました、ミセス・ケイン」即座に声が返ってきた。「上院議員選挙に出られるんですよね？　今回は絶対に楽勝ですよ」

「いいえ、わたしは立候補しないわ。民主党の候補者はベティ・ロジャーズよ」

「そりゃだれです？」運転手が訊いた。

「デーヴィッド・ロジャーズの奥さんよ」

「そんな無茶《むちゃ》な」運転手が言った。「旦那のほうがこれまでおれたちに何をしてくれたかを考えれば、かみさんにその資格があるとはとても思えませんね」それ以降、彼は空港まで押し黙ったままだった。そのおかげで、フロレンティナは考える時間ができた。上院に議席を得る可能性が多少でもあるのなら、やはり無所属候補として立候補しなくてはいけないのではないか？　最大の懸念は、ベティ・ロジャーズとのあいだで票が割れて、共和党候補に漁夫の利を得られてしまうことだ。それが最終的な結果になったら、党はわたしを赦さないだろうし、わたしの政治生命は完全に断たれてしまうだろう。ラルフ・ブルックスにとっては、どっちにしても損はない。チャンスがあったときに叩き潰しておかなかったことがいまさらながらに悔やまれ、思わず呪詛の言葉が口を突いた。

タクシーがターミナル・ビルの前で停まった。料金を渡すと、運転手が言った。「おれにはまだ訳がわかりませんね。だって、いいですか、おれのかみさんなんて、あなたは大統領になる人だとまで言ってるんですから。まあ、おれはそれはないと思いますよ。なぜなら、おれが女性には投票しないからです」

フロレンティナは声を立てて笑った。

「いや、気を悪くさせるつもりじゃなかったんです」

「気を悪くなんかしてないわよ」と応えて、フロレンティナはチップを倍にした。

時計を見て、搭乗ゲートへ向かった。離陸まで三十分、売店で〈タイム〉と〈ニューズウィーク〉を買った。両方とも、ブッシュが表紙だった。大統領選挙戦の最初の撃ち合いが始まりつつあった。スクリーンに映し出されている離陸予定を確認すると、ニューヨーク行きの便の搭乗ゲートは12Cだった。ゲートの番号に13を使うのをオヘア空港の関係者がここまでして避けているのだと考えると、なんだかおかしかった。赤い硬化樹脂の回転椅子に腰を下ろし、ジョージ・ブッシュのプロフィールを読みはじめたが、記事に熱中するあまり館内放送が耳に入らなかった。呼び出しが繰り返された。「ミセス・フロレンティナ・ケイン、最寄りの白電話をお取りください」

フロレンティナはそれでもなお、下院で証言した〈ザパタ・オイル・カンパニー〉の重役について、共和党全国委員会について、CIAについて、副大統領の中国派遣についての記事を読みつづけた。トランス・ワールド航空の若い搭乗客係がやってきてフロレンティナの肩に触れ、顔を上げた彼女にラウドスピーカーを指さしながら言った。

「ミセス・ケイン、あなたのことではありませんか?」

フロレンティナは耳を澄ました。「そうね、そうだわ。どうもありがとう」そしてラウンジを横断し、最寄りの電話へ急いだ。こういうとき、子供たちのどちらかが事故に巻き込まれたのではないかと考えるのが常になっていたから、アナベルはもう二十一を過ぎているし、ウィリアムは結婚しているんだからと自分に言い聞かせて不安を消す努力をしなくてはならなかった。フロレンティナは受話器を取った。

ロジャーズ上院議員の声は大きくてはっきりしていた。「フロレンティナ、きみか？」

「そうですけど」フロレンティナは答えた。

「よかった、間に合ったか。委員長の不信任動議が出されて、投票の結果、圧倒的多数で可決された。とにかく急いで戻ってきてもらえないか、さもないと、この会場が爆発してしまいかねない」

「何のために戻るんでしょうか？」フロレンティナは訊いたが、頭では様々な考えが渦を巻いていた。

「これが聞こえないか？」ロジャーズが言い、フロレンティナは受話器に耳を当て直した。ロジャーズの声と同じぐらいはっきり、聴衆が叫ぶ声が聞こえた。「ケイン、ケイン、ケイン！」

「みんな、きみを正式な候補者として承認することを要求していて、きみが戻ってくるまで誰一人として帰りそうにないんだ」

フロレンティナの手が拳に握られた。「もういいんです、デーヴィッド、関心はありません」

「しかし、フロレンティナ、私の考えでは――」

「選出委員会がわたしを支持してくれて、あなた自身がわたしを後継候補者に指名し、ロヴェッツがそれを支持しない限り、興味はありません」

「フロレンティナ、どんな条件でも呑む。きみこそがこの仕事にふさわしい人物だと、ベティも昔から言っていたんだ。こういうことになったのは単にラルフ・ブルックスに説得されて――」

「ラルフ・ブルックスに？」

「そうなんだ。だが、それが自己保身のためのブルックスの企てに過ぎなかったことに、いまはベティも気づいている。だから、頼む、戻ってきてくれ。さもないと私が吊《つ》るし上げられる」

「すぐに戻ります」フロレンティナは空港を飛び出してタクシー乗り場へ走った。

すぐに一台のタクシーがやってきた。

「今度はどちらへ、ミセス・ケイン？」

フロレンティナは微笑した。「元のところへ連れて帰ってちょうだい」

「あなたは自分が何をしているかがわかってるんでしょうが、おれみたいな普通の男からすると、政治家なんて連中をどうしたら信用できるのか理解できないんですがね」

ここへくるときと同様、引き返す車内でも運転手が沈黙していてくれることをフロレンティナは祈った。そうであってくれれば、向こうへ着くまでに考えをまとめることができる。しかし、今回は愚痴と悪口を延々と聞かされるはめになった。離婚するつもりでいる妻のこと、居坐ったまま出ていこうとしない妻の母親のこと、ドラッグをやって仕事をしない息子のこと、カリフォルニアの宗教カルトのコミューンで暮らしている娘のこと。

「それにしてもひどい国ですよ——いや、失礼、ミセス・ケイン」運転手が言い、タクシーを会場の前につけた。どうして黙っていてくれと言わなかったんだろうと自分を責めながら、フロレンティナはその夜二回目のタクシー代を払った。

「あなたが大統領候補になったら、結局ところ、おれはあなたに投票するかもしれませんよ」運転手が言い、フロレンティナの頬を緩めさせた。「乗ってくる客にあなたを推薦することもできますからね——週に少なくとも三百人は堅いんじゃないですか」

フロレンティナは身震いした——もう一つ、教訓を学んだのだった。

考えをまとめようとしながら会場に入っていくと、聴衆はすでに総立ちで嵐のような拍手喝采を轟かせていた。頭の上で手を叩いている者もいれば、椅子の上に立っている者もいた。壇上で最初に迎えてくれたのはロジャーズ上院議員で、次が安堵の笑みを顔に浮かべた彼の妻だった。委員長は心からの握手をしてくれた。ラルフ・ブルックス上院議員の姿はどこにも見えなかった。ときとして政治の世界が嫌になるのはこういう瞬間だった。会場を埋め尽くしている聴衆に向き直ると、全員が立ち上がり、拍手喝采がさらに大きくなった。

フロレンティナはステージ中央に進んだが、委員長が聴衆を静かにさせて再度の開会を告げるまで、五分待たなくてはならなかった。

ようやく完全な静けさが戻った会場に向かって、フロレンティナが発したのは一言だった。「トマス・ジェファーソンはかつてこう言いました――『私は思ったより早く戻ってきた』」ふたたび上がった歓声が静まると、こうつづけた。「アメリカ合衆国上院議員候補者に指名されたことを喜んでお受けします」

そのあとは支持者たちに十重二十重に取り囲まれてしまい、それ以上演説をつづけることができなかった。真夜中の十二時三十分を少し過ぎたころ、這うようにして〈シカゴ・バロン〉の自室に帰り着くと、リチャードに電話をした。ニューヨークが一時半だということを忘れていた。

「もしもし？」眠たそうな声が返ってきた。

「マーク・アントニーだけど」

「だれだって？」

「わたしがここにきたのはベティを葬るためであって、称揚するためではない。『ジュリアス・シーザー』のアントニーの台詞よ、知らないの？」

「ジェシー、頭がどうかしたんじゃないのか？」

「いいえ、至って正気です。でも、アメリカ合衆国上院議員候補者に正式に決まったわ」

「今年はたくさんの恐ろしいことが起こるだろうとジョージ・オーウェルは言ってるけど、そのなかに、きみが夜の夜中に電話をかけてきてぼくを叩き起こし、上院議員になると宣言することは入っていなかったぞ」

「きっとだれよりも早く知りたいだろうと思ったのよ」

「エドワードにも電話をしたほうがいいんじゃないか？」

「そう思う？　ニューヨークは夜中の一時半だって、いまあなたに思い出させられたばかりなんだけど？」

「それはそうだけど、どうしてぼくだけ夜中に起こされて『ジュリアス・シーザー』の引用を聞かされなくちゃならないんだ？　しかも、間違った引用を？」


ロジャーズ上院議員は約束を守り、選挙運動期間中ずっとフロレンティナを支援してくれた。フロレンティナはワシントンの圧力から数年ぶりに解放され、全精力を選挙に投入することができた。今回は雷も隕石も、さらには小惑星も落ちてくる心配はなかったが、ラルフ・ブルックスは一度だけおざなりな支持を表明しただけで、別のときには敵対する共和党候補を言外に持ち上げ、フロレンティナにとっての負の要素にしかなっていなかった。

その年のアメリカの最大の関心事は大統領選挙だった。大きな驚きをもって迎えられたのは、まったくの無名の候補者が〝フレッシュ・アプローチ〟なるスローガンを掲げ、予備選挙でウォルター・モンデールとエドワード・ケネディを破って民主党の大統領候補になったことだった。その候補者が選挙期間中にイリノイ州を訪れたのは六回を下らず、フロレンティナは毎回彼に同行した。

投票日当日、シカゴ各紙はふたたび、上院議員選挙は今度もどちらとも言えない接戦だと報じた。世論調査は間違い、饒舌《じょうぜつ》なタクシー運転手は正しかった。中部標準時間の八時三十分、共和党候補が完敗を認めたのである。世論調査は後にその理由をこう説明しようとした。すなわち、男性有権者の多くは女性を上院へ送り込むことをよしとしないはずだという推測に基づいて計算をした自分たちの統計の誤りである、と。いずれにせよ、それはどうでもよかった。なぜなら、ロバート・ブキャナンの電報がすべてを言い尽くしていたからである――〝ケイン上院議員のワシントン復帰を歓迎する〟。

36

フロレンティナにとっての一九八五年は葬式の一年で、そのせいで五十一歳という自分の年齢を、日々、いやおうなしに実感することになった。

ワシントンへ戻ってみると、上院議員として割り当てられた部屋はラッセル・ビルディングのスイートで、下院議員時代にオフィスがあったロングワース・ビルディングから六百ヤードしか離れていなかった。落ち着くまでの何日かは、気がついてみるとラッセル・ビルディングの中庭ではなく、ロングワース・ビルディングの駐車場に車を駐《と》めてしまうことがあった。それに、〝上院議員〟と呼ばれることにも馴染めなかった。リチャードがその肩書をまるで罵倒するかのような口調で発音するから尚更だった。「一つ地位が上がったような気がしているかもしれないが、報酬はまだ一つも上がっていないからな。きみが大統領《プレジデント》になるのが待ちきれないよ」そして、付け加えた。「そのときは、せめて銀行の副頭取《ヴァイス・プレジデント》ぐらいは稼いでもらえるんだろうからな」

報酬は上がらなかったが、多くの上院議員が羨むようなスタッフを今度も集めたために、支出は間違いなく増えた。政治の世界の外に強い経済基盤を持つことの利点に真っ先に気づいたのは、ほかならぬフロレンティナの将来を信じて疑わない者たちだった。かつてのスタッフの大半が戻ってきて、フロレンティナのはずだった。かつてのスタッフの大半が戻ってきて、フロレンティナの将来を信じて疑わない者たちが新たに加わった。ラッセル・ビルディングのオフィスはスイート四四〇号室に置かれ、そのほかの四部屋は仕事と結婚しているとフロレンティナがとうの昔に判定した勇猛果敢なジャネット・ブラウンが占拠して、十四名からなるスタッフを指揮していた。いまはそれ以外にもイリノイ州に四つのオフィスを構えて、それぞれに三人のスタッフが配置されていた。

新しいオフィスは噴水のある、玉石敷きの駐車区域を備えた中庭に面していた。その緑の芝生は暖かい季節には上院で働くスタッフの、冬には栗鼠《りす》の、格好の昼食の場所になるだろうと思われた。

リチャードには教えていたが、推定では上院議員経費を差し引いても、一年に二十万ドル以上が自分の懐から出ていくことになりそうだった。上院議員経費というのは選出された州の大きさと人口によって額がまちまちなのだ、とフロレンティナは夫に説明した。リチャードはそれを聞いてにやりと笑みを浮かべ、フロレンティナが持ち出すのと同じ額を共和党に寄付することを記憶にとどめた。

イリノイ州の紋章がフロレンティナのオフィスのドアに取りつけられるのとほとんど同時に、一通の電報が届いた。文面は短くて素っ気なかった――〝ウィニフレッド・トレッドゴールド、木曜十一時に逝去〟。

フロレンティナはこの電報で初めてミス・トレッドゴールドのファーストネームを知った。時間を確認して海外へ二本電話をしてから、インターコムでジャネットを呼び出し、これから四十八時間はこの国を留守にすることを説明した。その日の午後一時にはコンコルドに乗っていて、三時間二十五分後、ロンドン時間の九時二十五分にヒースロウ空港に着いた。税関を出ると、大使館が手配してくれた運転手付きの車が待っていて、M4モーターウェイをウィルトシャーまでまっすぐ送ってくれた。ランズダウン・アームズ・ホテルにチェックインし、時差ぼけを解消するためにソール・ベローの『学生部長の十二月』を朝の三時まで読みつづけて、明かりを消す前にリチャードに電話をした。

「どこにいるんだ？」というのが彼の第一声だった。

「イギリスよ。ウィルトシャーのカーンにある小さなホテルにいるわ」

「いったいどうして？　イギリスのパブの現地調査でも上院に頼まれたのか？」

「そうじゃないの、マイ・ダーリン。ミス・トレッドゴールドが亡くなったから、明日のお葬式に参列しようと思って」

「つまらないことを言って悪かったよ。教えてくれれば、ぼくも一緒に行ったのに。あのレディには、きみだけじゃなくて、ぼくも感謝すべきことがたくさんあるんだから」フロレンティナは微笑した。「それで、いつ帰ってくるんだ？」

「明日の夕方のコンコルドよ」

「ゆっくり休むんだぞ、ジェシー。きみのことを――そして、ミス・トレッドゴールドのことを思っているよ」

翌朝九時半、メイドが朝食を運んできた。鰊《にしん》、トースト、〈クーパーズ・オックスフォード〉のマーマレード、コーヒー、そして、〈ロンドン・タイムズ〉。ワシントンではまず許されないだろうこの贅沢《ぜいたく》を、フロレンティナはベッドでじっくり堪能した。十時半には〈ロンドン・タイムズ〉の隅々まで目を通し終え、イギリスがアメリカ同様にインフレと失業の問題を抱えていることを知ったが、特に驚きはしなかった。ベッドを出て、黒いニットの簡素なスーツに着替えた。唯一の装身具として、十三歳の誕生日にミス・トレッドゴールドにプレゼントしてもらった小さな時計を腕に着けた。

ホテルのポーターに教えてもらったところでは教会まではほぼ一マイルとのことだったから、好天の下、引き締まった朝の空気の中を歩いて向かうことにした。だが、ポーターはずっと上り坂だということを言い忘れていたし、〝ほぼ一マイル〟は彼の当て推量に過ぎなかった。それでも足取りを緩めることなく歩きつづけたものの、最近いかに運動不足かを痛感させられることになり、ケープコッドに運んで据え付けてあるルームサイクルが新品同様のままであるのを恨めしく思った。マイ・ブームだったジョギングも過去のものになっていた。

樫と楡《にれ》の木々に囲まれたノルマン風の小さな教会が丘の中腹に建っていた。屋根の修理費用として二万五千ポンドの寄付を募る旨が掲示板に貼り出されていた。体温計の形をした手作りの装置が寄付状況を知らせていて、その水銀柱を見るとすでに千ポンド以上が集まっているようだった。フロレンティナが驚いたことに、聖具室に入るとそこで聖堂番が待っていて迎えてくれ、信徒席の最前列の、校長でしかあり得ないはずの堂々たる態度の女性の隣りの席に案内された。

フロレンティナには当然に思われたが、教会は参列者で一杯で、学校は聖歌隊を派遣していた。式はいたって簡素で、教区司祭の説教からフロレンティナが推測したところでは、ミス・トレッドゴールドはフロレンティナの全人生に与えたのと同じ影響を、やはり同じ献身と良識をもって、ほかの人たちにも与えていたようだった。フロレンティナはその説教を聞きながら、何とか涙をこらえようとした。ミス・トレッドゴールドがよしとしてくれないことはわかっていた。だが、ミス・トレッドゴールドが好きだった讃美歌《さんびか》、「ちとせの岩よ」を会葬者が歌いはじめたときは涙腺が崩壊しそうになった。

式が終わると、ほかの会葬者と一緒にノルマン風のポーチを抜けてこぢんまりとした教会墓地へ出て、ウィニフレッド・トレッドゴールドの亡骸《なきがら》が地中に消えていくのを見送った。校長はミス・トレッドゴールドのカーボンコピーのようで、いまもこういう女性が存在するとはフロレンティナには信じられなかったが、その彼女が声をかけてきた。アメリカへ帰る前に学校を見てもらいたいというのだった。肩を並べて歩きながら聞いたところでは、ミス・トレッドゴールドはフロレンティナとの関係をほとんどだれにも話していなくて、知っているのは本当に仲のいい友人二、三人に過ぎないとのことだった。だが、校長が学校の構内にあるコテッジの小さな寝室のドアを開けてくれたときは、もはや涙をこらえられなかった。ベッドのそばに司祭の写真が飾ってあり、それが父親であることはフロレンティナも憶えていたからすぐにわかった。その横で古い聖書と並んでヴィクトリア様式の小さな銀の写真立てに入っているのが、女子ラテン語学校を卒業した日のフロレンティナだった。ベッドサイドの引き出しにはフロレンティナが過去三十年のあいだに書き送った手紙が一通残らずしまってあり、最後の一通が未開封のままベッドサイドに置かれていた。

「わたしが上院議員になったことを、ミス・トレッドゴールドはご存じだったのでしょうか?」フロレンティナは小さな声で訊いた。

「もちろん、ご存じでしたとも。あの日の朝は学校全体があなたのために祈りました。ミス・トレッドゴールドが礼拝堂で聖書を読んだのはあのときが最後でした。あなたに手紙を書いて、自分の父親は正しかった、自分は運命の女性を本当に教えたのだと思っていると伝えてほしいと、わたしは亡くなる前の彼女に頼まれたのです。マイ・ディア、泣いてはいけません。彼女の神への信仰はそれはゆるぎないものであり、それゆえにまったき平安に包まれてこの世界を去ったのですから。もう一つ、ミス・トレッドゴールドに頼まれたことがあります。それは彼女の聖書とこの封筒をあなたにお渡しすることです。封筒を開封するのは自宅へお帰りになってからにしてほしいとのことでした。遺言としてあなたに遺贈する何かだそうです」

フロレンティナは帰るに際して、いろいろ親切にしてもらったお礼を校長に言い、自分がくることはだれも知らないはずなのに、聖具室で聖堂番に出迎えられて驚きと感動を覚えたことを付け加えた。

「とんでもない、驚くには当たりません」校長が言った。「あなたがお見えになることを、わたしは一瞬たりと疑いませんでした」

フロレンティナは封筒を握り締めてロンドンへ戻った。誕生日のプレゼントを会場で見てしまった少女のように早くなかを見たくてたまらなかったが、明日まで待たなくてはならなかった。その日の午後六時三十分のコンコルドに乗り、アメリカ時間の午後五時三十分にダレス空港に着いて、同じ日の六時三十分にはラッセル・ビルディングの自分の机についていた。〝フロレンティナ・ケイン〟と宛名が書かれた封筒を見つめてから、ゆっくりと開封した。バロン・グループの株、四千株が入っていた。ミス・トレッドゴールドはたぶん知らずに他界したのだろうが、いまやそれには五十万ドルを超す価値があった。フロレンティナはペンを取ると、小切手に二万五千ポンドと記入した。それはミス・トレッドゴールドを偲《しの》んで教会の屋根の修理費用に充ててもらうつもりのもので、株券はフィルポッツィ教授に送って、〈レマゲン基金〉で自由に使ってもらうことにした。その話を聞いたリチャードは、自分の父親もかつて同じことをしたが、そのときの金額は五百ポンドだったと明かして、こう付け加えた。「神もインフレの影響をしっかり受けておられるらしいな」

ワシントンは新大統領の就任式の準備をしているところだった。今回、フロレンティナ・ケイン上院議員は、新大統領が就任演説をするＶＩＰスタンドに席を割り当てられた。当日、新大統領が提示するこれから四年間のアメリカの青写真、いまでは知らない者のない〝フレッシュ・アプローチ〟なる政策に、フロレンティナはしっかり耳を傾けた。

「きみは就任式のたびに演壇に近づいていくな」その日の朝食のとき、リチャードが言った。

フロレンティナはいまやわが家のように感じているワシントンの、同僚や友人を見回した。ラルフ・ブルックス上院議員が一列前のフロレンティナより大統領に近い席にいて、その日は演壇から束の間も離れることがなかった。

フロレンティナは歳出予算委員会の防衛小委員会と、環境及び公共事業委員会に席を置いたうえに、中小企業委員会の委員長まで引き受けることになった。日々はふたたび時間との終わりのない競争の様相を呈しはじめた。ジャネットもスタッフも、エレベーターのなか、車内、機内、法案採否の投票へ向かう途中、委員会室から委員会室への移動中、とにかく捕まえられるところでフロレンティナを捕まえて必要な情報を提供した。フロレンティナは毎日の予定を完璧にこなして疲れることがないように見え、いったいどれだけの量の資料を机に積み上げたら彼女がストレスに押し潰されるのだろうかとスタッフを訝らせた。上院でも短時間のうちに名声を得ることに成功していたが、それは下院議員時代のやり方を踏襲し、自分が熟知している問題についてのみ、心を込め、良識に基づいて意見を述べたからだった。そして、防衛に関する法案に何度か、中東での新たな戦争に誘発される形になった新エネルギー政策に関しては二度、自分が所属する民主党の方針に反対する票を投じた。

民主党唯一の女性上院議員として全米から講演依頼があり、間もなく、同僚の上院議員たちはフロレンティナが民主党に女性上院議員がいることを示すだけのお飾りでなく、見くびることのできない確固たる存在であることを知るに至った。

嬉しかったのは、与党院内総務の内輪の聖域に招かれ、政策のみならず党内の問題についても相談を受けるようになったことだった。

上院議員としての一期目、中小企業法案を補足する形で修正条項を提案し、製品の三十五パーセント以上を輸出した企業への大幅な減税を認めさせることに成功した。フロレンティナはずいぶん前から信じていたのだが、海外市場に販路を求めない企業は二十世紀半ばのイギリスと同じ大国幻想に蝕《むしば》まれていて、用心しなければ二十一世紀には、アメリカもイギリスが一九八〇年代に甘受しなくてはならなかった問題を同様に抱えることになるはずだった。

最初の三か月で六千四百十六通の手紙に返事を書き、法案採否の投票を七十九回して、議場で八回、議場の外で十四回発言して、昼食をとりそこなったことが九十日間で四十三回あった。

「わたしにダイエットは無用ね」フロレンティナはジャネットに言った。「サンフランシスコに〈フロレンティナズ〉の一号店を開いた二十四のときより体重が減っているんだもの」

二番目の死もミス・トレッドゴールドのそれにまったく劣らない衝撃だった。家族揃って週末をケープコッドで過ごしたばかりだったからである。

グランドファーザー・クロックが八時を告げたとき、ミセス・ケイト・ケインが朝食に下りてこないとメイドが執事に報告した。「それはお亡くなりになったということに違いない」というのが執事の応えだった。

朝食に下りてこなかったとき、ケイト・ケインは七十九歳で、上流階級にふさわしい葬儀を執り行なうべく一族全員が集合した。会場はコプリー・スクウェアの聖三位一体教会で、ミス・トレッドゴールドの葬儀とはまるっきり正反対だった。今回司祭が説教をした相手はボストンからサンフランシスコまで自分たちの土地だけを歩いていけるような人たちで、ケイン一族とキャボット一族の全員と、上院議員が二人、下院議員が一人、参列していた。〝グランドマザー・ケイン〟を知っている人たちのほとんど全員のほかに、知らない人たちも大勢いて、リチャードとフロレンティナの後ろの信徒席を埋め尽くしていた。フロレンティナはウィリアムとジョアンナを一瞥した。ジョアンナは出産予定日をひと月後に控えているかのような体形で、ケイトが〝グランドｰグランドマザー・ケイン〟になるまで生きられなかったことが残念でならなかった。

葬儀のあとの週末はビーコンヒルのレッドハウスで静かに過ごした。ケイトが夫と息子を何とか和解させようと倦むことなく努力しつづけたことを忘れてはならないと、フロレンティナは誓った。フロレンティナは気づいていたが、リチャードはいまやケイン一族の筆頭であり、それがいまでも背負いきれないほどの責任を負っている彼にさらなる責任を付け加えることになるはずだった。その大変さを彼が絶対に口にしないこともわかっていたから、それをもう少し楽にしてやるために自分がほとんど何もできないことが後ろめたかった。

いかにもケイン家の人間らしく、ケイトの遺言は思慮深く、よく考えられていた。不動産はすべてリチャードと彼の妹のルーシーとヴァージニアへ、動産の大半はウィリアムとアナベルへ遺贈された。それによると、ウィリアムは三十歳の誕生日に二百万ドルを受け取り、一方、アナベルは四十五歳になるまで、あるいは、嫡子二人をもうけるまで、さらなる二百万ドルの利子で生活することになっていた。グランドマザー・ケインは慧眼《けいがん》だった。

ワシントンでは中間選挙の戦いがすでに始まっていたが、ありがたいことにフロレンティナにはまだ六年の任期が残っていて、その間《かん》は有権者と向かい合う必要がなく、候補者に選ばれるための身内の戦いを二年ごとにしないで、議員本来の仕事に専念することができるはずだった。しかし、あまりに多くの民主党候補者から応援演説の依頼がきたために、これまでと変わることなく選挙に関わる運動に忙殺されることになりそうだった。それでも、テネシー州からの依頼は丁重に断わった。今回が最後と決めて再選を目指しているロバート・ブキャナンの敵を応援する気にはなれなかった。

毎晩ルイーズが渡してくれる小さな白いカードには、翌日の早朝から夕方までの予定がぎっしり書き込まれていた。

七時四十五分：わが国を訪れている国防大臣の一人と朝食。九時：スタッフ会議。九時三十分：防衛小委員会聴聞会。十一時三十分：〈シカゴ・トリビューン〉のインタヴュー。十二時三十分：上院議員六名と昼食、国防予算について相談。二時：週に一度の定例ラジオ出演。二時三十分：イリノイ州4Hクラブ代表団と議事堂の階段で写真撮影。三時十五分：中小企業法案に関するスタッフからの情報説明会議。五時三十分：建設業総連合会のレセプションへの顔出し。七時：フランス大使館のカクテル・パーティ。八時：〈ワシントン・ポスト〉のドナルド・グラハムとディナー。十一時：〈デンヴァー・バロン〉にいるリチャードに電話。

上院議員になったおかげで、地元のイリノイ州へ帰る回数を、毎週末から隔週末に減らすことができた。イリノイへ帰らなくてすむ週の金曜はUSエアウェイズでプロヴィデンスへ飛んだ。そこでニューヨークへ帰る途中のリチャードと落ち合い、六号線を車でケープコッドへ行って、ようやくお互いが一週間何をしていたかがわかるのだった。

自由な時間のある週末は、そこで二人で過ごすことにしていた。ケイトの死後、リチャードはビーコンヒルのレッドハウスをウィリアムとジョアンナに譲り、ケープコッドを自分たちの家にしたのだった。

土曜の午前中は新聞や雑誌を読んでゆっくり寛《くつろ》いだ。リチャードはチェロを弾くこともあり、フロレンティナはワシントンから持ち込んだ書類仕事を片づけたりした。天気がよければ午後はゴルフをし、天気がどうあれ夜はバックギャモンに興じた。勝負は常にフロレンティナが負けて二百ドルの借りを作って終わり、その負け分を払ってくれたら共和党に寄付するとリチャードは言った。マサチューセッツ州の共和党に寄付をしてどんないいことがあるのかとフロレンティナはそのたびに訊いたが、自分はニューヨーク州知事と上院議員も応援しているという答えが返ってくるのが常だった。

ジョアンナは愛国的であるらしく、二月二十二日、ジョージ・ワシントンの誕生日に男の子をこの世界に登場させ、リチャードと名付けた。フロレンティナは突然祖母《おばあさん》になった。

この年の七月、中小企業協会がフロレンティナを〝今年のイリノイ人《イリノイザン・オヴ・ザ・イヤー》〟に選出し、〈ニューズウィーク〉の投票で〝今年の女性《ウーマン・オヴ・ザ・イヤー》〟に選ばれると、一九八八年の大統領選挙では有力な副大統領候補として名前が上がるだろうという噂《うわさ》が流れはじめた。そのことについて訊かれるたびに、フロレンティナは質問者に対して常にこう答えた。自分は上院議員になってまだ一年足らずであり、最優先すべきは議会で自分の州を代表することである、と。しかし、ホワイトハウスへ呼ばれて大統領と会談する機会が頻繁になっていることには自分でも気がついていた。上院史上初めて、与党で唯一の女性上院議員であることが有利に働いていた。

フロレンティナがロバート・ブキャナンの死を知ったのは、ラッセル・ビルディングに掲げられている国旗が半旗になっているのを見て、その理由を訊いたときだった。葬儀は次の水曜日と決まっていて、その日、フロレンティナは上院で公共衛生法案の修正を提案し、ウッドロー・ウィルソン国際奨学生センターで国防に関する講演をすることになっていた。フロレンティナは一方を中止してもらい、一方を延期してもらって、テネシー州ナッシュヴィルへ飛んだ。

テネシー州選出の上院議員二人とブキャナンを除く七人の下院議員、全員が参列していた。フロレンティナはいまは亡きブキャナンに敬意を表し、下院の同僚たちの隣りに並んだ。ルーテル教会の礼拝堂に入るのを待っているあいだに下院議員の一人が教えてくれたところでは、ブキャナンには息子が五人、娘が一人いて、一番下の息子のジェラルドはヴェトナムで戦死しているとのことだった。あの無意味な戦争に巻き込まれるにはリチャードが年を取りすぎていて、ウィリアムが若すぎたことを、フロレンティナは神に感謝した。

長男のスティーヴンを先頭に、ブキャナン家の面々が礼拝堂に入っていった。長身痩軀《そうく》、優しげで誠実そうな容貌の彼は、ロバート・ブキャナンの息子以外ではあり得なかった。葬儀のあとで話をしたとき、父親と同じ南部人らしい魅力と率直な物言いが明らかになり、フロレンティナはその人柄に惹《ひ》きつけられた。来るべき補欠選挙に父親の遺志を継ぐべく立候補するとわかって、フロレンティナは嬉しくなった。

「新しい論争の相手が登場するわけね」フロレンティナは笑顔で言った。

「父はあなたをとても尊敬していました」スティーヴンが言った。「そして、考えが変わりました」

「考えを変えた？」フロレンティナは訊き返した。

「そうなんです。あなたがホワイトハウスの住人になるのを見るまで生きていたいと言っていました」スティーヴンはそう答えると、フロレンティナが微笑するのを見て、にやりと笑って付け加えた。「息子の私が、ではなくてね」

フロレンティナが夢にも思っていなかったことに、翌朝の大手新聞全紙が彼女の写真を掲げて〝信義のレディ〟と形容し、称揚していた。ジャネットが机に積んである新聞記事の切り抜きの上に〈ニューヨーク・タイムズ〉の社説を置いた。

ロバート・ブキャナン共和党下院議員はニューヨーク市民にはあまり知られていないが、フロレンティナ・ケイン民主党上院議員がテネシー州まで足を運んで彼の葬儀に参列したことは、議会における彼の功績を高く評価したからにほかならない。こういう姿勢は今日の政治の世界では滅多に見られないものであり、ケイン議員を上下両院を通じて最も尊敬される立法府議員の一人であらしめている理由でもある。

37

フロレンティナは急速にワシントンで最も多忙な政治家の一人になりつつあった。大統領でさえ、彼女の忙しさは自分のそれと大差ないと認めるほどだった。しかし、その年に受けた数多い招待のなかに、かなりの誇りを持って受けたものが一つあった。ハーヴァード大学から春の評議員選挙への立候補と、七月の卒業式でのスピーチを求められたのである。リチャードまでもが、予定表に書き込んでその日の予定を空けていた。

過去にその栄誉に浴した人たちのリストを見てみると、戦後ヨーロッパの経済再建計画の概略を作ったジョージ・マーシャルから、西欧の退廃と精神的価値の喪失を描いているアレクサンドル・ソルジェニーツィンまで、錚々《そうそう》たる名前が並んでいた。

ハーヴァードでのスピーチ原稿を作るにあたっては長い時間をかけた。昔からメディアがその内容をかなりの紙幅を割いて報道することを知っていたからである。毎日鏡の前に立って、浴槽に浸《つ》かって、リチャードとゴルフをしているときまでも、その演説を繰り返し練習した。完成稿はすべて自分でペンを握って清書したが、その前に、ジャネット、リチャード、エドワードの添削を受けることを忘れなかった。

その演説をする前の日、〈サザビー〉から電話があった。フロレンティナは担当部門の責任者の話を注意深く聴き、彼が入札を代行することに同意した。最高価格をどこまでにするかの相談がまとまると、相手はハンマーが打ち鳴らされて結果が確定したら知らせると言った。タイミングとしてはいましかない、とフロレンティナは思った。その日の夜、ボストンへ飛ぶと、ローガン空港で熱狂的な若い学部生たちの出迎えを受け、彼らの車でケンブリッジへ向かって、ファカルティ・クラブの前で降ろしてもらった。ボック学長がロビーで出迎え、評議員に選出されたことへの祝意を述べて、ほかの評議員に紹介してくれた。その三十人のなかには、ノーベル賞受賞者が二人――文学賞と科学賞――、元閣僚が二人、陸軍大将、判事、石油王が一人ずつ、そして他大学の学長が二人、含まれていた。初めての評議委員会に出席したフロレンティナは、彼らが互いを高く評価して礼儀をわきまえていることに感銘を受け、彼らは果たして下院の委員会で生き延びられるだろうかと思案せずにはいられなかった。

割り当てられたゲストルームに入ると自分の学生時代の記憶がよみがえり、わざわざ廊下へ出なくてはならないにもかかわらず、リチャードに電話をせずにいられなくなった。彼はいまオールバニーにいて、新たにニューヨーク州知事になった共和党のジャック・ケンプのせいで生じた税金問題に対応しているところだった。

「昼食をそっちで一緒に食べよう。それまでには必ず行くよ」リチャードがそう約束したあとで付け加えた。「ところで、きみの明日のスピーチだけど、ダン・ラザーが今夜のCBSのニュースでわざわざ取り上げたくらいだからね、かなり価値のあるものなんだろうな。ぼくにヤンキースの試合を十一チャンネルで見てほしくなかったら、よほどいい演説をしないと駄目かもしれないぞ」

「いいから、お昼に遅刻しないでね、ミスター・ケイン」

「〈ヴェトナム復員軍人会〉のときのような見事な演説を頼むよ、上院議員。きみのスピーチを聞くために、はるばるケンブリッジくんだりまで行くんだから」

「わたし、どうしてあなたに恋をすることになったのかしらね、ミスター・ケイン？」

「それは、ぼくの記憶が正しければ、〝移民受け入れ〟の年だったからだよ。われわれボストン市民が持ち前の社会的責任を果たしてみせたのさ、上院議員」

「その年が終わっても、それがつづいたのはどうしてかしら？」

「きみと一生を共にするのがぼくの義務だと判断したからだよ」

「いい判断だったわね、ミスター・ケイン」

「いま、きみと一緒でないのが残念だよ、ジェシー」

「割り当てられた部屋を見たら、そんな気にはなれないでしょうね。あるのはシングルベッドが一つだけだから、あなたは床で寝ることになるわ。明日は遅刻しないでね、だって、あなたにいてもらう必要があるんだから」

「もちろんだよ。だけど、言っておくが、ぼくを民主党支持に転向させるには長い時間が必要だぜ」

「明日がその日になるようせいぜい頑張るわ。おやすみなさい、ミスター・ケイン」


リチャードは翌朝、〈オールバニー・バロン〉で寝ているところを電話で起こされた。フロレンティナからだろうと思って受話器を取ったが、それはオールバニー発の便は全便が欠航になることを知らせるニューヨーク・エアからの電話で、保守整備要員が一日限定のストライキに入り、それが運航に全面的に影響したとのことだった。

「くそ」リチャードは彼らしくもなく吐き捨てると、冷たいシャワーに飛び込み、まだ語彙のなかに残っているいくつかの呪詛の言葉を口にした。そのあと身体を拭き、着替えながらフロントに電話しようとしたが、受話器を取り落としてやり直しを余儀なくされた。

「レンタカーを一台、大至急玄関に手配してくれ」そう言うと受話器を戻して着替えを完了した。そのあとハーヴァード大学へ電話をしたが、向こうはケイン上院議員がいまどこにいるかを知らなかった。仕方がないので、状況を説明する伝言を残して階段を駆け下り、朝食には目もくれずにフォード・エグゼクティヴのキイをひったくった。ラッシュアワーに引っかかって時間を食い、さらに三十分かかってようやく九〇号線へ出ることができた。

時計を確認すると、スピーチが始まる二時に間に合うようケンブリッジに到達するには、時速六十マイルで走りつづけるしかなかった。自分が時間に間に合うことがフロレンティナにとってどれほどの意味を持つかはよくわかっていた。

この何日かは悪夢の連続だった。クリーヴランドでは横領、サンフランシスコでは厨房のストライキ、ラゴスではホテルの押収、母の不動産の税金問題――そのすべてが、ルワンダで起こった内戦のせいで金の価格が下落したことに起因していた。リチャードはそういう問題を全部頭から締め出そうとした。疲れたり過剰に懸念していたりすると、フロレンティナはそれに気づかずにいなかった。彼女に余計な気を使わせたくなかった。リチャードは新鮮な空気を入れようと車の窓を開けた。

週末は睡眠をとるか、チェロを弾くか、どちらかしかするつもりがなかった。二人にとって、ひと月ぶり、あるいはそれ以上に久しぶりの休日になるはずだった。子供たちもいなかった。ウィリアムは家族と一緒にボストンにいて、アナベルはメキシコにいた。その二日で身体を動かす気になるとすれば、ゴルフを一ラウンドやるぐらいしか考えられなかった。「しまった」リチャードは思わず声を漏らした。薔薇の花束を忘れていた。空港からフロレンティナに送るつもりだったのに。

昼食の直前、フロレンティナは二つのメッセージを受け取った。〈サザビー〉の担当者からの入札が成功したという知らせと、大学のポーターが持ってきたリチャードからの伝言である。前者は朗報だったが、後者にはがっかりさせられた。それでも、薔薇の花束のことをリチャードが気にしているに違いないと思うと、自然と口元がほころんだ。それに、〈サザビー〉のおかげで、リチャードがずっと欲しがっていたものがようやく手に入っていた。

午前中は三百周年記念講堂で行なわれた、卒業する学生のための正規の卒業式に費やされた。午後に予定されている卒業祝賀セレモニーを放送するために三大ネットワークが芝生にカメラを配置しているのを見て、フロレンティナはさらに緊張と不安が募り、昼食もほとんど喉を通らず、それをだれにも気づかれていないことを祈るしかなかった。

一時四十五分、評議員が中庭に出た。そこではすでに卒業生が集まって久闊《きゅうかつ》を叙していた。フロレンティナは自分の時代に思いを遡らせた……ベラ……ウェンディ……スコット……エドワード……そしていま、わたしも戻ってきてここにいる。エドワードが予言したとおりに、上院議員として。フロレンティナの席は三百周年記念講堂の前に設《しつら》えられた檀上、ラドクリフ女子大学のホーナー学長の隣りに指定されていた。自分の隣りの席を見ると、〝ミスター・リチャード・ケイン――ケイン上院議員夫君〟と書かれたカードが置いてあった。〝ケイン上院議員夫君〟なる呼称を彼がどんなに不愉快に思うかを想像して内心で笑みを浮かべながら、そのカードの余白にこう走り書きした――〝大遅刻の理由は何かしら?〟。このカードをマントルピースの上に飾るのを忘れないようにしなくては。

セレモニーが始まってから着いたのでは、壇上ではなく芝生に並べられた一般席にいるしかないはずだった。評議員選出選挙の結果の発表、名誉学位の授与、大学への寄付の報告が終わり、ボック学長の言葉があって、締めくくりに、彼の言葉に耳を傾けていたフロレンティナが紹介された。フロレンティナは自分の前に坐っている聴衆にできるだけ遠くまで目を凝らしたが、リチャードの姿はやはり見つけることができなかった。

「ホーナー学長、来賓及び同窓生のみなさん」ボック学長は言った。「本日、ラドクリフ女子大学の最も誉れ高い卒業生の一人であり、アメリカ国民の想像力をわしづかみにした女性をみなさんに紹介できることは、私にとって大いなる名誉であります。実際、ラドクリフ女子大学はいつの日か、二人のプレジデントを持つであろうと私は確信しています。すなわち、ラドクリフ女子大学学長《プレジデント》とアメリカ合衆国大統領《プレジデント》であります」一万七千人の拍手喝采が爆発した。「みなさん、フロレンティナ・ケイン上院議員です」

立ち上がったフロレンティナの喉はからからに渇いていた。原稿を確認しようとしたときテレビの照明のスイッチが入り、あまりの眩《まぶ》しさに一瞬目が眩《くら》んで、ぼんやりかすんだ人々の顔以外何も見えなくなった。フロレンティナはその人々のなかにリチャードがいてくれることを祈った。

「ボック学長、ホーナー学長。いま、わたしはお二人の前に立って、三十年前に初めてラドクリフ女子大学に足を踏み入れ、だれにも訊く勇気を持てずに二日も食堂の場所を突き止めることができなかったときよりもさらに緊張し、不安に怯えています」笑い声が上がり、おかげで緊張が和らいだ。「いま、わたしの前には大勢の男性と女性がいらっしゃいますが、わたしの記憶が正しければ、当時のラドクリフの学則はこうなっていました――〝男子を部屋に入れるのが許されるのは午後三時から午後五時までに限られるが、その間《かん》も両足は常に床についていなくてはならない〟。その規則が今日も存在しつづけているのなら、いまの学部生はどうやって眠るのだろうと尋ねざるを得ません」

しばらくつづいた笑い声が収まるのを待って、フロレンティナは話を再開した。「三十年以上前、この偉大な大学はわたしを教え育ててくれ、わたしが人生で成し遂げようとしているすべてに対する基準を創り上げてくれました。ハーヴァード大学は傑出すること、それを追い求めることが最も重要だと常に考えてきているわけですが、わたしが安堵したことに、この変わりつつある時代にあっても、今日の卒業生のみなさんが到達したレヴェルはわたしたちの時代よりもはるかに高いところにあることがわかりました。いまの若者は自分たちと較べるとお話にならないと老人たちは口にする傾向がありますが、わたしはそれを聞くたびに、エジプトの王《ファラオ》たちの墓に刻まれている言葉を思い出すのです。翻訳すると、こうなります――〝若者は怠惰で、自分のことしか頭にない。今日のわれわれが知るとおり、必ずやこの世界の没落を引き起こすであろう〟」

卒業生たちは喝采し、保護者たちは苦笑した。「マーク・トウェインはかつてこう言いました――『私は十六のとき、両親は何も知らないと思っていた。二十一のとき、彼らが過去五年のあいだにどれだけ多くのことを学んだかを知ってショックを受けた』」今度は保護者たちが喝采し、卒業生たちが苦笑いをした。「アメリカはしばしば中央集権的経済の広大な一枚岩のような国と見なされます。しかし、それは違います。アメリカは中央集権経済でも、広大な一枚岩の大陸でもありません。地球上のどの国よりも多様で、複雑で、刺激的な何かを創り上げる二億四千万の人々からなる国なのです。わたしはこの国の将来において何らかの役割を果たしたいと願う人たちを羨み、そうでない人たちを気の毒に思います。ハーヴァード大学は伝統的に、医学、教育、科学、法律、宗教、そして芸術といった分野への貢献で有名です。政治を名誉と価値のある職業だと考えない若い人たちが増えていることは、現代の悲劇と考えざるを得ません。若い人たちが公共に奉仕する人生を一顧だにしない――しかも、ほとんど考えることなく――ことがないよう、わたしたちは権力の回廊の空気を変えなくてはなりません。

「ワシントン、アダムズ、ジェファーソン、リンカーンの高潔さを、わたしたちは一瞬も疑ったことはないはずです。今日、〝義務〟や〝誇り〟、あるいは〝名誉〟という言葉をふたたび語彙に持つ、新たな世代の政治家を生み出してはいけない理由がどこにあるでしょう？　こういう提案が冷笑と嘲りをもって迎えられなくてはならない理由は何でしょうか？

「この偉大な大学はジョン・ケネディを生みました。彼はかつて、イェール大学の名誉学位を授与されたときにこう言っています——『いまや私は二つの世界最良のものを両方とも手にしたことになる。ハーヴァードの教育とイェールの学位だ』」

笑いが静まるのを待って、フロレンティナはつづけた。「わたしは、学長、すべての世界最良のものを手にしています。ラドクリフの教育と、ラドクリフの学位です」

一万七千人が総立ちになり、フロレンティナは話をつづけるのにかなりのあいだ待たなくてはならなかった。きっとリチャードは自慢たらたらでしょうね、と思わず口元がほころんだ。いまの一節は彼が浴槽で思いつき、フロレンティナ自身はうまくいくかどうか半信半疑で抵抗したという経緯があった。

「若いみなさん、みなさんはアメリカ国民として自分の国が成し遂げたことに誇りを持ってください。しかし、それを過去のものに過ぎなくしてしまう努力をしなくてはなりません。古い神話に目もくれず、新しい障碍《しょうがい》を打破して、未来に挑戦するのです。そして、この世紀の終わりには、人々はわたしたちのことをこう評価してくれるでしょう——この地球でわたしたちのために自由と公正な世界を前に進めるという、ギリシャ、ローマ、そしてイギリスに比肩する業績を達成した、と。障碍にも、高すぎる目標にも決然と立ち向かい、愚かしい時運の変転が終わったときに、フランクリン・デラノ・ローズヴェルトと同じようにこう言えるようにしようではありませんか——『人間に関することには不思議な人知を超えた周期がある。ある世代には多くが与えられ、またある世代には多くが期待される。しかし、アメリカのこの世代は運命との出会いを持っている』」

　ふたたび芝生席の群衆から拍手喝采が轟いた。それが静まると、フロレンティナはささやくような声でつづけた。「同窓生のみなさんに申し上げます。皮肉ばかりを口にする人はもうたくさんです、嘲るばかりの人は軽蔑します、わたしたちの国を貶《おとし》めるのが洗練された教養のある人間のやることだと考えている人を強く嫌悪します。なぜなら、この若い世代を信じているからです。アメリカを二十一世紀へ導く彼らが運命との出会いを持っていると確信するからです。今日、ここに、そういう若い世代が多く存在することを祈っています」

　着席したとき、立っていないのはフロレンティナだけだった。翌日の新聞は、カメラマンまでが熱狂して口笛を鳴らしたと書き立てることになった。聴衆を見て好感をもって迎えられたとわかったが、それでも最終確認をリチャードにしてもらう必要があった。マーク・トウェインの言葉がふたたびよみがえった――〝悲しみは悲しみ自体が処理してくれる。だが、真の喜びを味わうには、それをだれかと分かち合う必要がある〟。フロレンティナは学生に手を振られ、喝采されながらステージを下りたが、目はたった一人を探しつづけた。三百周年記念講堂の中庭を出るときも何十人もの人たちに呼び止められたが、想いはまったく別の、もう一つのことにとどまったままだった。

ジンバブエへ英語を教えに行くという学生の話を聞こうとしていると、「だれが伝える?」という声が耳に入ってきた。振り返ると、ラドクリフ女子大学学長、マティナ・ホーナーの困った顔があった。

「リチャードのことですよね?」フロレンティナはすかさず訊いた。

「ええ、実はそうなの。お気の毒に、交通事故にあわれたようなのよ」

「いま、どこにいるんでしょう?」

「ニュートン－ウェルズリー病院よ。ここから十マイルほどのところだけど、すぐに行きなさい」

「容体はどうなんでしょう?」

「残念だけど、よくないとのことだったわ」

警察車両でマサチューセッツ・ターンパイクを一六号線の出口へと急ぎながら、フロレンティナは祈りつづけた。どうぞ彼を助けてください、死なせないでください。それ以外に大事なことなど何もありません。

警察車両が病院の正面入口に着くやいなや、フロレンティナは階段を駆け上がった。一人の医師が待っていた。

「ケイン上院議員ですね、外科部長のニコラス・エアです。手術の許可をいただきたいのです」

「なぜでしょう？　なぜ手術が必要なんでしょう？」

「頭部に重傷を負っておられて、それしか救命の見込みがないのです」

「会えますか？」

「もちろんです」医師が足早に緊急救命室へ案内した。リチャードは意識がなく、ビニールシートに覆われて横たわっていた。口に管が挿入され、頭は血の滲んだ白いガーゼに包まれていた。フロレンティナはベッドサイドの椅子に崩れるように腰を落とし、床に目を落とした。重傷を負ったリチャードを見る勇気は到底持てなかった。

「何があったんでしょう？」フロレンティナはドクター・エアに訊いた。

「警察もまだ確かなことはわかっていないようですが、事故の目撃者によれば、ご主人の車はターンパイクの中央分離帯を越えてトラクター－トレイラーと衝突されたのです。分離帯を越えたはっきりした理由はないようだったとのことで、車の不具合もなかったらしく、居眠り運転としか考えられないとのことでした」

フロレンティナは自分を励ましながら何とか気持ちを立て直し、愛する夫に視線を戻した。

「手術の許可をいただけますか、ミセス・ケイン？」

「よろしくお願いします」つい一時間足らず前に二万人近い聴衆を総立ちにさせた声が、蚊の鳴くようなかぼそさになっていた。廊下に出て一人腰を下ろしていると、看護師がやってきた。手術の同意書にサインが必要で、フロレンティナは自分の名前を走り書きした。今日、いったい何度サインをしただろうか？

廊下で独り、小さな木の椅子に背中を丸めて坐っている姿は、上品な服装と相まって何とも場違いだった。様々な思い出がよみがえった――リチャードと〈ブルーミングデイル〉で初めて出会ったときのこと、彼が首ったけなのはてっきりメイジーだと思い込んでいたこと、最初の喧嘩の直後に愛し合ったこと、駆け落ちしてベラとクロードの助けを借りてミセス・ケインになったこと、ウィリアムとアナベルが生まれたこと、サンフランシスコでジァンニーニと会うために使った二十ドル札のこと、バロン・グループの、そして後にはレスター銀行の共同経営者としてニューヨークに戻ったこと、リチャードが協力してくれて下院議員になれたこと、彼がチェロを弾いて笑顔にしてくれたこと、彼がゴルフで負けたときに笑ったこと。わたしはいつだって彼のために多くのことを成し遂げたいと思い、彼はいつだってわたしに無私の愛を注いでくれた。生きていてもらわなくてはならない。そうでなければ、彼をもう一度元気にするためにわたしが献身できない。

人は絶望の淵《ふち》にいるとき、いきなり神を信じるようになる。フロレンティナは跪《ひざまず》いてリチャードの生を懇願した。

数時間が経過して、ドクター・エアがやってきた。フロレンティナはすがるような目で医師を見上げた。

「ご主人は数分前にお亡くなりなりました、ミセス・ケイン」ドクター・エアがそれだけを報告した。

「死ぬ前に何か言っていませんでしたか」フロレンティナは訊いた。ドクター・エアの顔に当惑が表われた。

「どんなことだろうと、夫が何かを言ったのなら、わたしはそれを知りたいんです、ドクター・エア」

ドクター・エアがためらったあとで答えた。「『愛しているとジェシーに伝えてほしい』と、それだけでした、ミセス・ケイン」

未亡人になったフロレンティナはうなだれ、独りそこに坐って泣いた。

聖三位一体教会では半年で二度目の葬儀が執り行なわれた。ウィリアムが黒服の二人のミセス・ケインのあいだに立ち、死のなかにも生はあるという司祭の説教を聞いた。

その夜、フロレンティナは独り自室にこもった。これ以上生きていることの意味を見出せなかった。玄関ホールには包みが一つ、開けられることもないまま放置されていた。荷札にはこう記されていた。〝壊れ物。サザビー・パーク・バーネット。内容物：チェロ。〈ストラディバリウス〉〟

月曜日、ウィリアムは母に付き添ってワシントンへ戻った。ローガン空港の雑誌売店ではフロレンティナの演説が見出しになって躍っていたが、当人は気づきもしなかった。ウィリアムは母と一緒に〈ワシントン・バロン〉にとどまったが、三週間が過ぎて妻の下へ戻された。フロレンティナは四時間、リチャードの部屋に独りで坐りつづけた。そこには彼の過去が詰まっていた。チェロ、写真、やりかけのバックギャモンまで。

上院に現われるのは午前も半ばを過ぎてからだった。何百通も届いているリチャードの死を悼む手紙や電報に返事を書くことしかせず、ジャネットがいくら言っても、それ以外の郵便物には手を出そうともしなかった。小委員会への出席も滞り、遠くからはるばる会いにきてくれた人たちとの面会の約束も忘れた。一度など、上院での国防に関する討論の司会——大した役目ではなかったが、副大統領が欠席の場合は議員が持ち回りで務めることになっていた——を失念するありさまだった。最も熱烈な支持者でさえ、次の選挙に出馬しないのではないかと考えるようになっていた。

数週間が数か月になるにつれて、最も優秀なスタッフが去っていきはじめた。自分たちが常にフロレンティナに抱いていた野心を、もはや肝心の本人が持ち得なくなっているのではないかと、不本意ながら考えざるを得なくなったのだった。選挙区からの苦情の声もリチャードの死後数か月は控えめだったが、いまや腹立たしげな大声に変わっていた。それでも、フロレンティナは日々の決まりきった仕事を事務的にこなしていくばかりだった。

ラルフ・ブルックス上院議員は彼女は党のために早期に引退すべきだとまったく憚《はばか》ることなく提案し、イリノイ州の党本部でもその考えを主張しつづけていた。フロレンティナの名前はホワイトハウスの招待者リストから消えはじめ、もはやミセス・ジョン・シャーマン・クーパーやミセス・ロイド・クリーガー、ミセス・ジョージ・レンチャードといった重鎮政治家夫人が主催するカクテル・パーティでも姿を見られなくなった。

ウィリアムもエドワードも定期的にワシントンへ行き、いつまでもリチャードのことを考えるのをやめさせ、本来の仕事への関心を取り戻させようと努力を重ねた。しかし、どちらも徒労に終わっていた。

クリスマスはボストンのレッドハウスで静かに過ごした。ウィリアムもジョアンナも、これほどの短期間に生じた変化に対応することができずにいた。かつては上品で鋭敏だったレディが無気力で怠惰になってしまっていた。つかまり立ちを覚えた十か月のリチャード以外、だれにとっても幸福《アンハッピー》とは言えないクリスマスだった。新年になってワシントンへ戻ってもフロレンティナの様子は一向に改善されず、エドワードまでもが絶望しはじめた。

ジャネット・ブラウンは一年近く辛抱したうえで、ハート上院議員から行政秘書に誘われていることをフロレンティナに打ち明けた。

「その誘いは受けないと駄目よ、マイ・ディア。ここにはもうあなたの仕事がないんだもの。いまの任期が終わったら、わたし、引退するから」

ジャネットも必死で翻意を促したが、やはり徒労に終わった。

郵便物も形だけ手に取るばかりで、娘の結婚式にきてくれなかったことを恨みに思うというベラの手紙まで見落としそうになったし、自分では書きもしないし、読み返しもしない手紙の何通かにただサインをしたに過ぎなかった。時計を見ると、六時だった。プライアー上院議員からのこぢんまりしたレセプションへの招待状が机の上にあった。フロレンティナは洒落《しゃれ》た浮き出し文字の招待状をごみ箱に捨てて〈ワシントン・ポスト〉を手に取ると、独りで歩いて帰ることにした。リチャードが生きているときは、独りだと思ったことは一度もなかった。

ラッセル・ビルディングを出ると、デラウェア・アヴェニューを渡り、近道をしようとユニオン・ステーション・プラザの芝生を横切った。間もなく、ワシントンは色が溢《あふ》れて輝くはずだった。元気に水を噴き上げている噴水の脇を通り過ぎて舗装された歩道に出た。ニュージャージー・アヴェニューへ下りる階段まできたとき、ちょっと公園のベンチで休むことにした。急いで帰る理由もなかった。ジェイク・トーマスがリチャードをレスター銀行の頭取に迎えたときの、リチャードの顔が思い出された。

ロンドンの赤いバスの大きな模型を脇に抱えて、馬鹿みたいに突っ立っていたのだった。二人で暮らしていたときのそういうことどもを思い出すと、当時がよみがえるような気がして、いくらか悲しみが紛れるのだった。

「これはおれのベンチだ」

フロレンティナは瞬《まばた》きをして横を見た。汚ないジーンズを穿いて、袖に穴があいた茶色の開襟シャツを着た男がベンチの反対端に坐り、胡散臭《うさんくさ》そうにフロレンティナを睨んでいた。何日も髭を剃っていないらしく、そのせいで年齢の見当がつかなかった。

「ごめんなさい、あなたのベンチだと気づかなかったんです」

「十三年前からおれのベンチ、ダニーのベンチだ」垢《あか》で汚れた顔が言った。「その前はテッドのベンチだったし、おれがあの世へ行ったらマットのベンチになる」

「マット？」フロレンティナは訳がわからないままに訊き返した。

「ああ、エチルのマットだ。第十六駐車場の裏を塒《ねぐら》にして、おれがくたばるのを待ってるんだ」ホームレスがにやりと笑った。「だけど、あんなふうにエチル・アルコールを飲んでたんじゃ、このベンチを手に入れる前に死んじまうだろうな。まさか、ここに居つくつもりじゃないんだろ、レディ？」

「ええ、そのつもりはありません」フロレンティナは答えた。

「よかった」ダニーが言った。

「昼は何をしているんですか？」

「ああ、あれやこれやだよ。どこへ行けば教会の厨房のスープにありつけるかも全部わかってるし、豪勢なレストランから出た残飯があれば何日かは生き延びられる。昨日なんか、

〈モノクル〉で最高のステーキを手に入れたぜ。今夜は〈ワシントン・バロン〉がいいんじゃないかと思ってるところだ」

フロレンティナは感情を表わさないようにしながら訊いた。「仕事はしていないんですか?」

「ダニーの仕事の面倒なんかだれが見てくれる? もう十五年も失業状態だ。七〇年に陸軍を除隊してからこっち、ずっとそうだ。ヴェトナム帰りの老いぼれに用のあるやつなんぞいないのさ。ヴェトナムでお国のために死んでりゃよかったんだ──そのほうが、みんなにとってことが簡単になったはずだからな」

「あなたのような人はどのぐらいいるんですか?」

「ワシントンにかい?」

「ええ、ワシントンに」

「何百人もいるだろうな」

「何百人も?」フロレンティナは信じられない思いで訊き返した。

「もっと多いところだってあるぞ。ニューヨークなんか、見かけたとたんにとっ捕まえて豚箱へ放り込むからな。あんた、いつまでおれにつきまとうつもりなんだ、レディ?」

「そろそろ失礼します。その前に一つ訊いてもいいかしら──」

「もういろいろ訊いてくれたじゃないか、今度はおれの番だ。その新聞を置いていってもらってもいいかな?」

「〈ワシントン・ポスト〉を?」

「ああ、質がいいからな」ダニーが言った。

「読むんですか?」

「まさか」ダニーが笑った。「くるまるんだよ。とにかくじっとしてりゃ、ハンバーガーみたいにあったかくなるんだ」

フロレンティナは〈ワシントン・ポスト〉を渡して立ち上がると、ダニーに微笑した。そのとき初めて、彼の脚が不自由なことに気がついた。

「老兵に恵む二十五セントは持ってないかな?」

フロレンティナはハンドバッグのなかを探った。十ドル札が一枚と小銭で三十七セント、それをそっくりダニーに差し出した。

それを受け取ったダニーが信じられないという顔になって叫んだ。「これだけあったら、マットと二人でまともな飯にありつける」そして、まじまじとフロレンティナを見つめると、不審げに言った。「あんたを知ってるぞ、レディ。あの上院議員だろう。マットはいつも言ってるんだ、あんたに面会して、政府の金の使い道について一つか二つ、教えてやるんだってな。だけど、おれたちみたいなのが入っていったら、受付のいかした娘が何をするか教えて、おれが止めてるんだよ。警官を呼んで、ついでに、黴菌《ばいきん》にでも触れたかのように消毒薬を手に取るに決まってる、面会者名簿に名前を書けとも言われないんだから、おまえの貴重な時間を無駄遣いするなってな」

フロレンティナが見ていると、ダニーはベンチに横になり、〈ワシントン・ポスト〉を慣れた手つきで身体に巻きつけはじめた。「どのみち、あんたは忙しすぎるからおまえなんぞにかまけてる時間はないだろうし、ほかの九十九人の上院議員もそれはおんなじなんだからって、そう言ってやってるんだ」そして、有名なイリノイ州選出上院議員に背を向けると、石のようにじっと動かなくなった。フロレンティナは別れの言葉をかけてから階段を通りへ下りていった。地下駐車場の入口の前に警察官がいた。

「階段の上のベンチの男性なんだけど」

「はい、上院議員」警察官が応えた。「ダニーです。脚が不自由なんですが、あなたに何か迷惑をかけましたか？」

「いいえ、それはないけど」フロレンティナは訊いた。「毎晩、あのベンチで寝ているの？」

「十年前からそうです。もっとも、私が警察官になったのが十年前ですから、それ以前のことはわかりませんが。寒い夜は、議事堂の裏に地下下水道に潜り込むんですよ。彼は無害です、第十六駐車場の裏にいる連中とは違います」

その夜、フロレンティナはうつらうつらすることはあったものの、一晩じゅう眠らずに、脚の不自由なダニーのこと、彼と同じ境遇の数百人のことを考えつづけた。次の日は、朝の七時三十分にキャピトル・ヒルのオフィスへ戻った。八時三十分にだれよりも早く出勤してきたジャネットは、フロレンティナがアーサー・クウァーンの『現代福祉社会』に没頭しているのを見て仰天した。

　そのページから顔を上げたフロレンティナが言った。「ジャネット、現在の失業率の統計をすべて揃えてちょうだい、州ごと、人種ごとに分類したものも含めてね。それから、その内訳も知る必要があるわね。何人が生活保護に頼っていて、そのうちの何パーセントが二年以上働いていないかをね。さらに、そのうちの何人に従軍体験があるかも突き止めてちょうだい。主要な関係当局をリストアップして——あなた、泣いてるの、ジャネット？」

「泣いて当然でしょう」ジャネットが答えた。

　フロレンティナは机を離れると、ジャネットを抱擁した。「昨日までのわたしはもういないわ、マイ・ディア。過去は忘れて、本来やるべきことに戻りましょう」

38

議会の全員が知ることになったのだが、フロレンティナ上院議員はほぼひと月のうちに猛烈な勢いで仕事に復帰し、以前の姿を取り戻していた。大統領から直接電話があったとき、〝フレッシュ・アプローチ〟政策に対する自分の攻撃がそれなりの効果を発揮し、状況を変え得るところへ向かいつつあることを確信した。

「フロレンティナ、私は十八か月後に選挙を控えているんだぞ。それなのに、きみは私の〝フレッシュ・アプローチ〟政策を散々に酷評しているじゃないか。きみは次の選挙で共和党に勝たせたいのか?」

「とんでもない、そんなことはもちろんありません。ですが、大統領の〝フレッシュ・アプローチ〟だと、年間の福祉予算は防衛予算の六週間分に過ぎません。一日に一回も満足な食事をとれない人たちがこの国に何人いるか、大統領はご存じですか?」

「もちろん、もちろん知っているよ、フロレンティナ。私は――」

「毎晩路上で寝ている人たちがこの国に何人いるか、それもご存じですか? インドでも、アフリカでも、アジアでもなく、このアメリカで、です。わたしはアメリカ合衆国の話をしているんです。十年間職に就けない人たちが何人いるかはどうでしょう、ご存じですか？――十週でも、十か月でもなく、十年です。ご存じですか、大統領？」

「フロレンティナ、きみに大統領と呼ばれるときは、いつも窮地に立たされるような気がするな。それでは、そういう人々は私がどうすることを期待しているんだ？　以前のきみは民主党のなかでも最も強力な防衛計画の擁護者だったはずだがな？」

「それについての考えはいまでも変わっていません。ですが、たったいまソヴィエトの軍隊がペンシルヴェニア・アヴェニューを行進していても知ったことかという人たちが、アメリカ全土に何百万人もいるんです。その理由は、何があろうと、いま以上に自分の生活が悪くなることはあり得ないと考えているからです」

「主張は理解できるが、フロレンティナ、きみは鳩の衣をまとった鷹になったようだな。それに、こういう話は新聞の最高の見出しになるし、きみにとっても得にしかならんだろう。だが、私に何をしてほしいんだ？」

「大統領委員会を設置して、福祉予算がどう使われているかを精査してください。わたしはすでに三人のスタッフを動員してそれを日夜調べていますから、その予算がいかに間違った使い方をされているか、彼らが突き止めた恐るべき実態の一部を、次に開かれる聴聞会の前にあなたに提供します。保証しますが、大統領、その数字を見たら、髪が逆立ちますよ」

「きみは私の頭に髪がほとんどないことを忘れていないか、ケイン上院議員?」フロレンティナは噴き出した。「だが、委員会は名案だと思う」大統領が間を置いた。「その考えを次の記者会見で明らかにしてもいいかもしれんな」

「ぜひそうしてください、大統領。そして、あなたがリンカーン・ベッドルームで安眠を貪っているとき、石を投げれば届くほどの近さの路上で十三年ものあいだ暮らしている男性のことを話してください。その男性はヴェトナムで片方の脚を失い、週に六十三ドルの傷痍《しょうい》軍人手当を受け取る資格があることすら知りません。知っていても、どうやって受け取ればいいかがわからないんです。だって、彼を管轄している退役軍人管理局がテキサス支局なんですから。たとえテキサス支局が小切手を送るという方法を何かの弾みで思いついたとしても、住所がないんですからどうしようもありません。議事堂の近くの公園のベンチを宛先にしますか?」

「脚の不自由なダニーだな」大統領が言った。

「彼をご存じなんですか?」

「彼を知らない者がいたらお目にかかりたいものだな。彼はこの二週間で、私が二年かけて売った以上に名前を売ったじゃないか。脚が不自由でない自分が恨めしいぐらいだよ。忘れてもらっちゃ困るが、私だってヴェトナムで戦ったんだからな」

「でも、あなたの場合は、そのあとも順調じゃないですか」

「フロレンティナ、私が福祉に関する委員会を設置したら、支援してくれるか？」

「もちろんです、大統領」

「テキサスを攻撃するのをやめてくれるか？」

「それが、残念なんですけど、ダニーがテキサスの出身だということをわたしのところの若手のスタッフが突き止めてしまいましたからね。でも、不法移民問題は実際にあるにしても、テキサス州の人々の二十パーセントは年間収入が低くて——」

「そんなことは言われなくてもわかっているよ、フロレンティナ。だが、きみは忘れているようだが、わが副大統領はヒューストンの出身で、脚の不自由なダニーが新聞の一面を飾って以来、一日の休みもない状態なんだ」

「可哀そうなピート」フロレンティナは言った。「彼は次の会食の招待がどこからくるかを気にするだけじゃない、最初の副大統領になるんでしょうね」

「ピートを揶揄するのはやめてやってくれ、フロレンティナ、彼は役割を果たしているんだから」

「自分がホワイトハウスの住人でいつづけられるよう、選挙区が重ならない人物を副大統領にして、あなた自身の身の安全を図っているということですよね」

「きみも意地が悪いな、フロレンティナ。しかし、言っておくが、私は今度の木曜の記者会見で、素晴らしい考えを思いついたことを明らかにするつもりでいるからな」

「あなたが考えついたんですか？」

「そうとも」大統領が答えた。「いつもいつも批判にさらされているんだから、多少の埋め合わせぐらいはさせてもらわないとな。繰り返すが、私が福祉予算の無駄遣いに関する大統領委員会を設置するという素晴らしい考えを思いつき――」大統領がしばらくためらった。「――フロレンティナ・ケイン上院議員が委員長を引き受けることに同意した、だ。どうだろう、これで何日かは静かにしていてもらえるかな？」

「いいでしょう」フロレンティナは答えた。「一年以内に報告書をまとめられるよう努力します。そうすれば、選挙の前にあなたの有権者に説明する時間ができるでしょうからね、過去を忘れ、気分を一新して〝フレッシュ・アプローチ〟政策を推進するための大胆かつ斬新な考えをね」

「フロレンティナ」

「ごめんなさい、大統領、言わずにいられませんでした」

こんな重要な委員会の委員長を務める時間をどこから見つけ出すつもりなのか、ジャネットにはわからなかった。予定表のページはすでにぎっしり埋まっていて、新しく書き込むための余白もほとんどなく、あったとしても虫眼鏡が必要になるほど小さな文字で書き込まなくてはならなかった。

「これから半年、使える時間をさらに三時間増やさなくちゃならないんだけど」フロレンティナは言った。

「わかりました」ジャネットが応えた。「午前二時から五時でどうでしょう」

「わたしは構わないけど、そんな時間に委員会室に坐ってくれる委員がいるかしらね」フロレンティナは微笑して言った。「それから、スタッフを増やす必要があるわね」


ジャネットは過去数か月のあいだに辞めていったスタッフの空席をすでにすべて埋めていた。新たに雇ったのは、メディア担当秘書が一人、スピーチライターが一人、立法調査員四人だった。立法調査員に関しては、いまやフロレンティナと仕事をしたくて列をなしている、若くて優秀な大学卒業生から選んでいた。

「バロン・グループに感謝しなくてはなりませんね、おかげで予定外の出費を賄えるんですから」ジャネットが言った。

「新しい会長が民主党員であることにもね」フロレンティナは付け加えた。エドワードに電話をして、新会長就任に祝意を表するのを忘れないようにしなくてはならなかった。


大統領が新委員会設置を表明するとすぐに、フロレンティナは仕事にかかった。委員会は委員二十名と専門支援スタッフ十一人で構成されていた。フロレンティナはこの委員会を二つに分けた。一方はこれまでの人生で福祉を受ける必要のなかった、フロレンティナに頼まれるまでその問題を考えたことのなかった専門職、もう一方はいま現在福祉を受けているか失業中の人たちである。人数は同数にした。

伸び放題だった無精髭をきれいに剃ったダニーが、人生初のスーツ姿で、常勤顧問としてフロレンティナのスタッフに加わった。ワシントンはこの余人をしてあり得ない発想に驚き、フロレンティナ・ケイン上院議員の〝公園のベンチの委員〟についての記事が新聞に次々に登場した。〝脚の不自由なダニー〟の口から語られる実話は、この問題がいかに根深いか、いかに多くの無駄遣いが放置されているか、それを正して本当に助けを必要としている人たちに届ける必要があるかを、ほかの半分の委員に気づかせることになった。

委員会に呼ばれて話をした者のなかには、ダニーが空けてやったベンチで寝起きしている〝エチルのマット〟と、フロレンティナが交渉してレヴンワース刑務所を仮釈放になった知能犯のトム・ギンズバーグがいて、彼は警察に捕まるまで週に千ドルの福祉手当を不正受給していたことを証言した。この男は自分でも憶えていないほどたくさんの偽名を持っていて、ある時点では妻を十七人、養育が必要な年齢の子供を四十一人、病弱な親を十九人持っていて、その全員が全米福祉管理局のコンピューターのなか以外には存在していなかった。それは誇張ではないかとフロレンティナは最初考えたが、アメリカ大統領をワシントンDC、ペンシルヴェニア・アヴェニュー一六〇〇番地に住む、養育を必要とする年齢の子供二人と高齢の母親と同居している失業者として登録してみせてくれたとき、そういうことが本当に可能なのだとようやく信じることができた。ギンズバーグはまた、フロレンティナがすでに恐れていたことを事実として確認してくれた。彼など小物に過ぎず、もっと大きなプロの犯罪組織が実在しない受給者をでっちあげ、週に五万ドルもの福祉手当を吸い上げているという事実である。

後に、〝脚の不自由なダニー〟の本当の名前がコンピューターに登録されていること、十三年のあいだ、彼の受け取るべき福祉手当を別のだれかが受け取りつづけていることがわかった。〝エチルのマット〟や第十六駐車場で寝起きしている彼の友人数人もコンピューターには登録されているけれども、一セントたりと受け取っていないことも、ほどなくして明らかになった。

フロレンティナはさらに、資格はあるのに受給をしていない人たちが百万を超える数いること、同時に、その金がすべてどこかへ消えてしまっていることを証明した。そして、これ以上予算を議会に要請する必要はない、百億ドルを超える年間予算が確実に受給資格者に届く方策を講じれば充分だと確信するようになった。助けを必要とする人たちの多くが読み書きができず、それゆえに申請書類が届いても必要事項を記入して関係機関に送り返すことができないのだった。取るに足りない小悪党ですら、そういう人たちの名前を利用して簡単に金を手にしていた。十か月後にフロレンティナが報告書を提出すると、大統領は一連の防御策を議会に送って直ちに検討に入るよう指示し、さらに選挙の前に〝福祉改革計画〟を立案すると表明した。フロレンティナが大統領の名前と住所を失業者としてコンピューターに登録してみせると、新聞は熱狂し、マクネリーからピーターズまで風刺漫画家たちは大忙しになり、ＦＢＩは全米の福祉詐欺犯を芋蔓《いもづる》式に逮捕した。

新聞は大統領のイニシアティヴを称揚し、〈ワシントン・ポスト〉はケイン上院議員がたった一年で、〝ニューディール〟と〝偉大な社会〟を合わせたよりも大きな意味があることを、本当にそれを必要としている人たちのために成し遂げた、これこそが真の〝フレッシュ・アプローチ〟である、と書いた。フロレンティナは思わずにんまりした。次の選挙の後はフロレンティナ・ケインがピート・パーキンに代わって副大統領になるだろうという噂が出回りはじめた。月曜日、フロレンティナは初めて〈ニューズウィーク〉の表紙を飾り、その写真の下のキャプションはこう謳っていた――〝アメリカ初の女性副大統領？〟。フロレンティナも老練な古参の政治家になっていたから、メディアの憶測を真に受けるほど初心《うぶ》ではなかったし、いざとなれば大統領はパーキンを副大統領にして選挙区のバランスを取り、南部を確実に手中にしようとすることも承知していた。

どんなにフロレンティナを高く評価しているとしても、大統領はさらなる四年もホワイトハウスにとどまりたいのだった。

フロレンティナが再度直面することになった人生最大の問題は、多くの問題と自分を利用しようとする人々のどちらを、そして、何を優先させるかを決めることだった。

上院議員からの選挙応援依頼のなかにはラルフ・ブルックスからのものがあった。彼はことあるごとにイリノイ州選出の上院議員としては自分が先輩であることを吹聴《ふいちょう》していて、最近上院エネルギー及び天然資源委員会の委員長になったことで世間への露出も増えていたし、石油王や大企業経営者の扱いに関してもかなり評判がよかった。彼は内輪では決してフロレンティナのことをよくは言わず、フロレンティナもそれはわかっていたが、その証拠が出てきたときも、どうでもいいと知らん顔をすることにしていた。ところが驚いたことに、テレビ・コマーシャルの枠を共同で購入し、自分たちがどれほど緊密に仕事をしているか、そして、二人のイリノイ州選出上院議員がともに民主党であることがどれほど重要かを強調しようと、向こうから言ってきたのである。ラルフ・ブルックスとは会期中でも月に二度か三度しか口をきかなかったが、シカゴの民主党支部長に説得されたこともあって、協力することにした。それによって、二人のあいだにできていた溝が多少なりと埋まるのではないかと期待したのだが、そうはならなかった。二年後、フロレンティナが再選を目指して立候補したとき、ラルフ・ブルックスはおざなりとしか言いようのない、形だけの応援しかしてくれなかった。

大統領選挙が近づくにつれて、再選を目指す上院議員からの応援演説要請が日に日に増えていった。一九八八年の後半の六か月、週末を自宅で過ごしたことはほとんどなく、大統領までが応援に同行してくれるよう何度か頼んできた。彼はケイン委員会の福祉に関する報告が世間に好評だったことに気をよくし、ピート・パーキンとラルフ・ブルックスが知ったら激怒するのを承知のうえで、フロレンティナがしたある要求を応諾していた。

リチャードの死後は社交的な付き合いをほとんど、あるいはまったくしなくなっていたが、ときどきは週末に何とか時間を作り、ビーコンヒルのレッドハウスでウィリアム、ジョアンナ、そして、三歳になる孫のリチャードと過ごした。稀に完全に時間が空《す》いたときは必ずケープコッドへ戻り、アナベルがそこに合流した。

エドワードはいまやバロン・グループの会長とレスター銀行の副頭取を兼務し、少なくとも週に一度はフロレンティナを訪ねてきて、リチャードでさえ誇りに思うはずの業績報告をしてくれた。ケープコッドでは一緒にゴルフをしたが、リチャードが相手のときと違って、常にフロレンティナが勝って終わった。フロレンティナはそのたびに、リチャードを思って地元の共和党のクラブに勝ち分を寄付した。受けたほうは匿名の寄付として記録したが、それはフロレンティナが二股をかけているように見えて、彼女の選挙区民が理解しがたいだろうと気を使ってのことだった。

フロレンティナに対するエドワードの気持ちは疑いようがなく、一度だけためらいがちなプロポーズに至ったことがあったが、フロレンティナは親友の頬に優しくキスをして言った。「再婚する気は毛頭ないけど、ゴルフでわたしを負かしたら考え直してあげる」エドワードはすぐさまゴルフのレッスンを受けはじめたが、フロレンティナに歯が立ったためしはなかった。

デトロイトで開かれる民主党大会でフロレンティナ・ケイン上院議員が基調演説をすると知った新聞は、彼女が一九九二年の大統領候補になる可能性があると報じはじめた。エドワードはそういう報道を読んで興奮したが、メディアがこの半年ですでに四十三人の名前を上げていることをフロレンティナに思い出させられた。

大統領が予測したとおり、フロレンティナに基調演説をさせる提案がなされるとピート・パーキンは激怒したが、自分を袖にするつもりは大統領にはないことに気づいた時点で冷静さを取り戻した。それはフロレンティナに、四年後に自分が立候補するとしたら、副大統領が最大のライヴァルになることを確信させることにしかならなかった。

一握りの反対者と地元出身の有名人がいなかったら眠たくなってしまうほど党大会は盛り上がりを欠いたまま、大統領とピート・パーキンを再指名した。フロレンティナは過去の党大会を懐かしく思い出した。たとえば一九七六年の共和党の大騒ぎである。あのときはネルソン・ロックフェラーがカンザスシティの大会会場の電話のコードを壁から引き抜いたのだった。

フロレンティナの基調演説には大統領の受諾演説のそれより少ないとしてもほとんど変わらない、盛大な拍手が議員団から送られた。その結果として、〝九二年はケイン〟というポスターや選挙運動用バッジが最終日に登場することになった。一晩で一万個ものバッジが出現するのはアメリカだけだとフロレンティナは思いながら、その一個を幼いリチャードのお土産にした。彼女の選挙運動は、当人が指一本動かすことすらしないまま始まっていた。

投票日前の最後の数週間、フロレンティナは激戦区の大半を巡り、その数は大統領とほとんど変わらなかった。メディアはそれ見て、フロレンティナ・ケイン上院議員の惜しみない忠誠が民主党辛勝の要因だったかもしれないと書き立てた。ラルフ・ブルックスは相手候補との票差をわずかながら広げて上院へ戻った。それがフロレンティナに、自分の選挙も二年後に迫っていることを思い出させた。

第一〇一議会の最初の会期が始まると、上下両院の議員の多くから、もし大統領選に名乗りを上げるのであれば応援するという意志表示が公然と届きはじめた。そのなかにはピート・パーキンにもまったく同じことを言っている者もいるはずだったが、フロレンティナは支持を表明してくれた全員の名前をメモし、その日のうちに自筆の礼状を送った。

上院への再選を目指す選挙の前の最も厳しい仕事は、新しい福祉法案を上下両院で通過させることで、そのために時間の大半を割かなくてはならなかった。自らがその法案への七つの修正条項を提案し、なかでも優先しなくてはならないのは、連邦政府の全額負担による全国的最低賃金保障基準の制定と社会保障の大規模な見直しだった。フロレンティナは時間を惜しむことなく、脅したり、おだてたり、すかしたり、ときには買収寸前の手まで使って、ついに法案を成立させた。大統領がローズガーデンで法案に署名するとき、フロレンティナは彼の後ろに立った。規制線の向こうに群れているカメラマンが一斉に彼女にレンズを向けてシャッターが切った。フロレンティナの政治生活において、それは一つの業績として最大のものだった。大統領が自画自賛の声明を発表し、フロレンティナと握手をした。「ケイン法が成立したのはこのレディの尽力の賜物《たまもの》です」彼は言い、彼女の耳元でささやいた。「副大統領が南部へ行っていて、ここにいなくてよかったよ、さもないと、延々と不満を聞くはめになったに違いないからな」

新聞も世論も法案を議会通過に導いたケイン上院議員の卓越した手腕とゆるぎない意志を称揚し、〈ニューヨーク・タイムズ〉に至っては、今後何一つ政治的に大きな仕事をしなかったとしても、時の試練に耐え得る法律を作った人物として記録され、後世に残ることになるだろうとまで書いていた。この新しい法律の下では、本当に必要としている人がその権利を失うことはなく、〝福祉茶番劇〟を演じる者は最終的に鉄格子の向こうに行くことになるのだった。

この騒動が終わるとすぐにジャネットが注意してくれたとおり、イリノイ州にいる時間を増やさなくてはならなかった。いまや上院議員選挙まで九か月足らずになっていた。出馬を表明するや、党の重鎮のほぼ全員が手助けを申し出てくれたが、厳しい日程を調整して応援してくれ、シカゴのコンヴェンション・ホールでの集会の演説に最大の有権者を動員してくれたのは、ほかならぬ大統領だった。バーブラ・ストライサンドの「ハッピー・デイズ・アー・ヒア・アゲイン」が流れるなか、二人で登壇しようとしているとき、大統領がささやいた。「この五年のあいだきみに痛めつけられたお返しをこれからしてやるからな」

そして、妻よりも自分を困らせてくれる存在だが、いまやホワイトハウスの、いまは私が使っているベッドで寝たいと聞いているとフロレンティナを紹介し、笑いがやんだところで付け加えた。「そして、その女性がアメリカ大統領という偉大な職務を遂行したいと考えているのであれば、この国はこれ以上ない奉仕をしてくれる人材を得たことになるはずです」

翌日の新聞は、この声明はピート・パーキンへの正面切っての絶縁状であり、大統領選挙に立候補すればフロレンティナは現職大統領という後ろ盾を得ることになるだろうと示唆した。大統領は自分の言葉に対するその解釈を否定したが、その瞬間から、フロレンティナは一九九二年の大統領選挙の最有力候補という、ありがたいとは言えない立場に立たされることになった。上院議員選挙の結果が明らかになったとき、フロレンティナはわれながら驚くことになった。中間選挙は与党が不利という定説通り、多くの民主党議員が支持を失うなかで、フロレンティナだけが大きく票を伸ばして圧勝していた。この大勝利によって、フロレンティナは単なる看板候補というだけでなく、もっと重要な存在、すなわち、勝者になり得る候補者であるという見方を党に再確認させることになった。

第一〇二議会の最初の会期は、〈タイム〉の表紙を飾るフロレンティナの写真とともに始まった。女子ラテン語学校でジャンヌ・ダルクを演じたこと、ウールソン奨学金を勝ち得てラドクリフ女子大へ入学したことを含めて、彼女の経歴が時系列順に詳しく紹介され、夫が彼女を〝ジェシー〟と呼んでいた理由まで明らかにされていた。フロレンティナはいまやアメリカ一有名な女性だった。「この五十六歳の女性は」と、〈タイム〉は締めくくっていた。「知性と機知を兼ね備えている。その彼女が拳を固く握り締めるのを見たら用心したほうがいい。なぜなら、そのときに彼女が繰り出す言葉というパンチは尋常ならず強力なのだから」

最初の会期のあいだ、大統領選に出馬するか否かをいつ明らかにするのかという問い合わせが、同僚議員、友人、メディアから毎日押し寄せるようになっていた。しかし、フロレンティナはそういう問い合わせには取り合わず、上院議員として普通に仕事をしようとして、その日のもっと重要な問題に目を向けつづけた。ケベック州が左翼州政府を選んだときはカナダへ飛び、ブリティッシュ・コロンビア、サスカチュワン、マニトバ各州を相手に、アメリカと連合することについて予備会談を行なった。ワシントンへ戻ると、同行していた各紙は、もはや彼女を〝政治屋《ポリティシャン》〟とは呼ばず、〝女性政治家《ステーツウーマン》〟として扱うようになった。

すでにピート・パーキンは聴いてくれそうな相手ならだれにでも大統領選出馬の意志があることを告げて回っていて、正式発表も間もなくだろうと考えられていた。副大統領はフロレンティナより五つ年上で、彼女もわかっていたが、彼が〝大統領、万歳〟を自分のために聞くとすれば、おそらくこれが最後のチャンスだった。マーガレット・サッチャーが首相になったときに聞かせてくれた言葉が思い出された。「党首が男性であるか女性であるかのたった一つの違いは、女性が負けたら、男性は二度と女性にチャンスをくれないことです」

ロバート・ブキャナンが生きていたら、きっとこう助言してくれたに違いなかった。「『ジュリアス・シーザー』を読むことだ、マイ・ディア。ただし、今回はマーク・アントニーではなく、ブルータスだけでいい」

週末はエドワードと一緒にケープコッドで過ごし、今回もゴルフで彼を負かしたあと、一人の女性の形勢、いまがその時かどうか、次の時を待つべきかどうかを相談した。エドワードがニューヨークへ帰り、フロレンティナがワシントンへ戻ったときには、最終的な結論が出ていた。

39

「……そして、その目的を達成すべく、アメリカ合衆国大統領職に立候補することを宣言します」

フロレンティナは上院民主党集会室に集った、議会守衛官が三百人しか入れないと主張して譲らなかった空間をぎっしり埋めている三百五十人が拍手喝采する様子を見つめた。テレビのカメラ・クルーと新聞のカメラマンが、だれのものともわからない後頭部が映り込むのを避けようと同業者を押しのけたりよけたりしていた。立候補宣言のあとのいつ終わるとも知れない拍手喝采がつづくあいだ、フロレンティナは席にとどまっていた。聴衆がようやく静かになると、エドワードが演壇に林立するマイクの前に進み出た。

「みなさん」彼は言った。「質疑応答に移りたいと思います」

会場を埋める半分がすぐさま口を開きはじめ、エドワードは三列目の男性にうなずいて最初の質問を許可した。

「〈ウォール・ストリート・ジャーナル〉のアルバート・ハントです」彼が言った。「ケイン上院議員、最も手強い相手はだれだとお考えでしょうか？」

「共和党の候補者です」控えめな笑いと控えめな拍手が小波のように広がっていき、エドワードは微笑して次の質問者の指名に移った。

「ケイン上院議員、あなたの今日の立候補宣言は、実はピート・パーキン大統領の副大統領になることを狙ってのことではないのですか？」

「いいえ、わたしは副大統領職に興味はありません」フロレンティナは答えた。「副大統領というのは、よくて本当の仕事をすることを期待しながら、しかし、それをひたすら待ちつづけるだけの停滞の期間でしかありません。悪くするとネルソン・ロックフェラーの言葉のようになるわけです。『四年のあいだ政治学の授業を聞き、数えきれないほどの国葬に参列するのをよしとしない限り、ナンバー・ツーの立場を引き受けるべきではない』わたしはいいほうも悪いほうもごめん被ります」

「アメリカは女性大統領を受け入れる準備ができていると思いますか？」三人目が叫んだ。

「答えはイエスです。そうでなかったら、わたしは立候補していません。ですが、十一月三日にはもっと正確にその質問に答えられるはずです」

「共和党が女性候補を選ぶ可能性についてはどうでしょう？」

「その可能性はないと思います。そんな大胆な変化を考慮する勇気は彼らにはありません。民主党が成功するのを指をくわえて見ていて、次の選挙で真似《まね》をするのがせいぜいでしょう」

「大統領職に就くに充分な経験が自分にあると思われますか？」

「わたしは妻であり、母であり、数百万ドルという規模の巨大企業の会長でした。そして、下院で八年、上院で七年の経験があります。わたしが選んだ公職のなかでは、大統領職が筆頭に位置しています。したがって、答えはイエスです。わたしにはいまや充分な資格があると考えています」

「あなたの福祉法の成功が、貧困層と有色人種層の投票にいい影響を及ぼすとお考えですか？」

「あらゆる層からの投票にいい影響を及ぼすことを願っています。あの法案を作成するに当たってのわたしの主たる意図は、納税を通して福祉に貢献している人々にも、あの法律の恩恵を受けるべき人々にも、それが立法化されたことによって現代社会における正義と人道が正しく行なわれていると感じてもらうことにありました」

「ソヴィエトがユーゴスラヴィアに侵攻しましたが、あなたが政権を取った場合、クレムリンに対する姿勢はより強硬なものになるのでしょうか？」

「ハンガリー、チェコスロヴァキア、アフガニスタン、ポーランド、そして今度のユーゴスラヴィア侵攻のあと、最近のソヴィエトはアフガニスタンとパキスタンの国境地帯へも軍を動かしています。そういう動きを見る限り、わたしは長年の自分の考えは正しいと改めて確信しています。わが国は自国民を護るべく、一瞬たりと警戒を怠ってはなりません。過去において二つの大海、すなわち大西洋と太平洋がわたしたちを護ってくれたという事実が将来も事実でありつづける保証はないのです。そのことを忘れてはなりません」

「大統領はあなたを〝鳩〟の衣を着た〝鷹〟だと言っていますが?」

「その言葉がわたしの着ているものについてのものなのか、わたしの容貌についてのものなのかはわかりませんが、その二羽の鳥の組み合わせはアメリカ合衆国の紋章に描かれている双頭の鷲に似ていなくもないような気はします」

「フランスとイギリスの選挙が終わりましたが、今回のような結果が出たあとも、アメリカはヨーロッパと特別な関係を維持できるとお考えでしょうか?」

「フランスはド・ゴール主義の政権に回帰し、イギリスは新たな労働党政権が誕生したわけですけれども、それについてさしたる心配はしていません。ジャック・シラクも、ニール・キノックも、過去においてアメリカのよき友人でした。将来それが変わると考える理由がわたしには見つかりません」

「ラルフ・ブルックスはあなたの選挙運動を応援してくれますか?」フロレンティナが答えを準備していない最初の質問だった。

「それは彼に訊いてもらうべき質問かもしれません。ですが、当然のことながら、ブルックス上院議員がわたしの決断を歓迎してくれることを願っています」それ以上は付け加える言葉を思いつかなかった。

「ケイン上院議員、現行の予備選挙制度をよしとしておられますか？」

「いいえ、よしとしていません。アメリカ合衆国を構成するすべての州をまとめて一つの単位にし、党員の直接投票で大統領候補を選ぶという考えに必ずしも与するものではありませんが、いまのやり方は明らかに時代に遅れています。いまの選挙のやり方は、ニュース番組に都合のいいやり方を要求するテレビ局に合わせるようになりつつあり、政府が必要とするやり方が顧みられなくなっているような気がします。それはまた、政治に素人の候補者に有利に働くことにもなります。いまの制度だと、いまは失業中でも、たまたま祖母が数百万ドルを遺贈してくれれば、その候補者のほうが大統領になりやすいようになっているのです。なぜなら、その彼あるいは彼女は四年間代議員集めに走り回ることができ、一方で大統領職に最適任の資格を持った彼あるいは彼女は、そんな暇もない状態で、どこかほかのところで日々やるべき仕事をこなさなくてはならないからです。わたしが大統領になったら、お金と時間がないことが大統領に立候補しようとする人の不利にならない法案を議会に提出します。わたしたちは長い年月を経て生きている教えをもう一度思い出さなくてはなりません。その教えとは、この国に生まれ、奉仕したいという強い思いと能力を併せ持っている人間は、だれであろうと、最初の有権者が投票所へ行く前にその資格を失うことはないというものです」

質問は会場のあらゆるところから飛んできて、フロレンティナはその一つ一つに答えていき、最後の質問が発せられたときには一時間以上が経っていた。

「ケイン上院議員、大統領になったら、ワシントンのように決して嘘をつかないか、ニクソンのように真実という言葉に独自の定義をするか、どちらを選択されますか？」

「決して嘘をつかないという約束はできません。わたしたちはみな、友人や家族を守るためなら、ときとして嘘をつきます。また、わたしが大統領であるなら、自分の国の安全を守るために嘘をつくかもしれません。さらにまた、わたしたちは事実を知られたくないというだけで嘘をつくこともときとしてあります。一つ、みなさんに断言できるのは、年齢を偽ることができなかった女性はアメリカにわたししかいないということです」笑いが収まっても、フロレンティナはその場にとどまった。「こう申し上げて、この記者会見の締めくくりにしたいと考えます。今日のわたしの決断の結果がどう出るにせよ、移民の娘が国の最高位に就くべく立候補できることを、わたしはアメリカの人たちに感謝しなくてはなりません。こんな野心を達成し得る国は、ここ以外、間違いなく地球上のどこにもないはずです」

会場を出た瞬間から、フロレンティナの生活は変わった。四人のシークレットサーヴィスが菱形《ひしがた》に候補者を囲み、先導役の一人が熟練の手際で、彼女に話しかけようとする群衆のあいだに道を作った。

フロレンティナの口元が緩んだのは、ブラッド・ステイムズが自己紹介をし、これから は四名のシークレットサーヴィスが二十四時間、八時間交代で警護に当たることを説明し たときだった。四人のうちの二人が女性で、背格好も容貌も自分に似ていることに気づか ないわけにはいかなかった。フロレンティナはステイムズに礼を言ったが、三百六十度ど こを見て四人のうちのだれかが目に入ってしまい、それに慣れることができなかった。四 人の耳に小さなイヤフォンがなければ支持者と区別がつかず、フロレンティナは一九七二 年のニクソンの支持集会に参加した年配の女性の話を思い出した。彼女は候補者の演説が 終わると運動員の一人に歩み寄り、必ず彼に投票すると約束した。なぜなら、彼はわたし のような耳の不自由な者にも明らかに同情してくれているからだ、と。

記者会見のあと、エドワードがフロレンティナのオフィスで戦略会議を開き、来るべき 選挙運動のスケジュールを策定した。副大統領はしばらく前に出馬を表明していたし、ほ かにも数人がすでに立候補の意思を明らかにしていたが、新聞は早くもケインとパーキン の一騎打ちと決めてかかっていた。

エドワードは世論調査担当、財政担当、政策助言担当などからなる強力なチームを編成 し、ジャネット・ブラウンがいまも率いるワシントンの経験豊かなスタッフがそれを支え る態勢を整えた。

エドワードがまず説明したのは、ニューハンプシャーから始まり、カリフォルニアを経由してデトロイトでの党大会に至るまでの、日々のスケジュールだった。フロレンティナは党大会をシカゴで開こうと動いたが、副大統領に拒否されていた。彼女のホームグラウンドで戦うつもりはないということにほかならなかった。一九六八年にシカゴを党大会の会場に選んだこと、そのあとに生じた混乱が、ハンフリーがニクソンに敗れた唯一の理由であることを、副大統領は民主党委員会に思い出させたのだった。

南部諸州でパーキンに勝つのはほとんど不可能だという事実にフロレンティナはすでに直面していて、だからこそ、ニューイングランドと中西部ではいいスタートを切らなくてはならなかった。これからの三か月はエネルギーの七十五パーセントを選挙運動に費やすことに同意し、彼女のチームはその時間を最大限有効に使うにはどうするか、その方法を何時間もかけて相談した。予備選挙で彼女を支持してくれた最初の三つの州の主要都市を定期的に訪れること、伝統的に保守的なニューハンプシャー州で票が伸びたら、それに従って以降の作戦を立てることも合意された。

フロレンティナは上院議員としての仕事を可能な限り多く処理しながら、そういうなかでも、最初に予備選が行なわれるニューハンプシャー、ヴァーモント、マサチューセッツの三州を頻繁に訪れた。エドワードは六人乗りのリアージェットをチャーターし、パイロットを二人雇って、二十四時間、必要なときにはいつでもフロレンティナがワシントンを飛び立てるようにした。最初に予備選が行なわれる三つの州すべてに強力な選挙本部を設置し、フロレンティナが行く先々すべてで、〝ケインを大統領に〟のポスターとバンパーステッカーが、ピート・パーキンのそれに負けないぐらい大量に目に入った。

最初の予備選まで七週間を残すだけの時点で、フロレンティナはニューハンプシャー州の十四万七千人の登録民主党員を追いかけることにますます多くの時間を割きはじめた。エドワードはその三十パーセント以上を取り込めるとは規定していなかったが、それでも予備選挙に勝つには充分だろうと踏んで、彼女は勝てるのだと、勝利を疑っている者たちを説得した。南部諸州で予備選挙が始まるまでにできるだけ多くの代議員を獲得し、デトロイトの党大会のときには、できれば過半数を超える千六百六十六人の代議員を押さえておく必要があった。初期の形勢はまずまずと言えた。フロレンティナの専属世論調査員、ケヴィン・パランボの分析では、副大統領とは接戦だった。〈ギャラップ〉も〈ハリス〉もほぼ同じ見方をしてくれていた。何があろうと女性には票を入れないと言っている有権者は七パーセントに過ぎなかったが、最後まで接戦になった場合にその七パーセントが結果に決定的な影響を及ぼす可能性があることを、フロレンティナはよくわかっていた。

フロレンティナのスケジュールには、ニューハンプシャー州に二百五十ある小さな町の百五十以上に短時間立ち寄ることが含まれていた。目が回るほど忙しい日々にもかかわらず、フロレンティナは昔から変わらないニューイングランドの工場町や、〝花崗岩《かこうがん》州〟の異名を持つニューハンプシャー州の農業従事者の愛想のなさ、冬の景色の荒涼としたなかにある美しさが好きになっていった。

フランコニアの町では犬橇《いぬぞり》競争のスターターを務め、カナダとの国境地帯にある最北端の集落を訪ねた。現地の新聞の編集長の洞察力を尊敬することを学んだ。彼らの多くは全米規模の雑誌や通信社を引退した、高いレヴェルの仕事をしてきた人たちだった。ニューハンプシャー州の住民が州からかかる所得税に反対する権利を頑《かたく》なに擁護していると知ったあとは、その問題についての議論を避け、その結果、マサチューセッツ州の向こうに住む高収入の知的職業人を多数惹きつけることになった。

フロレンティナはウィリアム・ローブの死に一度ならず感謝することになった。彼は〈マンチェスター・ユニオン・リーダー〉という新聞の主宰者で、その新聞がでたらめな報道をしたせいで、フロレンティナの前の候補、エドマンド・マスキーやジョージ・ブッシュが敗退の憂き目を見ていた。女性が政治に口を出すことをローブが嫌っていたのは周知の事実だった。

エドワードからの報告によれば、選挙資金は順調にシカゴの本部に集まってきていて、〝ケインを大統領に〟のオフィスもすべての州に設置されつつあった。そのなかには、そこが物理的に狭すぎてヴォランティアを全員受け入れることができず、そういうはみ出した人たちが居間やガレージを応急の選挙本部にするところもあるという事態が全米で起こりはじめていた。

最初の予備選挙の最後の七日間、フロレンティナはバーバラ・ウォルターズ、ダン・ラザー、そして、フランク・レイノルズのインタヴューを受けただけでなく、三大ネットワークすべての朝のニュースに出演した。メディア担当のアンディ・ミラーが指摘したとおり、バーバラ・ウォルターズのインタヴューは全米で五千二百万人が観ていて、ニューハンプシャー州の有権者全員と握手をしたら五百年かかるはずだった。それでも、地元の選挙参謀は州のすべての老人養護施設を訪問させずにはおかなかった。

そこまでしているにもかかわらず、フロレンティナはニューハンプシャー州の町々の通りを歩き、バーリンの製紙工場の労働者だけでなく、どの町にも存在するらしく思われる海外戦争復員会やアメリカ在郷軍人会の現地支部会員とも、しかも酔っぱらった相手と、握手をしなくてはならなかった。スキー場のリフトに並んでいる人たちに働きかけるときは、より小さなスキー場を選ぶことを学んだ。有名なリゾートのほうが人数は多いかもしれないが、ニューヨークやマサチューセッツといった州外からの、投票権のない観光客が大半を占めているからである。

このアメリカの北端の小さな選挙区で失敗すれば、候補者としての信頼性に大きな疑問が生じることは、フロレンティナにもよくわかっていた。

一つの町に着くとエドワードが必ず待ち構えていて、次の移動の飛行機に乗り込むまで絶対に休ませてくれなかった。

女性候補者という希少価値を神に感謝しなくてはならない、とエドワードは言った。先乗りチームはどこであれフロレンティナが演説する会場の席を、花崗岩州《ニューハンプシャー》の有権者ではなく、鉢植えの花で埋める心配をする必要がなかった。

ピート・パーキンは参列しなくてはならない葬儀が運のいいことに立てつづけにあり、副大統領にはほかにさしたる仕事がないことを証明して、フロレンティナにはあり得ないほど多くの時間をニューハンプシャーで費やしていた。予備選挙投票日の前夜、エドワードが教えてくれたところでは、ケイン陣営は電話、手紙、あるいは直接訪問によって、十四万七千人の登録民主党員の十二万五千人との接触に成功していた。だが、と彼はそのあとで付け加えた。ピート・パーキンもそれは同じだと思う、なぜなら接触した有権者の大半はまだ態度を決めていなかったし、こちらに否定的な様子の者もいたからだ、と。

その日の夜、フロレンティナはマンチェスターで集会を開き、三千人を超える参加者を集めた。明日になれば選挙運動の道のりの五十分の一がようやく終わるとジャネットが言ったとき、フロレンティナはこう応えた。「あるいは、もう最後まで終わってるかもよ」

モーテルの自分の部屋に戻る前に確かめたところでは、CBS、NBC、ABC、ケーブル・ニュース、シークレットサーヴィスの四人、すべてがフロレンティナの勝ちを確信していた。

ニューハンプシャー州の有権者が目覚めたとき、凍てつく寒風が雪の吹き溜《だ》まりを作っていた。フロレンティナは投票所から投票所へと車を走らせ、最後の投票所が閉まるまで忠実な党員に感謝しつづけた。午後九時十一分、まずCBSが全米に向けて推定投票率を四十七パーセントと発表し、天候を考慮すると高いほうだとダン・ラザーが言った。初期の投票状況は世論調査が正しいことを証明していた。フロレンティナとピート・パーキンが接戦を展開し、その日の夜のあいだは形勢が二転三転したが、どちらも二パーセント以上の差をつけることができずにいた。フロレンティナはモーテルの自分の部屋で、エドワード、ジャネット、側近のスタッフたち、二人のシークレットサーヴィスと一緒に最終結果が入ってくるのを待った。

「最終結果は各陣営がそうしようとしてもこれ以上はあり得ないだろうという大接戦になりました」NBCが先陣を切り、ジェシカ・サヴィッチが最終結果を明らかにした。「ケイン上院議員三十・五パーセント、パーキン副大統領三十・二パーセント、ビル・ブラッドリー上院議員十六・四パーセント、残りの票はほかの五人の候補に分散しています。私見ですが、この五名は次の予備選のためにホテルを予約する必要はないでしょう」

フロレンティナは亡き父の言葉を思い出した。「ニューハンプシャー州の予備選挙の結果が満足のいくものだったら……」

フロレンティナは六人の代議員を獲得してマサチューセッツ州へ出発した。ピート・パーキンが獲得した代議員は五人だった。〝勝者なし、敗者五人〟と全米の新聞は報じた。マサチューセッツ州に現われた候補者は三人だけで、女など泡沫《ほうまつ》候補でしかあり得ないという偏見をフロレンティナは何とか克服できたようだった。

マサチューセッツ州では、十四日のあいだに百十一人いる代議員のできるだけ多くを獲得しなくてはならず、運動のやり方はここでもまったくと言っていいほど同じだった。エドワードが作ったスケジュールをこなす日がつづいた。できるだけ多くの有権者に顔を見せ、何とか方法を見つけて朝と夜のニュースに取り上げてもらうのである。

赤ん坊や労働組合の指導者やイタリアン・レストランの経営者と写真を撮り、スカロップやリングイネやポルトガルの甘いパンやクランベリーを食べた。ＭＢＴＡやナンタケット・フェリーに乗り、アラメダ・バス・ラインでマス・パイクの全線を走った。海岸をジョギングし、バークシャー丘陵でハイキングをし、ボストンのクウィンシー・マーケットで買い物をした。どれも男に負けない体力があることを証明するためだった。痛む身体を熱い風呂で癒《いや》しながら、父親がソヴィエトにとどまっていたとして、わたしがあの国の大統領になる道のりはこんなに険しくはまったくなかったはずだとしか思えなかった。

フロレンティナはマサチューセッツ州でも先行し、四十七人の代議員を獲得して、対する副大統領は三十九人にとどまった。同日に行なわれたヴァーモント州の予備選挙では、十二人の代議員の八人をフロレンティナが獲得した。下馬評を覆す結果が三州で連続してもたらされたことで、世論調査は〝アメリカ合衆国で女性が大統領になる可能性はあるか？〟という質問に〝ある〟と答える数が多くなってきていると報告しはじめた。しかし、有権者の五パーセントがケイン上院議員が女性であることを知らなかったという調査結果を読んだときには、当事者であるフロレンティナでさえ笑ってしまった。

ケイン上院議員の次の大きな試金石は南部だと、新聞は早くも報じていた。フロリダ州、ジョージア州、そしてアラバマ州で、同日に予備選挙が行なわれるのである。そこで持ちこたえられれば、フロレンティナにも大いにチャンスがあった。なぜなら、民主党の大統領候補選出の戦いはすでにフロレンティナとパーキン副大統領との直接対決になっていたからである。ビル・ブラッドリー上院議員はマサチューセッツ州で十一パーセントの票しか獲得できず、資金不足を理由にして撤退していた。それでもいくつかの州ではいまも投票用紙に名前が載っていて、将来のある時点で有力な候補者として戻ってくるのを疑う者はいなかった。フロレンティナはブラッドリーを同伴者の一番手と考えていて、数少ない副大統領候補者のなかに、このニュージャージー州選出上院議員の名前も含まれていた。

フロリダ州の開票結果は百人の代議員の六十二人をパーキン副大統領が獲得し、ジョージア州でも四十人対二十三人とその傾向は変わらず、アラバマ州では四十五人中二十八人の代議員がパーキン副大統領のものとなった。だが、彼が新聞に吹聴したような、〝あの取るに足りないレディがその優雅な足を南部に一歩でも踏み入れたら、二度と立ち上がれないように懲らしめて差し上げる〟ことにはならなかった。パーキンは軍事に関する第一人者としてフロレンティナとの差を広げることにますます力を入れはじめたが、メキシコ－アメリカ国境にいわゆる〝フォート・グリンゴ・ライン〟を設定するという彼の法案が、彼の金城湯池であるはずの南西部で反発を食らいはじめていた。

エドワードと彼のチームはいまや全米を縦横に動きながら、いくつかの予備選挙に先行して活動を行なっていた。自分の乗ったリアージェットが州また州と着陸するたびに、フロレンティナは選挙資金が潤沢であることを天に感謝した。彼女のエネルギーは尽きることがなく、一日の終わりに呂律《ろれつ》が怪しくなり、声が掠《かす》れはじめて、疲れているように聞こえるのは、どちらかと言えばパーキンのほうだった。両候補ともサンファンへ行かなくてはならなくなり、三月半ばのプエルトリコの予備選挙では四十一人の代議員中二十五人をフロレンティナが獲得した。その二日後、フロレンティナはホームグラウンドでの予備選挙のためにイリノイ州へ戻った。その時点で、獲得代議員の数は百六十四対百九十四に縮まっていた。

〝風の町《シカゴ》〟はすべての動きを止めて自分たちのお気に入りの娘を歓迎し、イリノイ州の代議員百七十九人全員を彼女に与えた。その結果、フロレンティナの獲得代議員数は三百四十三となり、形勢は逆転した。しかし、ニューヨーク州、コネティカット州、ウィスコンシン州、ペンシルヴェニア州と開票が進むにつれてその差は縮まり、テキサスまできたときには、フロレンティナの六百五十五に対して五百九十一まで迫っていた。

ピート・パーキン副大統領が自分のホームグラウンドの州で代議員を総取りしたことにはだれも驚かなかった。その州はリンドン・ベインズ・ジョンソンを最後に大統領を出していなかったし、テキサスの男性の半分はテレビドラマの「ダラス」の登場人物、J・R・ユーイングに欠点があることは認めたとしても、その言葉──「女の居場所は家庭にある」──を信じていた。副大統領はヒューストン郊外の自分の牧場をあとにしたとき、獲得代議員数を七百四十三に伸ばし、六百五十五のフロレンティナを逆転していた。

毎日の途轍《とてつ》もない圧力の下で全米を移動しているあいだに、フロレンティナもパーキンも、即興の言葉や不注意なコメントが翌日の新聞の格好の見出しにされかねないことを学んだ。まずその餌食になったのがピート・パーキン副大統領だった。ペルーとパラグアイを混同し、さらに、〈ゼネラル・モーターズ〉の本拠地、フリントの町を専属運転手付きのメルセデスでパレードしたときには、カメラマンがここぞとばかりにシャッターを切りつづけた。フロレンティナも無事ではすまなかった。アラバマ州で有色人種を副大統領にすることを考えているかと訊かれ、彼女はこう答えた。「もちろんです、前々から考慮しています」しかし、有色人種の指導者に実際に声をかけたわけではないことをメディアに納得してもらうには、繰り返し声明を出さなくてはならなかった。

しかし、最大の失敗はヴァージニア州のそれだった。フロレンティナはヴァージニア大学ロウ・スクールで仮釈放制度と、大統領になったら考えている改革について話をした。その原稿の執筆と調査をしたのは、フロレンティナが下院議員になって以来ずっと一緒に仕事をしている、ワシントンのスタッフの一人だった。フロレンティナは前夜にその原稿を注意深く読み、よくまとめてあることに感心して、いくつか小さな修正を加えるに留めた。それを法律を学ぶ学生で満員の会場で披露し、熱狂的な拍手を持って迎えられた。そのあと、〈シャーロッツヴィル・ロータリー・クラブ〉の夜の集まりに出かけて牧畜業者が直面している問題について話をし、大学で話したことについては忘れていたのだが、翌朝、〈ボアーズ・ヘッド・イン〉で朝食をとりながら現地の新聞を読んで思い出させられることになった。〈リッチモンド・ニューズ－リーダー〉が掲載したその記事は、あっという間に全米の新聞に拡散した。地元記者の一生に一度のそのスクープはこうだった――フロレンティナ・ケイン候補がヴァージニア大学で行なった演説が注目に値するのは、その原稿を書いたのがケイン上院議員の信頼するワシントンのスタッフの一人、アレン・クラレンスで、彼は上院議員のところで仕事をする前、禁固六か月、保護観察一年の有罪判決を受けているからである。その容疑が無免許飲酒運転で、三か月後には上訴して釈放された事実を指摘した新聞はほとんどなかった。クラレンスをどうするつもりかと記者に訊かれて、フロレンティナはこう答えた。「どうもしません」

どんなに不当に見えても即刻クラレンスを解雇すべきだ、とエドワードは言った。なぜなら、フロレンティナに否定的な一部新聞――ピート・パーキンは言うまでもない――が、彼女が最も信頼しているスタッフの一人は前科者だったと、千載一遇の好機とばかりに書き立てているからだ、と。「あの女性が大統領になったら、だれがこの国の刑務所の運営を取り仕切ることになると思うかね?」と、パーキンはことあるごとに口走るようになっていた。最終的にクラレンスは自ら辞職したが、そのころには、フロレンティナ陣営はかなりのダメージを受けていた。予備選挙がカリフォルニアに到達したときには、獲得代議員数はピート・パーキンが九百九十一、フロレンティナは八百八十三と、差が開いていた。フロレンティナがサンフランシスコに着くと、ベラが空港で出迎えてくれていた。三十年の歳月は確かに彼女の年齢を増やしていたが、その歳月も彼女の体重を減らすことはできないでいるようだった。隣りにはクロード、大男の息子、母親とは対照的な体形の娘が立っていた。ベラはフロレンティナを見たとたんに駆け寄ってきたが、がっちりした体軀のシークレットサーヴィスに阻まれてしまい、フロレンティナの抱擁に助けてもらうことになった。「あんなでかい女には初めてお目にかかったな」シークレットサーヴィスの一人が小声で言った。「まるでジャンボ・ジェットでも一蹴りで宙へ飛ばせそうじゃないか」滑走路周辺に数百人の支持者が集まっていて、声を揃えて叫びはじめた。「ケイン大統領!」フロレンティナはベラと一緒に彼らのほうへ歩いていった。全員が自分に向かって手を振ってくれているのを見て、気持ちはいやがうえにも高揚した。〝カリフォルニアをケインに〝のプラカードも見えた。支持者の大半が男性なのも初めてだった。彼らと別れてターミナルへ入ろうとしたとき、その壁に〝ポーランド移民の小娘を大統領にしたいか？〟と赤い文字で記され、その下に白い文字で〝したい《イエス》〟と書き加えられているのが目に留まった。

ベラはいまやカリフォルニア州で最も大きな学校の校長で、フロレンティナが上院議員になったあと、民主党委員会の委員長を務めていた。

「あなたが大統領に立候補するのは昔から自明のことだったから、あなたのためにサンフランシスコを固めておくほうがいいと思ったのよ」

ベラは彼女が言うところの千人のヴォランティアを動員して戸別訪問を行なわせ、確かにサンフランシスコを固めてくれようとしていた。カリフォルニア州は南部が保守的、北部が進歩的《リベラル》と性格が二つに割れていて、それがフロレンティナのような中道を目指す候補にとっての難しさになっていた。だが、フロレンティナの実行力、情熱、知性が、最も頑ななマリン郡の左翼と、やはり最も頑ななオレンジ郡の右翼、ジョン・バーチ協会のほとんどを転向させてしまった。サンフランシスコの投票率はシカゴに次いで二番目に高かった。各州に一人ずつベラがいてくれればいいのに、とフロレンティナは思わずにはいられなかった。なぜなら、彼女がカリフォルニア州で得た票の六十九パーセントがサンフランシスコから出たものだったからである。パーキンに獲得代議員数で百二十八の差をつけてデトロイトの党大会を楽しみに待てるようになったのは、まさしくベラのおかげだった。お祝いのディナーの席でベラが、あなたが直面している最大の問題は〝女には絶対に投票しない〟ではなくて〝あいつは金を持っていすぎる〟なのだと忠告した。

「またその話？　お金のことについてはもうどうにもできないわ」フロレンティナは言った。「バロン・グループの株は全部〈レマゲン基金〉に渡してしまったしね」

「そこなのよ――あの基金が何をしているか、だれも知らないでしょう。何らかの形で子供たちを助けていることはわたしも知っているけど、その子供たちの数はどのぐらいで、どのぐらいのお金が投入されているの？」

「去年は、経済的に恵まれない環境にある移民の子供たち、三千百十二人に三百万ドル以上を援助しているわ。それに加えて、四百二人の才能ある子供たちがあの基金の奨学金を得てアメリカの大学へ進んだ。一人はあの基金の援助を受けた最初のローズ奨学生になって、間もなくオックスフォード大学へ行くことになっているわ」

「それは知らなかったわ」ベラが言った。「でも、わたしの記憶から消えることがないんだけど、ピート・パーキンがオースティンのテキサス大学にちっぽけな図書館を建てたの。そして、それを大宣伝して、ハーヴァード大学のワイドナー記念図書館に負けないぐらい有名にしてしまったのよね」

「それで、フロレンティナは何をすればいいと思う？」エドワードが訊いた。

「フェルポッツィ教授に記者会見を開いてもらえばいいんじゃないかしら。彼なら世間が注目しないはずのない人物だもの。そうすれば、フロレンティナ・ケインが他人を思いやり、自分のお金を使ってそれを証明していることをみんなが知ってくれるでしょう」

翌日、エドワードはいくつかの雑誌を選んで記事の掲載を依頼したうえで記者会見を開いた。その結果、新聞も雑誌も大半が小さな記事にしかしてくれなかったが、〈ピープル〉がフロレンティナと〈レマゲン基金〉初のローズ奨学生になったアルバート・シュミットを表紙に載せてくれた。アルバートがドイツ移民で、祖父母が捕虜収容所を脱走してヨーロッパからアメリカへ渡ってきたことがわかると、翌日の「グッドモーニング・アメリカ」でデーヴィッド・ハートマンがアルバートをインタヴューしてくれた。そのあと、アルバートはフロレンティナ以上にメディアの寵児《ちょうじ》になったかに見えた。

その週末、ワシントンへ戻ると、これまで特に友人だとも政治的同志だとも考えたことのないコロラド州知事が、ボールダーで開かれた太陽エネルギーに関するシンポジウムで、何の前触れもなくフロレンティナ・ケイン上院議員支持を表明したという話が耳に入ってきた。産業と資源保護管理の問題に関する彼女のアプローチは、と彼は言っていた。資源豊富な西部諸州に将来における最善の希望を与えてくれるものである。

その日の終わり、保健福祉省がケイン法発効以来最初の報告書を発表したという明るいニュースをロイター通信が全米に流してくれた。その報告書によれば、フロレンティナ・

ケイン上院議員が社会福祉制度を全面的に見直して以降、初めて年間の福祉手当受給者数が新規申請者数を上回っていた。

フロレンティナにとっては選挙資金の獲得が常に問題で、最も熱烈な支持者でさえ、彼女なら選挙費用を自腹で賄えると考えているぐらいだったから、その確保は容易ではなかった。一方、パーキンは〈ブレード・オイル〉のマーヴィン・スナイダーが率いる石油界の大物たちの応援を受けていることもあって、資金の問題で悩む必要はなかった。だが、それから数日のあいだ、フロレンティナのオフィスには、応援の電報や激励の電報とともに選挙運動のための寄付金がどっと流れ込んできた。

ロンドン、パリ、ボン、東京の影響力のある記者たちは、アメリカが世界的な地位と信頼を得る大統領を望んでいるのであれば、テキサスの元牧畜業者はフロレンティナ・ケインの敵ではないと書きはじめた。

そういう記事を目にしてフロレンティナは悪い気はしなかったが、読み手も書き手もアメリカの有権者に必ずしも影響を与えるわけではないことを、エドワードがそのたびに思い出させてくれた。しかし、そのエドワードでさえ、いまやパーキンは焦り出していると感じることを自分に許した。とはいえ、すぐに指摘したのだが、総数三千三百三十一人の代議員のうちの四百十二人が、予備選挙と党幹部会議のあともいまだ態度を明らかにしていなかった。政治評論家たちの見方では、その四百十二人のうちの二百人がパーキン副大統領に、残る百人ほどがフロレンティナに傾いていた。党大会はレーガン対フォードのとき以来の大激戦になりそうだった。

カリフォルニア州の予備選挙のあと、フロレンティナはまたもやスーツケース一杯になった汚れ物とともにワシントンへ戻った。四百十二人のまだ態度を決めていない代議員をおだてたり、宥《なだ》めたり、ときには脅したりしてでも、こっちにつかせなくてはならなかった。それからの四週間を費やして三百八十八人と接触し、なかには三度も四度も話した相手もいた。一番協力的でないのは常に女性だったが、自分に宛てて電話がかかってくるのを喜んでいるのは明らかだった。ひと月後にはだれからも電話がかかってこなくなるとわかっているのだから、無理もないことではあった。

フロレンティナが選挙本部の記録にアクセスできるよう、エドワードはコンピューターを設置した。そのコンピューターを使うと、いまだ態度未定の四百十二人全員の情報を、一人一人の簡単な経歴やデトロイトの宿泊ホテルの部屋番号まで含めて、すべて知ることができた。エドワードはデトロイトに着くや、すぐに計画を実行できるよう準備を整えるつもりだった。

次の週の五日間、フロレンティナは絶対にテレビから離れないようにした。サンフランシスコの〈カウ・パレス〉で、だれを大統領候補にするかで共和党が揉《も》めていたからである。その原因は、予備選挙で有権者を興奮させた候補者が一人もいないことにあった。

その挙句に選ばれたのはラッセル・ウォーナーだったが、フロレンティナには意外でも何でもなかった。オハイオ州知事になってからずっと、大統領候補になるために運動していたからである。〝悪い年のいい知事〟という彼についての新聞の評価を読んだとき、自分の主な仕事はパーキンに勝つことであり、共和党の看板候補より自分の党の対立候補に勝つほうが難しいのだと再認識して自分を戒めた。


党大会の前の週末、フロレンティナはエドワードと一緒にケープコッドで家族と合流した。疲労困憊の状態にあるにもかかわらず、今度もゴルフでエドワードをやっつけたが、彼のほうがはるかに疲れているように見えた。ありがたいのは、新しくて若い重役たち――そこにはウィリアムも含まれていた――のおかげで、バロン・グループの経営が至って順調なことだった。

フロレンティナとエドワードは月曜の午前中、同じ便でデトロイト入りすることにしていて、すでにまたもや〈デトロイト・バロン〉を借り切っていた。そこはフロレンティナのスタッフ、支持者、記者、そして、態度未定の四百十二人の代議員で一杯になるはずだった。

土曜日の夜、フロレンティナはエドワードに〝おやすみ〟を言い、男女一組のシークレットサーヴィスにも〝おやすみ〟を言った。フロレンティナはその二人をいまや家族に匹敵する存在として遇していた。明日からの四日間が、彼女の政治生活で最も重要な四日間になることは間違いなかった。

40

受諾演説を考えはじめたのはいつからかと〈ボルティモア・サン〉のジャック・ガーモンドに機内で訊かれたとき、フロレンティナはこう答えた。「十一歳の誕生日からよ」ニューヨークからデトロイト・メトロ空港へ向かうあいだに、第五回目の投票で指名された場合を考慮してすでに準備されている受諾演説の原稿を読み返した。一回目の投票ではそれはないだろうとエドワードは予言していたが、どういう事態にも対応できる準備をしておく必要があるとフロレンティナは感じていた。

結果が確定するのは二回目の投票のあとになりそうだし、もしかするとブラッドリー上院議員が百八十九人の代議員を手放すかもしれない三回目の投票のあとという可能性さえある、と彼女の顧問たちは考えていた。

フロレンティナは先週のうちに、副大統領候補として考える価値のありそうな人物を絞り込んでいた。一番手は依然としてビル・ブラッドリーで、フロレンティナの見るところでは自分の後継者としてホワイトハウスの住人になって当然の資格の持ち主だったが、サム・ナン、ゲイリー・ハート、デーヴィッド・プライアーの三人も捨てきれなかった。

着陸に考えを中断されて窓の外を見ると、興奮した大群衆が彼女を待ち受けていた。明日、ピート・パーキンがやってきたとき、彼らのうちの何人が同じように彼を迎えるのだろうかと考えないわけにいかなかった。コンパクトの鏡で髪を確認した。ところどころに白髪が見えたが、敢《あ》えてそれを隠そうとしていなかった。そして、ピート・パーキンの黒髪が信じられないことに三十年前と同じ黒い髪でありつづけていることを思い出してにやりと笑った。フロレンティナの服装はシンプルなリネンのスーツで、装身具はダイヤを嵌め込んだ驢馬――民主党のシンボル――だけだった。

シートベルトを外して立ち上がり、頭上の手荷物収納庫に頭をぶつけそうになって首をすくめながら通路へ出た。降機しようと歩き出したとたん、機内の全員が拍手を始めた。もし指名されなかったら、彼ら全員と一緒に顔を合わせるのはこれが最後になることに突然気づいて、記者団の一人一人と握手をした。そのなかには五か月のあいだ、ずっとつきまとっている者もいた。乗員の一人がドアを開けてくれて、フロレンティナは七月の太陽の眩しさに目を細くしながらタラップに立った。群衆から歓声が上がった。「彼女だ、彼女が着いたぞ！」フロレンティナはタラップを下りると、打ち振られる小旗の波へと直行した。有権者と直接触れ合うことでエネルギーが再充填されることをずいぶん前に学んでいた。滑走路に足を着けた瞬間から、群衆の抑制が利かなくなることを恐れたシークレットサーヴィスにふたたび取り囲まれていた。独りでいるときは暗殺される可能性を考えるときがないではなかったが、群衆のなかにいるときは、そんな不安はちらりとも頭に浮かばなかった。手を伸ばしてできるだけ多くの人たちの手を握ってから、エドワードに誘導されて待機している車列へ向かった。

十台からなる小型フォードの新車の列を見て、デトロイトがようやくエネルギー危機と折り合いをつけたことを思い出した。この町をメルセデスで練り歩くという過ちをピート・パーキンが犯してくれたら、アルファベット順で投票順位一番と決まっているアラバマ州代議員が最初の票を投じるまでもなく、フロレンティナが民主党大統領候補に決まるはずだった。〝小さな力持ち《マイティ・ミゼット》〟の愛称を持つフォードの新型小型車の先頭の二台にシークレットサーヴィスが乗り、フロレンティナは三台目の後部席に、エドワードはその助手席に腰を下ろした。フロレンティナの専属医師が四台目、残る六台に彼女のスタッフが乗り込み、その後ろにメディア用のバスがつづいて、オートバイ警官が車列の前後を固めた。

先導車両はフロレンティナが沿道の群衆に手を振れるよう、蝸牛《かたつむり》のようにゆっくりと進んだが、高速道路に入るや時速五十マイルを常に維持してデトロイトへ走りつづけた。

デトロイトの中心部、ニュー・センター地区までの二十分、フロレンティナは車の後部席でリラックスした。車列はそこでウッドワード・アヴェニューを出て南にある川のほうへ折れると、ケイン上院議員を一目見ようと沿道に集まった人々のために、時速五マイルまで速度を落とした。フロレンティナの組織委員会は十万枚のちらしを配って彼女が到着してからの移動経路をあらかじめ教えていたから、〈デトロイト・バロン〉に着くまで沿道に支持者の歓声が途切れることがなかった。シークレットサーヴィスは移動経路を変えてくれるよう懇願したが、フロレンティナは頑として聞く耳を持たなかった。

何十人ものカメラマンやテレビ・クルーが臨戦態勢で待ち受けるなか、フロレンティナは車を降りて〈デトロイト・バロン〉の正面入口の階段を上がった。カメラのフラッシュとテレビの照明であたり一帯が眩《まばゆ》いほどに照らし出された。ロビーに入るや、フロレンティナ専用に予約してある二十四階へと、シークレットサーヴィスに有無を言わさず連れていかれた。フロレンティナは〈ジョージ・ノヴァク・スイート〉を素早く検め、すべてが要求通りに整えられていることを確認した。これからの四日はここに閉じ込められるからである。ここから出るのは、民主党大統領候補者指名を受諾するときか、ピート・パーキンを支持することを宣言するときか、どちらかのときだけだった。

電話がずらりと並んで、フロレンティナが四百十二人の代議員と連絡を取りつづけられるようになっていた。というわけで、その日の夜、ディナーの前に三十八人と話し、そのあとは夜中の二時まで、いまだ態度を決めていないと担当者が本気で考えている代議員の名前と経歴を復習した。

翌日の〈デトロイト・フリー・プレス〉はフロレンティナのデトロイト到着の写真で埋

まっていたが、実は明日のピート・パーキンも同じく熱狂的な記事や写真で遇されることは、フロレンティナにはわかっていた。せめてもの救いは、どちらを支持するかを大統領が明らかにしていないことだったが、それはフロレンティナの事実上の勝利であると、〈デトロイト・フリー・プレス〉は早々と見なしていた。

フロレンティナは新聞を置くと、モニター・テレビに目を移した。党大会一日目の朝の会場の様子が映し出されていた。昼食時には三大ネットワークすべてに目を凝らした。一つの局がほかの二つの局を出し抜いてスクープを飛ばしたら、新聞がそのスクープについてすぐさましてくるであろう質問に答える準備をするためだった。

その日は三十一人の態度未定の代議員と〈デトロイト・バロン〉の二十四階で面会した。時間の経過とともにコーヒー、アイスティー、ホットティー、カクテルと一通りの飲み物が供されたが、フロレンティナはミネラルウォーターの〈ペリエ〉で我慢し通した。

パーキンが副大統領専用機《エアフォース・ツー》でデトロイト空港に到着するところは、感想を口にすることもなく黙ってテレビで見た。彼を迎えた人の数は昨日のフロレンティナのときより少なかったと報告してくるスタッフもいれば、フロレンティナのときより多かったと逆の報告をしてくる者もいた。これからは後者の意見に重きを置くことにした。

ピート・パーキンは滑走路に特設された壇上で短い演説をした。副大統領の紋章が陽に輝いていた。まさしく世界の自動車の首都を名乗るにふさわしいこの町にくることができて本当に喜んでいると言い、こう付け加えた。「私はこれまでフォード以外の車を持ったことがありません」それを聞いて、フロレンティナは苦笑した。

二日目が終わるころにはさすがのフロレンティナも軟禁状態に我慢ができなくなり、強い不満を訴えた。というわけで、水曜日にはシークレットサーヴィス同伴で貨物エレベーターでこっそりホテルを抜け出し、川沿いを散歩して、新鮮な空気と、対岸のオンタリオ州ウィンザーのスカイラインを満喫した。ただし、数歩進むたびに支持者に取り囲まれ、握手を求められることになったが。

ホテルに戻ると、エドワードがいい知らせを届けてくれた。態度未定だった代議員五人が、一回目の投票でフロレンティナを支持すると決めたとのことだった。エドワードの推定では、過半数の千六百六十六人を確かなものにするには、あと七十三人を確保するだけでよかった。モニター・テレビで大会の進行状況を確認すると、いまはデラウェア州のアフリカ系アメリカ人の女性校長が応援演説をしているところで、フロレンティナの長所を一つ一つ称揚しているところだった。その口から〝フロレンティナ〟という言葉が発せられるたびに、〝ケインを大統領に〟の青いプラカードが一斉に差し上げられて会場を埋め尽くした。彼女のあとの応援演説では、〝パーキンを大統領に〟の赤いプラカードが、やはり同じぐらい差し上げられて会場を埋め尽くした。フロレンティナは一時三十分まで自分の部屋にいたが、そのころにはさらに四十三人の代議員と会い、五十八人の代議員と電話で話していた。

党大会の二日目は、政策、財政、福祉、国防という主要な問題についての演説と、プライアー上院議員の基調演説だけに充てられた。代議員の発言はどれもみな同じで、候補者の二人はともに素晴らしく、どちらが選ばれても十一月には共和党を叩きのめしているはずだという意味のことを異口同音に繰り返した。しかし、出席している代議員の大半はひっきりなしに私語を交わしていて、それが低い唸《うな》りのようになって会場を覆っていた。壇上に顔を揃えている、民主党が政権を取ったら閣僚になる資格を充分に備えた男女のことなど気にも留めていないようだった。フロレンティナは福祉についての討議を展開しているテレビの前を離れ、いまだ態度を決めていないと言っているネヴァダ州の二人の代議員に飲み物を勧めた。この二人の次の行き先はたぶんパーキンのところだと思われたが、パーキンもフロレンティナと同じく、新しいハイウェイ、新しい病院、新しい大学、この二人の代議員が二人の候補者を訪問してきた理由が何であれ、その要求を満たす約束をするに違いなかった。そして、この二人の代議員はどんなに遅くとも明日の夜には、同じ約束をした二人の候補者のどちらかに票を投じなくてはならないのだった。この部屋の真ん中にフェンスを立てて、一方をわたしを支持する側、もう一方をわたしを支持しない側に分けられるといいのに、とフロレンティナはエドワードに言った。そうすれば、態度を決めずに会いにきた代議員が、否応なしにどちらかを選ばなくては腰を下ろせないから、と。

その日のピート・パーキンの動きが続々と報告されてきたが、彼が本拠にしているのがルネッサンス・センターのウェスティン・ホテルである以外は、していることはフロレンティナと大差ないようだった。どちらも党大会の会場に入れないのだから、代議員と面会し、電話をかけ、新聞に声明を出し、党関係者と会い、最後にベッドに入って眠れない夜を過ごすという、決まりきった一日になっているに違いなかった。

木曜日、フロレンティナは朝の六時に着替えをすませ、車で会場へ急行した。〈ジョー・ルイス・アリーナ〉に着くと、大統領候補に選ばれて受諾演説をするときに通る通路を案内されて壇上に上がり、ずらりと並んだマイクの前に立って、いまはまだ埋まっていない二万一千席を見つめた。アラバマからワイオミングまで、アルファベット順に州名を記した細いプラカードが高々と、誇らしげにそびえて並んでいた。イリノイ州の代議員団が陣取るはずの席をフロレンティナは特にしっかり記憶し、会場に入った瞬間に彼らに向かって手を振れるようにした。

会場の席の下で一夜を過ごした、やる気に逸《はや》るカメラマンが一人、すかさずフロレンティナの撮影を始め、シークレットサーヴィスに丁重に排除された。フロレンティナは天井を見上げて微笑した。そこでは赤、白、青の二十万個の風船が、結果がわかった瞬間に勝者の上に舞い降りるのを待っていた。その風船を作るには、五十人の学生が自転車の空気入れを押して膨らませつづけて一週間かかるという話を、フロレンティナはどこかで読んだことがあった。

「マイク・テストをお願いできますか、ケイン上院議員」無個性な声がどこからともなく指示した。

「わが同胞たるアメリカ国民のみなさん、これはわたくしの生涯で最も偉大な瞬間であり、わたくしとしては――」

「結構です、ケイン上院議員。感度良好です」主任電気技師が座席のあいだを歩きながら言った。ピート・パーキンのマイク・テストは七時に予定されていた。

フロレンティナはホテルに戻り、側近と一緒に朝食をとった。全員が緊張と不安を抱えているらしく、どんなつまらないものでも冗談を言っては笑い合っていたが、フロレンティナが口を開くと必ず沈黙した。ピート・パーキンがいつもどおりに朝のジョギングをするところがテレビに映っていた。それが放送局の要請によるものなのは明らかで、NBCのウィンドブレーカーを着た男が小型カメラを構え、息を切らしている副大統領を三度も追い越していった。副大統領のことなどお構いなしにもっといい絵をものにしようとしているのを見て、全員が大笑いした。

点呼投票の開始予定は午後九時だった。エドワードは五十台の直通電話を設置し、想定外のことが起きたときに、会場にいるすべての州の委員長といつでも話すことができるようにした。フロレンティナの机の上の電話は二台だけだったが、ボタンを一つ押すだけで、五十本の回線のどれにでもつながるようになっていた。会場が埋まりはじめると、その電話がつながるかどうかのテストが行なわれ、すべての準備が完了したこと、これからできるのは一分たりと無駄にせずにもっと多くの代議員に働きかけることだけだということを、エドワードが言明した。その日の夕方の五時三十分時点で、フロレンティナが直接、あるいは電話で話した代議員は、四日間合計で三百九十二人になっていた。

候補者の紹介が始まるまでまだ丸々一時間あるというのに、七時には〈ジョー・ルイス・アリーナ〉の席がほとんど埋まっていた。わざわざデトロイトまでやってきたのにこれから始まるドラマを一分も見逃したくはないと、だれもが考えているのだった。七時三十分、党関係者が登壇してそれぞれの席に着くのを見ながら、フロレンティナはジョン・ケネディと初めて会ったシカゴの党大会で案内係をした日々を思い出した。党関係者の到着時刻はあらかじめ決まっていた。その時刻が遅ければ遅いほど、党での地位が高いということだった。四十年が経ったいま、自分が最後であることをフロレンティナは願った。

その夕方、最大の拍手喝采をもって迎えられたのは、ビル・ブラッドリー上院議員だった。一回目の投票で決着がつかなかった場合には自分が会場に向かって話す用意があることを、彼はすでに明らかにしていた。七時四十五分、下院議長のマーティ・リンチが立って会場に静粛を求めたが、彼自身、自分の声が聞き取れないほどのクラクション、口笛、太鼓、角笛が鳴り響き、支持者たちが交互に叫ぶ「ケイン」、「パーキン」の声が轟いて止まなかった。フロレンティナはその光景を坐って見ていたが、表情は冷静そのものだった。ようやく静粛らしきものが戻ってくると、議長が票の記録係に選ばれたミセス・ベス・ガードナーを紹介した。しかし、彼女が票数を確認して報告するまでもなく、頭上の巨大なスクリーンに結果が表示されることを、会場にいる全員が知っていた。

八時、議長が木槌を振り下ろした。小さな木槌が台に当たるところを見た者はごくわずかだった。代議員たちは議長など眼中にないかのようで、騒々しさはさらに二十分つづいた。八時二十三分になって、ケイン上院議員を推薦する旨の演説を促すマーティ・リンチ議長の声が、ようやくシカゴ市長のリッチ・デイリーの耳に届いた。しかし騒音はすぐには収まらず、デイリーはさらに十分待ってやっと推薦演説を始めることができた。彼女が公人として公共のためにどれほど尽くし、どれほどのことを成し遂げたか、これ以上ないほどの言葉で持ち上げる彼の演説に、フロレンティナと彼女のスタッフは静かに耳を澄ました。そしてまた、ピート・パーキンを褒めちぎるラルフ・ブルックスの推薦演説にも同じように耳を傾けた。代議員たちの反応はどちらの推薦演説に対しても熱狂的で、その音量は完全なシンフォニー・オーケストラがブリキの呼子に思われるほどの凄まじさだった。そのあとにビル・ブラッドリーの推薦演説があり、さらにそのあとに、選挙に付き物の、地元で人気があるといったような、代わり映えのしない泡沫候補の推薦演説が矢継ぎ早に片づけられた。

九時、議長が会場の真ん中を見下ろし、アラバマ州代議員団に投票を求めた。フロレンティナはテレビの画面を見つめながら、証言を聞くより何より早く判決を知りたい、陪審員裁判の被告のような気分だった。

アラバマ代議員団の団長が汗を滲ませながらマイクを握り、大きな声で自分たちの票割りを発表した。「南部の中心である偉大なアラバマ州は、パーキン副大統領に二十八票、ケイン上院議員に十七票を投票します」四か月以上前の三月十一日が終わって以降、アラバマ州の票の行方を知らない者はいなかったが、それでもパーキンのポスターがちぎれんばかりに振られ、議長はそれが収まるまで十二分も待ってようやくアラスカ州に投票を求めることができた。

「アメリカ合衆国の一員に四十九番目になったアラスカ州は、ケイン上院議員に七票、ピート・パーキン副大統領に三票、ブラッドリー上院議員に一票を投じます」今度はフロレンティナの支持者がいつ終わるとも知れない歓声を轟かせる番だった。それでも投票が始まって最初の三十分はパーキンが先行していて、その流れが変わったのはカリフォルニア州がケイン上院議員に二百十四票、パーキン副大統領に九十二票を投じると宣言したときだった。

「神よ、ベラに祝福をお与えください」フロレンティナはつぶやいたが、副大統領がフロリダ州、ジョージア州、アイダホ州の助けを借りてふたたび先行するのを見ることになった。投票がイリノイ州までたどり着いたとき、大会は危うく中断しそうになった。二十年近く前、シカゴに着いた最初の夜にフロレンティナを迎えてくれたミセス・カラミッチが、党大会の年にイリノイ州民主党の副委員長になっていて、彼女がイリノイ州代議員団の投票を発表することになっていた。

「議長、わたくしの人生で最も偉大なこのときに、わが偉大なイリノイ州の代議員団を代表して——」フロレンティナは微笑し、ミセス・カラミッチがつづけた。「イリノイ州の自慢の候補であり、アメリカ合衆国最初の女性大統領であるフロレンティナ・ケイン上院議員に百七十九票すべてを与えることを、ここに誇らかに宣言します」フロレンティナの支持者はふたたびのリードに狂喜乱舞したが、テキサス州が投票をした瞬間にパーキン副大統領側も同じく狂喜乱舞することをフロレンティナはわかっていた。実際、パーキンのホームグラウンドのテキサス州の投票のあとは、獲得代議員数はパーキンが千四百四十人、フロレンティナが千三百七十一人となって、フロレンティナは三度《みたび》の先行を許すことになった。ビル・ブラッドリーがここまでに獲得している代議員は九十七人で、第一ラウンドであっさり勝者が決まるのを阻むに充分な票を獲得するのは確実に思われた。

議長がユタ州、ヴァーモント州、ヴァージニア州と投票を進めていき、ネットワーク局のコンピューターは一回目の投票では勝者が決まらないことをテレビ画面に映し出していたが、十時四十七分になってトム・ブロコーが第一ラウンドの結果を明らかにした。ケイン上院議員千五百二十二票、パーキン副大統領千四百八十票、ブラッドリー上院議員百八十九票、泡沫候補の合計が百四十票。

ブラッドリー上院議員の発言があることを議長が告げると、会場はまたもや騒然となり、発言が始まるまでにさらに十一分を待たなくてはならなかった。フロレンティナは党大会が始まってから一日も欠かすことなく彼と電話で話していたが、副大統領になってもらえるかどうかお伺いを立てることだけは絶対に避けていた。そういう打診は自分の後継者としてふさわしいという誠実な考えから導き出された選択ではなく、買収と見なされかねないと考えたからである。パーキンが勝った場合はラルフ・ブルックスが副大統領になるのではないかと見られていたが、ピート・パーキンはもうその申し出をしているのだろうかとフロレンティナは考えずにいられなかった。

ニュージャージー州選出の古参上院議員がようやく口を開いた。「民主党の同志のみなさん、この選挙の年に私を支持してくださったことに感謝を申し上げます。ですが、この大統領候補選出競争から撤退し、私に投票してくださった代議員のみなさんを解放し、改めてみなさんの自由意思で、みなさんの良心が導く方向へ票を投じていただくときがきたようです」会場が静まり返った。ブラッドリーはそれから数分、どういう人物をホワイトハウスで見たいと思っているかを語ったが、フロレンティナとパーキンのどちらを支持するかは明確にしなかった。彼は演説をこう締めくくった。「私たちの国を導くにふさわしい人物をみなさんが選ばれることを祈っています」彼が着席してからも拍手喝采はしばらく止まなかった。

このころには、〈デトロイト・バロン〉の二四〇〇号室にいる者の大半は噛む爪がなくなっていた。フロレンティナだけは冷静を保っているように見えたが、その手が固く拳に握られているのをエドワードは見逃さなかった。彼はすぐにやるべき仕事に戻り、ブラッドリーに票を入れた代議員の名前が列挙してあるプリントアウトに目を凝らした。しかし、その全員が会場にいるとあっては接触する術がなく、各州の委員長に電話をして取り込み工作をするぐらいしかできることはなかった。部屋に並んでいる電話が次々に鳴りはじめた。ブラッドリーを支持した代議員も二つに割れているようだった。そのなかには、結局決着がつかず、最終的にはブラッドリーを選ばざるを得なくなる場合を想定して、二回目の投票でも変わることなく彼に票を入れる考えの者もいるようだった。

二回目の点呼投票は十一時二十一分に始まり、アラバマ、アラスカ、アリゾナの三州は一回目と同じ結果だった。州から州へと投票が進んでいき、十二時二十三分に最後のワイオミング州の票が記録された。二回目の投票でも依然として決着はつかず、唯一重要な変化があるとすれば、それはピート・パーキンがわずかながら先行したことだった。獲得代議員数はパーキンが千六百二十九人、フロレンティナが千六百四人で、九十八人がいまだ態度未定か、ブラッドリー上院議員を支持しつづけていた。

十二時三十七分、議長が言った。「今日はもう充分でしょう。明日の午後七時に三回目の投票を行ないます」

「どうして明日の朝一番じゃないんでしょう?」不眠不休の若いスタッフの一人が会場を後にしながら訊いた。

「ボスが言ったでしょう」ジャネットは答えた。「いまの選挙はネットワーク局に都合のいいようにスケジュールが組まれているの。明日の朝はプライムタイムじゃないでしょ?」

「だったら、われわれがどっちの候補を選ぶか、その選択の結果についてテレビ局が責任を取ってくれるんですか?」スタッフが訊いた。

二人は声を揃えて笑ったが、二十四時間後に同じスタッフが同じ質問をしたときはどちらも笑わなかった。

代議員はへとへとに疲れ切り、崩れ落ちんばかりになって自室へ引き上げた。全員がわかっていたが、三回目の投票ではほとんどの州が拘束を解くはずで、いまや自身の自由意思での投票が許されるはずだった。エドワードと彼のチームは何をどこから始めればいいかわからなかったが、それでも名簿を手に取り、アラバマ州からワイオミング州まで、今夜三度目の代議員一人一人についての確認を開始した。明日の朝の八時まではすべての州に対する対応策を立てておきたかった。

その夜、フロレンティナはほとんど眠れず、朝の六時十分にローブ姿でスイートの居間に戻ってみると、エドワードがまだ名簿を睨んでいた。

「八時まで用はないぞ」エドワードは彼女を見ようともしなかった。

「おはよう」フロレンティナは彼の額にキスをした。

フロレンティナは伸びと欠伸を同時にした。「八時に何があるの？」

「今日の昼のうちにブラッドリー支持の代議員三十人と態度未定の代議員全員を説得する。きみには五時までに少なくとも二百五十人の代議員と話をしてもらいたい。その間は六台の電話の一台ずつに担当者を貼りつけて、きみと話すのを待つ代議員が二人以下には絶対にならないようにする」

「八時は少し早すぎない？」フロレンティナは訊いた。

「そんなことはない」エドワードが即答した。「ただし、時差があるからな、東海岸の代議員はいつもどおり早く起きるだろうからかまわないが、西海岸の代議員については昼食後までは煩わさないことにする」

フロレンティナは自室へ戻りながら、エドワードがこの選挙運動全体に全身全霊を込めてくれていることを改めて痛感し、崇敬してくれる男が二人もいて本当に運がいいとリチヤードが言っていたことを思い出した。

八時、フロレンティナはオレンジジュースを満たした大きなグラスを横に置いて仕事にかかった。朝が進むにつれて、チームは今夜の一回目の点呼投票で自分たちの候補者が勝利を確定させると確信を深めていった。部屋の雰囲気は勝利のそれに変わりつつあった。

十時四十分、ビル・ブラッドリーが電話をしてきて、またもや自分の代議員のせいで決着がつかなかったら、そのときはきみを支持するよう説得すると言ってくれた。

十一時二十七分、エドワードがふたたびフロレンティナに受話器を渡した。今度は支持者ではなかった。

「ピート・パーキンだが、相談すべきだと思われることがあるんだ。これからそっちへ行ってもいいかな?」

忙しすぎて無理だと口実を設けて断わりたかったが、それを我慢して一言こう答えた。

「いいですよ」

「すぐ行く」

「いったい何の用なんだろうな?」フロレンティナから受話器を受け取りながらエドワードが訝った。

「わからないけど、その答えが出るのにそんなに長くはかからないわ」

ピート・パーキンは貨物用エレベーターで、シークレットサーヴィス二人と選挙参謀を連れてやってきた。

半年前から一度も会話を交わしていない二人の候補者は珍しく社交辞令を交換すると、コーヒーのカップを手に坐り心地のいい椅子に腰を下ろして、二人きりで向かい合った。天気の話でもするかのようで、どちらが西側世界を支配するかという雰囲気ではなかった。パーキンがテキサスの男らしく単刀直入に用件を切り出した。

「きみと取引をする用意があるんだ、フロレンティナ」

「どういう取引でしょう？」

「撤退してくれれば、きみを副大統領に指名する」

「それは――」

「最後まで聞いてくれ、フロレンティナ」パーキンが交通警官のように、大きな手を上げて制した。「この申し出を受けてくれたら、私は再選を目指さず、一九九六年にはホワイトハウスの総力を注ぎ込んできみを応援すると約束する。きみは私より五つ若いから、二期を全うすべきでない理由はどこにもない」

それまでの三十分、この対立候補が会いたいと言ってきた理由は何だろうと様々な推理をしていたが、この申し出だけは予想外で意表を突かれることになった。

「この申し出をきみが断わり、今夜、私が勝ったら、副大統領はラルフ・ブルックスになる。応諾の意志があることも確認ずみだ」

「午後二時までには電話をします」フロレンティナはそれだけしか答えられなかった。ピート・パーキンが三人のお供を連れて帰っていくとすぐに、エドワードとジャネットにいまの話の内容を教えて相談した。二人とも、ここまできているのにいまさら撤退はあり得ないという意見だった。「四年後に状況がどうなっているかなんて、だれにもわからないんだぞ」エドワードが指摘した。「きみにしたって、ジョンソンの色を消そうしてどうにもならなかったハンフリーのようになる可能性だってあるんだ。いずれにしてもわれわれに必要なのは三回目の投票で決着をつけさせないこと、それだけだ。そうすれば、ブラッドリーの代議員が四回目の投票でわれわれを気持ちよく勝たせてくれるんだから」

「パーキンもそれを知っているんじゃないでしょうか」ジャネットが言った。

フロレンティナは複数の助言者の意見を身動ぎもせずに聴いたあと、独りにしてくれと頼んだ。

一時四十三分にピート・パーキンに電話をして、今夜の一回目の投票で勝利する自信があるからと説明し、丁重に申し出を断わった。パーキンの反応はなかった。

二時には二人が秘密裏に会談したことを新聞社が嗅ぎつけ、何があったのかを知ろうと問い合わせてきて、スイート二四〇〇号室の電話は鳴りやまなくなった。エドワードに代議員との接触に専念させられていたフロレンティナは、一人また一人と話していくうちに、ピート・パーキンのあの申し入れは自信ではなくて絶望がさせたことに違いないという確信が深まっていった。「彼は最後の札を切ってしまったわけですね」ジャネットがにやりと笑って言った。

六時、スイート二四〇〇号室では全員がテレビの前に陣取った。説得すべき代議員はもう一人も残っていなかった。すでに全員が会場にいた。エドワードは各州の委員長全員とつながる電話をそのままにしていたが、彼らから入ってくる初期報告は、昼のあいだに集めたと自分たちが推定している票数に間違いがないことを示すものばかりだった。

フロレンティナが初めて気を許し、自信を覚えたまさにそのとき、爆弾が落ちてきた。エドワードが〈ペリエ〉のお代わりをフロレンティナに渡した瞬間、ＣＢＳの画面が臨時ニュースに切り替わり、ダン・ラザーが登場した。彼は点呼投票開始のわずか十五分前にもかかわらずこれからピート・パーキン副大統領にインタヴューし、ケイン上院議員と秘密会談を行なった理由を聞くと明らかにして視聴者の度肝を抜いた。ＣＢＳのカメラが向きを変え、大柄なテキサス男の赤ら顔を映し出した。フロレンティナがうろたえたのは、そのすべてが党大会会場の巨大なスクリーンに生で映し出される手筈になっているからだった。思い出してみると、代議員に影響を及ぼす可能性のあることは何であれすべてスクリーンに映し出すことを許可すると規則委員会が決めていた。それは外で実際に起こっていることについてあらぬ噂が会場に広まるのを防ぐことを目的としていて、一九八〇年の共和党大会で実際にあった、副大統領候補選出を巡ってフォードとレーガンのあいだで起きたことの轍を踏まないようにするためのものだった。この党大会で初めて、会場が一斉に沈黙した。

カメラがダン・ラザーに戻った。

「副大統領、あなたが今日、ケイン上院議員と会談されたことが明らかになりました。彼女に面会を申し込まれた理由を教えていただけますか？」

「もちろんですとも、ダン。何よりも強い理由は、私の最大の関心が党の結束と、それ以上に共和党を打ち負かすことにあるからです」

フロレンティナもスタッフも呆気にとられるしかなかった。会場の代議員が一語一語に聴き入っているのがわかったが、フロレンティナはテレビの前でなす術もなくそれを聞いているしかなかった。

「その会談で何が話し合われたのでしょう？」

「副大統領を引き受けて、私と一緒に無敵の民主党を作ろうではないかと、私はケイン上院議員に提案しました」

「ケイン上院議員の答えはどういうものだったのでしょう？」

「考えさせてもらいたいというのが返事でした。いいですか、ダン、私と彼女が組んだら共和党など相手ではないと、私は信じているんです」

「わたしの最終解答が何だったかを訊きなさいよ」フロレンティナは言ったが、無駄だっ

出していた。カメラはすでに会場に切り替わり、今夜の一回目の投票を前にした半狂乱状態を映した。エドワードはCBSに電話をし、同じ時間をフロレンティナにも与えるよう要求した。ダン・ラザーはフロレンティナのインタヴューを即座に応諾したが、フロレンティナ自身はもはや手遅れだとわかっていた。投票が始まってしまえば、スクリーンに投票数以外のものを映し出すことを委員会は認めていなかった。次の党大会までにその規則を改正しなくてはならないことは疑いの余地がなかったが、いまのフロレンティナの頭にあるのは、ミス・トレッドゴールドのテレビに対する意見だけだった。〝あまりに多くの決定が拙速に為《な》され、あとになってそれを悔やむことになるでしょうね〟

議長が木槌を打ち鳴らし、アラバマ州に投票を促した。〝綿花州《カメリア・ステート》〟は二票をパーキンへ移していた。アラスカ州で一票、アリゾナ州で二票を失ったとき、今度も最終的に決着がつかない状態になるしか望みがないことを知った。そうなってくれれば、次の投票の前にダン・ラザーのインタヴューを受けて、パーキンとの会談の真相を明らかにすることができる。ここで一票、あそこで二票と失っていくのをテレビの前で見ているしかなかったが、イリノイ州が頑として態度を変えなかったとき、潮目が変わるかもしれないという希望が頭をもたげた。エドワードと彼のチームは一瞬たりと受話器を置くことがなかった。

そのとき、二発目の爆弾が落ちた。

会場にいる選挙参謀の一人がエドワードに知らせてきたところでは、フロレンティナが副大統領を引き受けたという噂をパーキンのスタッフが流しはじめたとのことだった。この噂の出所がパーキン陣営であることをすぐに突き止めるのは不可能だし、反論する時間もないことをエドワードはわかっていた。それぞれの州に投票の順番が回ってくるたびに、彼は何とか流れを変えようと必死で頑張った。投票の順番がウェストヴァージニア州まできたとき、パーキンが勝ちを確定させるために必要な代議員はわずか二十五人になっていた。ウェストヴァージニア州がパーキンに与えた代議員は二十一人だったから、彼は最後から二番目の州のウィスコンシンから四人を持ってくる必要があった。最後の州のワイオミングの代議員は三人だったが、一人として裏切ることはないという確信がフロレンティナにはあった。

「わが偉大なウィスコンシン州は、今夜の重大な責任を全うすべく――」ふたたび会場が静まり返った。「――いかなる個人的思慮よりも党の結束が重要であると信じて、十一票のすべてをアメリカ合衆国大統領ピート・パーキンに投じるものであります」

会場がまたもや熱狂した。スイート二四〇〇号室では、その結果に全員が愕然《がくぜん》として押し黙った。

フロレンティナは安手の、しかし見事な罠に嵌められたということだった。しかもこの罠の真髄は、彼女がすべてを否定し、パーキンと同じことをすれば、民主党は大統領選挙で敗れ、彼女がその生贄の羊《スケープゴート》にさせられるところにあった。

三十分後、ピート・パーキンが〈ジョー・ルイス・アリーナ〉に到着し、歓声と「ハッピー・デイズ・アー・ヒア・アゲイン」に迎えられた。彼はさらに十二分、代議員たちに手を振り、ようやく会場が静かになると口を開いた。「明日の夜、私はアメリカでもっとも偉大な女性とともにこの壇上に立ち、共和党を鞭打《むち》って、あの象どもを少なくとも十年は立ち上がれなくできる最強のチームを国民にお見せすることができるでしょう」

代議員からまたもや賛同の声が轟いた。それからの一時間、フロレンティナのスタッフは三々五々自室へ引き上げていき、最後にエドワードだけが残ってフロレンティナと二人だけになった。

「受けるべきかしら?」

「選択の余地はないだろう。もし断わって民主党が負けたら、その責任を一人で背負わされることになるぞ」

「もしあの会談の真相を明らかにしたら?」

「誤解されるだけだ。和解の印にオリーヴの枝を差し出したのに、それを受け取ろうとしない往生際の悪い敗者だと決めつけられるのがおちだ。それともう一つ、かつてフォード大統領がこう予測したのを忘れないことだ。初の女性大統領はまず副大統領を務め、そのあいだに、その女性を大統領にしてもいいと国民が考えるようにしなくてはならない、という言葉をな」

「そのとおりなのかもしれないけど、今日、リチャード・ニクソンがここにいたら」フロレンティナは苦々しげに言った。「ピート・パーキンに電話をして、自分がマスキーやハンフリーに仕掛けた罠よりはるかに出来のいい罠だったと褒めちぎるんじゃないかしらね」そして、欠伸をした。「わたし、もう寝るわ、エドワード。朝までにはどうするか決めておく」

次の日の朝の八時三十分、パーキンが使いをよこし、結論が出たかどうかを訊いてきた。二人だけでもう一度会いたい、とフロレンティナは答えた。

今回のパーキンのお供は、三大ネットワークのカメラと、赤い記者証を手に入れることができる限りの数の新聞記者だった。パーキンに抗議するのはよそうと決めていたにもかかわらず、二人きりになると癇癪が破裂しそうになった。それでも何とかそれを抑え込み、彼に再選を目指すつもりのないことを確認するにとどめた。

「もちろんだ」パーキンが正面からフロレンティナの目を見て答えた。

「次の大統領選挙では、総力を上げてわたしを応援してくれるんですね？」

「約束する」パーキンが答えた。

「そういうことであれば、副大統領職を受けるにやぶさかではありません」

パーキンが帰ると、エドワードはフロレンティナから一部始終を聞いたあとで言った。

「あいつの約束にどんな価値があるか、われわれはよく知っているはずだけどな」

次の日の夜、会場に入ったフロレンティナは大歓声に迎えられた。ピート・パーキンが彼女の手を高々と差し上げると、ふたたび賛同の声が轟いた。ラルフ・ブルックスだけは不機嫌な顔をしていた。

副大統領候補を受諾する旨の演説は上出来ではないような気がフロレンティナはしたが、聴衆は変わることのない大歓声で応えてくれた。だが、その夜の最大の拍手喝采を送られたのは、代議員に向けたピート・パーキンの演説だった。新しいヒーロー、党に誠実な結束をもたらした男と紹介されていたからである。

翌朝の民主党大統領候補――彼はフロレンティナを〝イリノイの偉大で可愛らしいレディ〟と呼びつづけた――と同席した気分の悪くなるような記者会見のあと、フロレンティナはボストンへ飛んでケープコッドに引っ込んだ。

別れるとき、パーキンはメディアの衆人環視のなかでフロレンティナの頬にキスをした。フロレンティナは、金を受け取ってしまったために、いまさらベッドへ行くのは嫌だと言うには手遅れになった売春婦のような気分だった。

41

選挙運動が始まるのは労働者の日《レイバー・デイ》が終わってからだったから、フロレンティナはそれまでの時間を利用してワシントンへ戻り、手つかずのままになっていた上院議員としての仕事を片づけることにした。シカゴを訪ねる時間まであった。

ピート・パーキンとは毎日電話で話していたが、彼はこの上なく友好的かつ協力的にフロレンティナの段取りに合わせてくれていて、ホワイトハウスの副大統領執務室で会い、選挙運動の最終的な計画についての相談をすることで意見の一致を見た。その前にやらなくてはならないことをすべて終わらせてしまおうとしたのは、最後の九週間は選挙運動だけに専念できるようにするためだった。

九月二日、フロレンティナがエドワードとジャネットを伴ってホワイトハウスに着くと、ラルフ・ブルックスが出迎えた。いまもピート・パーキンの信頼される側近でありつづけているようだった。選挙が目前に迫ったいま、フロレンティナはブルックスとの摩擦は何であれ避けるつもりでいた。前の選挙の時点では自分が副大統領になれるものと彼自身が信じていたとあれば尚更だった。その彼に案内されて応接区画からパーキンのいる副大統領の執務室へ入った。数週間後には自分が住人になるかもしれないその部屋を見たのは初めてで、まずは黄色い壁と象牙の刳形《くりがた》を持つ空間の暖かさに驚くことになった。パーキンのマホガニーの執務机には真新しい花が飾られ、壁にはレミントンの油彩画が何点も掛かっていた。パーキンの西部愛の表われね、とフロレンティナは思った。南に面した窓から遅い夏の陽射《ひざ》しが流れ込んでいた。

執務机に向かっていたパーキンが勢いよく立ち上がり、いささか度が過ぎるのではないかと思われるほど仰々しくフロレンティナを迎えた。全員が部屋の中央に据えられたテーブルを囲んで着席した。

「いまさらラルフを紹介する必要はないと思う」パーキンが何となく居心地の悪そうな笑いを浮かべて言った。「彼が選挙運動の戦略を立ててくれた。諸君も完全に気に入ってくれると私は確信している」

ラルフ・ブルックスがアメリカ合衆国の大きな地図をテーブルに広げた。「何を措いても頭に留めておかなくてはならないのは、ホワイトハウスの住人になるためには、二百七十人の選挙人の票を確保する必要があるということだ。選挙人の総数は五百三十八人だから、二百七十票あれば過半数を制することができる。選挙人を選ぶ一般投票に勝つことももちろん重要だし、喜ばしいことではあるが、それでもわれわれ全員が知っているとおり、次期大統領を選ぶのは選挙人の票だ。というわけで、勝つ可能性がほとんどない州を黒、伝統的に民主党が強くてまず勝てるだろうと思われる州を白で示してある。どちらへ転ぶかわからない激戦州は赤で示してあるが、そういう州の選挙人総数は百七十一人だ。

「ピートもフロレンティナも赤の州すべてを最低でも一度は訪れなくてはならないが、ピートは南部に力を集中し、フロレンティナは北部にほとんどの時間を割くべきだと考える。カリフォルニアだけは、何しろ選挙人が四十五人という大票田だから、二人に定期的に足を運んでもらう必要がある。投票日まで六十二日になったら、本当に勝つ見込みのある州の一つ一つに空いている時間のすべてを注ぎ込み、一九六四年に勢いで勝利しただけの州にはとりあえず足を運ぶだけになる。われわれの金城湯池であるはずの州については、勝ちを確信してないがしろにしていると非難されないために一度は訪れることとする。オハイオ州はラッセル・ウォーナーの出身の州だからまず見込みはないだろうが、フロリダ州については、ウォーナーの副大統領候補がかつてはそこの上院議員だったというだけでわれわれの負けだと決めてかかってはならない。それで、次の月曜日から始まる、ピートとフロレンティナの日々のスケジュールも作成しておいた」ラルフがパーキンとフロレンティナに、それぞれのために別々に作成した日程表を渡した。「二人には毎日欠かすことなく、最低でも一日に二回は連絡を取り合ってもらわなくてはならない。朝は八時、夜は十一時、常に中央標準時だ」

フロレンティナは気がついてみるとラルフ・ブルックスの事前準備とその説明の手際のよさに感心していて、パーキンが彼をこれほどまでに信頼する理由を理解した。次の一時間、ラルフは自分の計画に関する疑問に答え、選挙運動の基本戦略についての合意が成立した。十二時三十分、パーキンとフロレンティナは記者会見に臨むためにホワイトハウスの北側柱廊玄関《ポルチコ》へ向かった。ラルフ・ブルックスの頭にはすべての数字が入っているらしく、新聞もほかのみんなと同じように二つに割れていることをあらかじめ二人に教えていた。二千二百万の読者を持つ百五十紙がすでに民主党を支持し、二千百七十万の読者を持つ百四十二紙がすでに共和党を支持している。もし彼らが知る必要があれば、全米のどの新聞に関連する事実であろうと提供できる、と。

フロレンティナはラファイエット広場の芝生の向こうを見た。昼休みに散歩をする人たち、芝生で昼食をとる人たちの姿がぽつぽつとあった。民主党が勝ったら、ワシントンの公園や記念碑を訪れることは滅多にできなくなるはずだった。いずれにせよ、護衛なしではあり得ない。記者団からの従来通りの質問すべてに従来通りの答えを返したあと、パーキンにエスコートされて副大統領執務室に戻った。専属のフィリピン人世話係が、すでに会議テーブルに昼食を用意してくれていた。

会議を終えて帰途に就くころには、状況の進み具合がわかってかなり気分がよくなっていた。一九九六年の大統領選挙に関する約束を、ラルフ・ブルックスのいるところで二度も持ち出してくれたから尚更だった。それでも、パーキンを全面的に信用する気にはまだなれなかった。

九月七日、フロレンティナは選挙運動における自分の役割を開始し、シカゴへ飛んだ。メディアはフロレンティナの日々のスケジュールについていくのに依然として汲々《きゅうきゅう》としていたが、それでも、過去の選挙のときに較べるとエネルギーが欠けていることは否めなかった。

最初の数日、ラルフ・ブルックスの立てた計画は順調に進み、フロレンティナはイリノイ、マサチューセッツ、ニューハンプシャーの三州を経巡った。驚いたのはニューヨークに着いたときで、メディアの大きな群れがオールバニー空港で待っていて、メキシコ系アメリカ人に対するピート・パーキンの発言をどう考えるかを知りたがった。いったい何の話だかわからないと正直に答えると、彼らが教えてくれたところでは、自分の牧場でメキシコ系アメリカ人と問題を起こしたことはない、彼らは自分の子供同然だとパーキンが言ったとのことだった。それを知って全米の人権運動の指導者たちが憤慨していると聞いて、フロレンティナはこういう答えしか思いつかなかった。「きっと彼の言葉が誤解されているか、文脈とは無関係にそこだけ切り取られたのではないでしょうか」共和党の大統領候補ラッセル・ウォーナーは、誤解などあり得ない、ピート・パーキンは人種差別主義者だと一刀の下に切り捨てた。

そういう発言をフロレンティナは否定しつづけたが、内心では、まるっきり根も葉もない話ではないのではないかという気がしていた。フロレンティナもパーキンもスケジュールを中断してアラバマ州へ飛び、黒人運動の指導者、ラルフ・アバーナシーの葬儀に参列した。彼の死は実に時宜を得ているとラルフ・ブルックスが側近に言ったと聞いたとき、フロレンティナはメディアの面前で危うく彼を罵倒するところだった。

フロレンティナはペンシルヴェニア、ウェストヴァージニア、ヴァージニアと三州を巡って、カリフォルニア州へたどり着いたところでエドワードと合流した。ベラとクロードがチャイナタウンのレストランへ連れていってくれた。支配人は人目につかない、そしてそれ以上に重要な、だれにも話を聞かれる心配のない奥まったテーブルへ案内してくれたが、気を許して寛ぐことができたのはほんの二時間で、フロレンティナはすぐにまたロサンジェルスへ移動しなくてはならなかった。

メディアはパーキンとウォーナーの何であれ些末《さまつ》な小競り合いには興味を失い、本当の問題にしか関心を示さなくなりつつあった。そして、候補者二人がピッツバーグでテレビ討論を行なったあとのメディアの一致した見方は、二人とも敗者であり、この選挙運動のなかで唯一大統領にふさわしい人物がいるとすれば、それはケイン上院議員であるというものだった。知られているとおりにケイン上院議員がピート・パーキンの副大統領になることを自らの自由意思で決めたのであれば悲劇でしかなかった、と多くの新聞記者が書いた。

「本当のことを回想録に書いてもいいけど」フロレンティナはエドワードに言った。「そのときには、もうだれも気にもしないわよね」

「そうとも」エドワードが言った。「いま、ハリー・トルーマンの副大統領の名前をアメリカ国民の何人が憶えてると思う?」

　翌日、数少ない二人揃っての集会にフロレンティナとともに出席するために、ピート・パーキンがロサンジェルス入りした。フロレンティナが空港で待っていると、副大統領専用機《エアフォース・ツー》を降りるパーキンが高々と手を差し上げ、ミズーリ州の新聞〈不屈の民主党員〉《アンテリファイド・デモクラッツ》をかざしているのが見えた。〝パーキン、討論に勝つ〟という見出しを掲げた唯一の新聞だった。犀《さい》の皮の厚さもこれほどではあるまいと思わせる鉄面皮に、フロレンティナは感嘆を禁じえなかった。カリフォルニアは二人がそれぞれのホームグラウンドの州へ戻る前の最後の訪問先で、ローズ・ボウルでの集会に出席することになっていた。パーキンとフロレンティナは大勢のスターに囲まれたが、彼らの半分は共和党だろうと民主党だろうと陣営に関係なく招待されるに決まっている、無料の宣伝媒体としてステージに上がっているに過ぎなかった。フロレンティナもダスティン・ホフマン、アル・パチーノ、ジェーン・フォンダと一緒にサインをすることに時間の大半を費やしたが、彼女のサインを見て一人の少女が訝しげな顔で訊いた。「最近出演した映画は何?」さすがのフロレンティナも答えに困った。

翌朝、フロレンティナはシカゴへ戻り、ピート・パーキンはテキサスへ戻った。フロレンティナの乗ったボーイング707が〝風の町《シカゴ》〟に着陸すると、三万人を超える群衆が彼女を迎えた。民主党、共和党、どちらの候補をも凌《しの》ぐ、この選挙で最大の人の数だった。

投票日の朝、フロレンティナは第九選挙区にある小学校で一票を投じた。いつものとおり、三大ネットワークのリポーターや新聞記者が群れていた。彼らのために笑顔を作ったが、民主党が負けたら一週間と経たないうちに忘れられた存在になるのだった。その日は委員会室から各投票所へ、そして、テレビ・スタジオへ移動して、最後にようやく〈シカゴ・バロン〉のスイートに帰り着いたのは投票締め切りの五分後だった。

五か月ぶりにゆっくりと時間をかけて風呂を堪能し、今夜はだれと会うかを気にせずに着替えをした。そのあと、ウィリアム、ジョアンナ、アナベル、そして、リチャードと合流した。リチャードは七歳になっていて、遅くまで選挙をテレビで見ることを初めて許されていた。エドワードは十時三十分を過ぎてすぐに到着し、フロレンティナが靴を脱いで脚をテーブルに載せているのを生まれて初めて目の当たりにした。

「ミス・トレッドゴールドがいい顔をしないんじゃないか?」

「ミス・トレッドゴールドは七か月もぶっつづけで、休みなしに選挙運動をする必要なんかなかったでしょ?」フロレンティナは言い返した。

食べ物、飲み物、家族、友人でいっぱいの部屋で、フロレンティナは東海岸から入ってくる選挙結果を見守った。ニューハンプシャー州が民主党に行き、マサチューセッツ州が共和党に行った瞬間から、だれにとっても長い夜になることが明らかになった。アメリカ全土で今日は天気がよかったことがフロレンティナにはありがたかった。セオドア・H・ホワイトから聞いた言葉を忘れていなかった。アメリカでは投票日の午後五時まで共和党が優勢と決まっている。その時間から、働いている男女が帰宅途中で投票所に行くかどうかを決める。彼らが投票所に行けば、彼らが投票所に行ったときだけ、民主党が勝つ。好天の今日は彼らの多くが投票所へ行ってくれただろうと思われたが、それでも充分かどうか、フロレンティナは不安だった。夜半までに民主党はイリノイ州とテキサス州を取り、オハイオ州とペンシルヴェニア州を失った。ニューヨークの集計が終わって三時間後、カリフォルニア州の集計が終わった時点では、アメリカはまだ大統領を選出していなかった。カリフォルニア州の投票所前で行なわれた聞き取り調査で明らかになったのは、アメリカ合衆国最大の州がどちらの候補にも熱狂しなかったことだけだった。

〈シカゴ・バロン〉の〈ジョージ・ノヴァク・スイート〉では、ある者は食べ、ある者は飲み、ある者は眠った。しかし、フロレンティナは完全に覚醒したまま開票状況を見守りつづけた。そして、ついに二時三十三分、待ち焦がれた結果をCBSが伝えた。カリフォルニア州は民主党が勝利した。得票率は五十・二パーセント対四十九・八パーセント、その差はわずか三十三万二千票。そして、パーキンの大統領当選が決まった。フロレンティナは傍らの電話に手を伸ばした。

「次期大統領にお祝いの電話か？」エドワードが訊いた。

「いいえ」フロレンティナは答えた。「ベラに彼を当選させてくれたお礼を言うの」

それからの数日はケープコッドでの完全休養に充てた。しかし、気がついてみると、毎朝六時に目が覚めて、朝刊を待つ以外にすることがないとわかっただけだった。水曜日にエドワードがやってきてくれたのは嬉しかったが、親愛の情を込めて〝副大統領《VP》〟と呼ばれるのには慣れることができなかった。

ピート・パーキンは早くもテキサスの牧場で記者会見を開き、閣僚を任命するのは新年になってからだと発表していた。フロレンティナは十一月十四日にワシントンへ戻って死に体になった議会に出席し、ラッセル・ビルディングからホワイトハウスへの引っ越しの準備をした。イリノイ州と上院に時間のほとんどを割かなくてはならないとはいえ、次期大統領と週に二度か三度、しかも電話でしか話せないのは意外だった。議会は感謝祭《サンクスギヴィング》の二週間後に閉会し、フロレンティナは孫と一緒にクリスマスを過ごすためにケープコッドへ帰った。孫は彼女を迎えて、〝おばあちゃん大統領《グラニー・プレジデント》〟と呼んだ。

「おばあちゃんはいいけど、大統領はまだよ」フロレンティナはたしなめた。

一月九日、次期大統領がワシントンに到着し、記者会見を開いて閣僚名簿を発表した。フロレンティナには一言の相談もなかったが、そんなに予想外の顔ぶれにはならないようだった。チャールズ・リーが国防長官に任命されたが、それはだれもが予想していた名前に過ぎなかった。ポール・ラウがCIA長官に留任し、ピエール・ルヴェールが司法長官に、マイケル・ブルーワーが国家安全保障問題担当大統領補佐官に新たに就任した。フロレンティナにとってそれまでの人選はほぼ予想通りだったから眉一つ動かす必要がなかったが、パーキンが国務長官の名前を明らかにしたときは耳を疑って坐り直さずにはいられなかった。

「副大統領のみならず国務長官まで誕生させたことを、シカゴは誇りに思ってしかるべきでしょう」

大統領就任式までに、〈ワシントン・バロン〉にあったフロレンティナの荷物はすべて梱包《こんぽう》され、オブザーヴァトリー・サークルの副大統領公邸へ引っ越す準備が完了していた。そのヴィクトリア様式の大邸宅は、一人住まいには不気味なぐらい広すぎるように思われた。

就任式ではフロレンティナの家族は全員がパーキンの妻と娘の一列後ろに席を割り当て

られ、フロレンティナ自身は大統領の隣り、ラルフ・ブルックスは大統領の真後ろに席をあてがわれた。副大統領就任宣誓をするために前に進み出ながら頭にあったのはたった一つ、リチャードが生きてここにいて、自分が目標に徐々に近づきつつあることを思い出させてくれたらどんなにかいいだろうにということだけだった。ピート・パーキンをちらりと横目で見たとき、リチャードのことだからやはり共和党に投票したんだろうという思いが頭をよぎった。

穏やかな笑顔のウィリアム・レーンクウィスト連邦最高裁判所長官がアメリカ合衆国副大統領就任宣誓を先導した。「私は国内外のすべての敵に対して合衆国憲法を支持し、守ることを厳粛に誓い……」

フロレンティナはそれを鸚鵡返しに繰り返した。「わたくしは国内外のすべての敵に対して合衆国憲法を支持し、守ることを厳粛に誓い……」

フロレンティナの言葉は確信に満ちてはっきりしていた。おそらく宣誓の文言を暗記しているのだった。拍手喝采が轟くなか自分の席へ戻る母親にアナベルがウィンクした。

つづいて同様の手続きがパーキンに関しても行なわれ、彼は大統領就任宣誓をしたあと、就任演説を行なった。フロレンティナはその演説にじっと耳を傾けた。内容についての相談も受けなかったし、最終原稿を見せてもらったのも昨日の夜だった。フロレンティナはまたもや〝わが国で最も偉大な可愛らしいレディ〟と呼ばれていた。

就任式が終わると、パーキン、フロレンティナ、ブルックスは、議会のリーダーたちと議事堂で昼の会食をした。上院の同僚たちに温かく迎えられ、フロレンティナは一段高くなっている席に着いた。会食のあと、三人はリムジンに乗り込み、就任祝賀パレードが行なわれるペンシルヴェニア・アヴェニューを下った。そして、ホワイトハウスの前に設置された観覧席に坐り、山車《だし》、マーチングバンド、五十州の住民全員を代表する各州知事が通り過ぎるのを見守って、イリノイ州の農業従事者の代表団がやってきて敬礼したときには立ち上がって拍手をした。そのあと、各所で催された就任祝賀パーティのすべてにとりあえず顔を出して、副大統領公邸へ戻って最初の夜を過ごした。頂上に近づけば近づくほど孤独が増すことがわかった。

次の日の午前中、大統領が最初の閣議を召集した。今回はラルフ・ブルックスが大統領の右側に坐った。前夜の七箇所の就任祝賀パーティで見るからに疲れている一団が閣議室に集まった。フロレンティナは長い楕円《だえん》テーブルの一番奥に腰を下ろし、過去に滅多に意見が一致したことのない男たちに囲まれて、彼らと四年間戦ってからでないと自分の閣僚を組織できないことを改めて実感した。そして、このなかの何人がわたしとパーキンの取引を知っているのだろうかと訝った。

ホワイトハウスの副大統領執務室に落ち着くや、フロレンティナはジャネット・ブラウンを自分のオフィスの責任者に据えた。パーキン副大統領時代のスタッフがいなくなってできた空席の大半は、選挙運動で、まだ上院議員だったときに一緒に働いてくれた同志で埋めることができた。

パーキンの時代からいまも残っているスタッフはそのまま引き継いだが、間もなく、彼らが専門職として大統領府に引き抜かれていきはじめると、その能力と特殊な資格がどれほど貴重だったかを思い知らされることになった。パーキンは三か月も経たないうちにフロレンティナの最も有能なスタッフにまで手を伸ばしはじめ、まずは中間的な地位の選挙運動員を、次には彼女の側近ともいえる助言者の何人かを引き抜いた。

ジャネット・ブラウンに保健福祉省次官の席を提供すると誘ったときには、さすがのフロレンティナも怒りを露わにしないようにするのに苦労しなくてはならなかった。

ジャネットはその誘いをにべもなく断わると、自らペンを取り、身に余る光栄で、お誘いはありがたく受け止めさせていただくけれども、副大統領に仕える以外のいかなる政府の仕事も考えることはできないと、その理由を丹念に説明する手紙を大統領に送った。

「あなたが四年待てるのなら、わたしも待てます」と、彼女は言った。

副大統領の日々がどういうものかは様々なところで読んで知っていたし、ジョン・ナンス・ガーナーの言葉を借りるなら〝水差し一杯の生ぬるい唾ほどの価値もない〟ものだとわかってはいたが、上院の時代と較べてあまりに本当の仕事が少ないことが明らかになったときはさすがに驚かざるを得なかった。上院議員のときのほうがもっと多くの手紙を受け取っていた。大統領や自分の州の国会議員には大量に手紙が届いているようだったから、国民までが副大統領には何の力もないことを知っているのだとしか思えなかった。上院で重要な問題を審議するときの議長を務めるのはよかった。四年後に応援してくれるはずの同僚と接触を保つことができたし、議会の廊下で、あるいは上下両院の議場でどんな内緒話がされているかを知ることができたからである。多くの上院議員がフロレンティナを大統領へのメッセンジャーとして使ったが、彼女自身、時間が経つにつれて、同じ目的でだれを使えばいいのか思案するようになった。パーキンから重要な問題について何の相談もないままに、何日も、あるいは何週間も過ぎていた。

副大統領としての一年目、フロレンティナはブラジルと日本を親善訪問し、ベルリンでウィリー・ブラントの、ロンドンでエドワード・ヒースの葬儀に参列し、三件の自然災害の現場視察に赴き、政府がどう動いているかに関する自分独自のガイドブックを出版する資格があるのではないかと自負できるほど多くの特別調査委員会の議長を務めた。

42

副大統領の一年は時間が経つのが遅かったが、二年目はさらに遅くなった。唯一のハイライトは、セント・ポール大聖堂で執り行なわれたチャールズ皇太子とレディ・ダイアナ・スペンサーの結婚式に政府を代表して出席したことぐらいだった。フロレンティナはジョン・ソーヤー大使とともにウィンフィールド・ハウスに滞在し、お互いの役割が実質を伴わない形式的なものだという点でとてもよく似ていることに気がついた。世界の動向や、たとえばソヴィエト軍がアフガニスタン－パキスタン国境に集結していることに対して大統領がどう対応しているかというようなことについて、何時間もお喋りをして過ごすようなありさまだった。フロレンティナの情報源は主として〈ワシントン・ポスト〉で、国務長官として本当の仕事に関わっているラルフ・ブルックスが羨ましかった。世界情勢については概ね充分な情報を得ていたが、人生で二度目の退屈な日々だった。一九九六年が待ち遠しかった。副大統領としての年月が何ら積極的な結果をもたらさないのではないかと不安だった。

帰りの副大統領専用機《エアフォース・ツー》がアンドルーズ空軍基地に着陸するや、フロレンティナはすぐ仕事に復帰し、その週は海外に出て留守にしていたあいだに溜《た》まった国務省とCIAの報告の確認に費やした。週末は休息に充てたが、その間もCBSは国際危機が原因でドルが下落していることを報じていたし、ソヴィエトはパキスタン国境の手前に駐屯する兵力をさらに増強していた。しかし、後者の事実に対してパーキン大統領は、週に一度の定例記者会見で、「深刻に受け取る必要はない」と簡単に片づけていた。彼は集まっている記者に向かってこう保証した。「どこであれアメリカ合衆国と同盟を結んでいる国の国境を侵すことにソヴィエトは関心を持っていない」

翌週になると、ソヴィエトの侵攻問題は沈静化するかに見え、ドルも持ち直した。「上辺だけよ」フロレンティナはジャネットに指摘した。「ソヴィエトが裏で糸を引いた結果に過ぎないわ。世界じゅうの仲買人から報告が入ってきているの。モスクワの中央銀行が金を売っているってね。それこそまさにアフガニスタン侵攻前にソヴィエトがやったことなのよ。銀行家たちが歴史を週単位で消去しないことを願うばかりね」

何人かの政治家や記者がフロレンティナに接触してきて同じ懸念を訴えたが、彼らを宥め、彼らと同様、側面から推移を見ているしかなかった。大統領に面会を申し込むことまで考えたが、金曜日の夕方には大半のアメリカ国民は、差し迫った危機は過ぎたと確信し、平和な週末を過ごそうと家路につきはじめていた。その金曜日、フロレンティナはウェスト・ウィングの副大統領執務室にとどまり、インド亜大陸の各国大使や工作員からの電信報告書に目を通していた。読んでいけば読んでいくほど、大統領の楽観的な立場を共有することはできないという思いが強くなった。しかし、そうだとしてもできることはないに等しかったから、電信報告書をきちんとまとめて赤い特別なフォルダーに収め、帰宅の準備にかかった。時計を見ると、六時三十二分だった。エドワードがすでにニューヨークからこっちへ向かっていて、七時半に一緒にディナーをとることになっていた。国のことも大事だけど、自分のことも大事にしなさいよ、と苦笑混じりに自分を戒めていると、ジャネットが飛び込んできた。

「情報部からの報告です、ソヴィエト軍が動き出したとのことです」

「大統領の所在は？」フロレンティナは反射的に訊いた。

「わかりません。三時間前にヘリコプターでホワイトハウスをあとにするのを見たのが最後です」

フロレンティナは赤いフォルダーをふたたび開き、ジャネットを机の前で待たせたまま、電信報告書に目を落とした。

「彼の所在を知っているのはだれ？」

「ラルフ・ブルックス国務長官は知っているに違いありません」

「彼と電話をつないでちょうだい」

ジャネットが自分のオフィスへ戻っていくと、フロレンティナはフォルダーを開いて電信報告書を再確認した。イスラマバード駐在アメリカ大使が提起している主要な点に素早く目を通したあと、統合参謀本部議長ピアース・ディクソン大将の評価を読み直した。いまや信頼すべき資料となったその評価によれば、ソヴィエトはアフガニスタン－パキスタン国境に十個師団を配備していて、その規模はこの数日のあいだにさらに大きくなっていた。ソヴィエト太平洋艦隊の半分がカラチへ向かって動いていて、二つの戦闘集団がインド洋で〝演習〟をしていることもわかっていた。その日の午後六時にミグ25とスホーイ7五十機がカブールの空軍基地に着陸したことが確認されると同時に、大将は情報監視を強化するよう指示していた。フロレンティナは時計を見た。七時九分。

「あいつはいったいどこにいるの？」と声に出したとたんに電話が鳴った。

「国務長官です」ジャネットが言い、フロレンティナは何秒か相手の声を待たなくてはならなかった。

「用件は何だ？」ラルフ・ブルックスが訊いた。邪魔をされたとでも言わんばかりの口調だった。

「大統領はどこにいるの？」今日、三度目の質問だった。

「いまは大統領専用機《エアフォース・ワン》だ」ブルックスが言った。

「やめてちょうだい、ラルフ。それが嘘だということぐらい、電話でもわかるわ。さあ、教えて、大統領はどこにいるの？」

「カリフォルニアへ向かっているところだ。いま半分のところにいる」

「ソヴィエトの軍が動きはじめて、それゆえに情報監視は強化されているのよ。どうして呼び戻さないの？」

「呼び戻したとも。だが、燃料を補給しなくちゃならないんだ」

「あなたもよくわかっているはずだけど、このぐらいの距離ならエアフォース・ワンに燃料補給は必要ないわ」

「彼が乗っているのは、実はエアフォース・ワンではないんだ」

「なぜ？」

答えがなかった。

「わたしには正直に話したほうがいいんじゃないの、ラルフ、たとえ自分の身がどんなに可愛くてもね」

今度もしばらくは返事がなかった。

「カリフォルニアの友だちに会いに行こうとしていて、その途中で危機が勃発したんだ」

「そんな話、信じられるはずがないでしょう」フロレンティナは言った。「パーキンは自分をだれだと思ってるの？　フランスの大統領？」

「私は状況を完全に把握している」ラルフ・ブルックスがフロレンティナの難詰を無視して言った。「彼の乗っている機は数分以内にコロラド空港に着陸する。大統領はそこですぐに空軍のF15戦闘機に乗り換え、二時間以内にワシントンへ帰り着く」

「いま乗っているのはどういうタイプなの？」

「〈ブレード・オイル〉のマーヴィン・スナイダーが所有しているプライヴェート・ジェット、ボーイング737だ」

「その737から絶対に盗聴できないナショナル・コマンド・ネットワークの機密回線に入ることはできるの？」フロレンティナは訊いたが、答えがないのでさらに強い口調で迫った。「聞いてるの？」

「もちろんだ」ブルックスがようやく答えた。「あの機ではそれは不可能だ。完全な機密は保たれない。実を言うと同じ問題が過去にも起こっていて、ジョージ・ブッシュがプライヴェート・ジェットでワシントンに引き返すしかなくなったことがある。レーガンが撃たれたときだ」

「ということは、これから二時間、アマチュア無線家でも大統領と統合参謀本部議長のやりとりを傍受できるんじゃないの？」

「そういうことだ」ブルックスが認めた。

「シチュエーション・ルームで会いましょう」フロレンティナは言い、叩きつけるようにして電話を切った。

ほとんど走らんばかりにして副大統領執務室を出ると、驚いたシークレットサーヴィスの二人がすぐさまあとにつづいた。狭い階段を下りて歴代大統領の肖像画の前を通り過ぎ、下り切ったところでワシントンと向かい合ってから、シチュエーション・ルームへ通じる広い廊下へ入った。警備員がすでにドアを開けて待っていて、秘書が詰めている区画へ通してくれた。さまざまな通信音やタイプを打つ音のなかを通り抜けると、別の警備員がシチュエーション・ルームの樫の羽目板張りのドアを開けてくれた。シークレットサーヴィスをそこで待たせて、フロレンティナはなかへ入った。

ラルフ・ブルックスが大統領の席に坐り、軍関係の一団に指示を飛ばしていた。部屋の大半を占めるテーブルの周囲に残っている九つの席の四つがすでに埋まり、ブルックスのすぐ右隣りにチャールズ・リー国防長官が、彼の右隣りにポール・ラウＣＩＡ長官が、彼らと向かい合う形で統合参謀本部議長のディクソン大将とマイケル・ブルーワー国家安全保障問題担当大統領補佐官が着席していた。部屋の奥の通信区画へつづいているドアが大きく開け放されていた。

ブルックスが椅子を回してフロレンティナに向き直った。上衣を脱ぎ、シャツの第一ボタンを外している彼を見るのは初めてだった。

「混乱はない」彼が言った。「事態は私が完全に掌握している。大統領が戻る前にソヴィエトが動くことはないという確信もある」

「わたしならそんな楽観はできないわね」フロレンティナは言った。「大統領が説明のできない理由で留守にしているあいだ、彼らが何であれ自分たちに都合のいい動きをすると仮定して準備すべきよ」

「しかし、これはきみの問題ではないんだ、フロレンティナ。私は大統領に権限を一任されている」

「とんでもない、その逆でしょう」フロレンティナはきっぱりと反論し、席に着くことを拒否した。「これはわたしの問題です。大統領が不在のときの軍事に関する責任はすべて副大統領にあります」

「よく聴くんだ、フロレンティナ、大統領が指揮権を委ねたのはこの私だ。だから、邪魔をしないでくれ」ブルックスが腹立たしげにフロレンティナを睨んでいるのに気づいて、そこにいる関係職員が小声で交わしていた会話がいきなり止み、部屋が静かになった。フロレンティナは手近にあった電話をつかんだ。「司法長官をスクリーンに呼び出してちょうだい」

「承知しました、副大統領」交換手が応えた。

数秒後、壁に沿って嵌《は》め込まれている六つのスクリーンの一つにピエール・ルヴェールの顔が浮かび上がった。

「こんばんは、ピエール。フロレンティナ・ケインです。わたしたちはいま、情報監視を強化している状況にあるんだけど、ここで明らかにしにくいある理由で大統領が不在なのです。こういう場合の指揮官がだれであるか、それを国務長官にはっきり教えて差し上げていただきたいのです」

部屋にいる全員がスクリーン上の顔を見つめた。ピエール・ルヴェールの顔に懸念が表われ、刻まれた皺がこれまでにないほど深くなった。彼が司法長官になったのはパーキンが指名したからであり、そのことはだれもが知っていたが、過去の事例を見る限り、大統領より法を優先するべきであるという考えの持ち主のようだった。

「そういう分野について、憲法の規定は必ずしも明確ではない」司法長官は口を開いた。「ロナルド・レーガンの生死に関わる事件のあとのブッシュとヘイグの対決があってからは尚更のように思われる。しかし、大統領が不在の場合は副大統領に全権が移行するというのが私の判断であり、上院にもそう勧告するつもりだ」

「ありがとう、ピエール」フロレンティナはスクリーンを見たままつづけた。「いまの言葉を文書にして、出来上がり次第コピーを一部、大統領の机に届けてください」司法長官がスクリーンから消えた。

「結論が出たわね、ラルフ。急いで状況説明をお願いします」

ブルックスが渋々大統領の席を譲り、参謀本部の将校がドアの横にある照明のスイッチュの下の小さなパネルを開けてボタンを押した。大統領の席の後ろの壁を覆っていたベージュのカーテンが開いた。天井から下りてきた大きなスクリーンに世界地図が浮かび上がった。その地図の複数の箇所で色の違うランプが灯《とも》り、チャールズ・リー国防長官が立ち上がった。「これらのランプが示しているのは、存在がわかっている敵兵力すべての位置であります」フロレンティナが椅子を回してスクリーンと向かい合うと、国防長官が言った。「赤は潜水艦、緑は航空機、青は陸軍師団です」

「ソヴィエトが何を目論んでいるか、これを見れば陸軍士官学校《ウエストポイント》の生徒でも一目瞭然ね」インド洋上の赤いランプ、カブール空港の緑のランプ、アフガニスタン－パキスタン国境に列をなす青のランプの群れを見つめて、フロレンティナは言った。

それにつづいてポール・ラウCIA長官が、数日前からソヴィエト軍が国境地帯に集結していること、ソヴィエト軍の後方にいるCIA情報員からの暗号報告でソヴィエト軍は東部標準時十時にアフガニスタン－パキスタン国境を越えるつもりでいるらしいとわかったことを確認した。CIA長官は平文にした暗号電信報告書をフロレンティナに渡し、そこから彼女が感じた疑問に一つ一つ答えていった。

フロレンティナが最後の電信報告書を読み終えたとき、ラルフ・ブルックスが忠告がましく言った。「パキスタンは第二のポーランドではない、ソヴィエトが敢えてアフガニスタンから国境を越えてパキスタンに侵攻するはずがないと思う、と大統領は私にそう話しておられる」

「その判断が正しいかどうか、もうすぐわかるんじゃないかしら」フロレンティナは言った。

「大統領は」ブルックスが付け加えた。「今週、イギリス首相、フランス大統領、西ドイツ首相と会談している。三人とも、大統領の見方に賛成したようだ」

「そのときから状況は急激に変化しているわ」フロレンティナは素っ気なく言った。「アンドロポフ最高会議幹部会議長とわたしがさしで話す必要があるのは明らかよ」

ブルックスがまたためらうのを見て、フロレンティナは付け加えた。「いますぐにね」

ブルックスが電話に手を伸ばした、部屋にいる全員が回線がつながるのを待った。フロレンティナはこれまでアンドロポフと話したことが一度もなく、心臓が早鐘を打っているのが手に取るようにわかった。こちらの無意識の反応すら見逃すまいと盗聴担当者が向こう側で耳を澄ましているのは明らかで、それはアンドロポフに対するこちら側も同じはずだった。ソヴィエトがジミー・カーターを手荒く扱えたのはその盗聴装置のおかげだというのが、昔から常に言われていることだった。

数分後、回線がつながった。

「こんばんは、ミセス・ケイン」アンドロポフはフロレンティナを肩書抜きで呼んだ。隣室にいるのではないかと思われるほどはっきり聞き取ることができた。イギリス駐在大使を四年務めた彼の英語はほとんど訛りがなく、自在に使いこなすことができるようだった。

「パーキン大統領はどちらにおられるのですかな？」アンドロポフが訊き、口の乾きを感じるフロレンティナが答える前につづけた。「カリフォルニアで間違いないのではありませんか？」パーキンの習性をソヴィエトの指導者のほうがよく知っていたとしても、驚くには当たらなかった。ソヴィエトがアフガニスタン－パキスタン国境を越える時間を十時にした理由が、いまわかった。

「ご明察です」フロレンティナは答えた。「大統領は少なくともあと二時間は職務を遂行できません。したがって、その間《かん》はわたくしがその職務を代行し、あなたに対応することをご承知おき願います」細かい汗が額に滲むのがわかったが、それを拭くことは許されなかった。

「承知しました」元KGB長官が言った。「では、この電話の目的は何でしょう？」

「それは先刻おわかりのはずです、議長。もしソヴィエト軍兵士が一人でも国境を越えてパキスタンに入ったら、アメリカが即刻報復措置を取ることをおわかりいただきたいのです」

「ずいぶん勇ましいお言葉ですな、ミセス・ケイン」アンドロポフが言った。

「アメリカの政治の仕組みをご存じないようですが、議長、わたくしどもの国の政治では〝勇ましさ〟をまったく必要としていません。副大統領としてのわたくしは、アメリカという国のなかで、何も失うものはなく、すべてを手に入れられるという、まさにそういう存在なのです」今度はアンドロポフが沈黙した。フロレンティナは自信がよみがえるのを感じ、相手が与えてくれた沈黙という隙を突いて言葉をつづけた。「インド洋にいる艦隊を南へ転じさせ、国境付近にいる十個師団を撤退させ、ミグ25とスホーイ7五十機をモスクワへ帰してもらえなければ、わたくしは陸海空での攻撃をためらわないでしょう。おわかりいただけましたか?」

回線が切れた。

フロレンティナは椅子を回してテーブルに向き直った。

部屋がふたたびざわつきはじめた。さっきまではこの状況を〝ゲーム〟と見なしていた専門家たちも、いまはフロレンティナと同じように、自分たちの訓練と経験と知識が実際に試されることになるのかどうかを待っていた。

ラルフ・ブルックスが電話の送話口を手で塞いで、大統領がコロラドに着陸してフロレンティナと話したいと言っていると告げた。フロレンティナは手元の赤い電話に手を伸ばした。

「フロレンティナ、きみか?」受話器の向こうでテキサス訛り丸出しの声が言った。

「そうです、大統領」

「これから言うことをよく聞いてくれ、レディ。状況はラルフから説明してもらった。私はすぐにそっちへ向かう。何であれ拙速は慎んでくれ――それから、私の不在を絶対にメディアに知られないように頼む」

「わかりました、大統領」電話が切れた。

「ディクソン大将」「フロレンティナはラルフ・ブルックスに目もくれずに言った。

「はい、副大統領」四つ星の将軍が初めて口を開いた。

「報復部隊を戦闘地域に送り込むのにどのぐらいの時間がかかりますか?」フロレンティナは統合参謀本部議長に訊いた。

「一時間以内にはヨーロッパとトルコにあるわれわれの基地からF111十個飛行大隊を発進させられますが、地中海艦隊がソヴィエト艦隊と接触するには丸三日を要すると考えます」

「地中海艦隊がインド洋に出るのにはどのぐらいかかるかしら?」

「二日ないし三日と考えます、副大統領」

「それなら、二日で到達すべく命令を発してください、大将」

「承知しました、副大統領」ディクソン将軍がふたたび応え、シチュエーション・ルームを出てオペレーションズ・ルームへ向かった。

長く待つまでもなく、次の報告がスクリーンに映し出された。それはフロレンティナが一番恐れていた報告だった。ソヴィエト艦隊は依然としてカラチの方向へ容赦なく波を蹴立てていたし、新たなソヴィエト軍師団が国境手前のサラバッドとアサダバドンに集結しつつあった。

「パキスタンの大統領とつないでちょうだい」フロレンティナは指示した。

電話はほとんどすぐにつながった。「パーキン大統領はどちらにいらっしゃるのでしょう?」というのが、パキスタン大統領の第一声だった。

まさか、あなたもアンドロポフ同様、パーキンの不在を知っているんじゃないでしょうね? フロレンティナは思わずそう訊きそうになるのを抑えてこう答えた。「キャンプ・デーヴィッドからこちらへ向かっていて、間もなくここに到着します」そして、これまでに取った処置を説明し、どこまで踏み込むつもりがあるかを明らかにした。

「見事な勇気に感謝します」ムルバゼ・ブットが言った。「この回線を開けたままにしておいてください、何か変化があったらすぐにお知らせします」フロレンティナはお世辞を無視して言った。

「もう一度アンドロポフと話すか?」ラルフ・ブルックスが訊いた。

「いいえ」フロレンティナは答えた。「イギリス首相、フランス大統領、西ドイツ首相とつないでちょうだい」

時計を見ると、七時三十五分だった。それから三十分のうちに、三人の指導者全員と話すことができた。イギリス首相はフロレンティナの計画に同意し、フランス大統領は懐疑的ながらも協力を約束し、西ドイツ首相は非協力的だった。

次にフロレンティナが受け取った情報は、カブールの空軍基地のミグ25が離陸準備をしているというものだった。

フロレンティナは即座にディクソン大将に命じて全軍を待機させた。ブルックスが身を乗り出して抵抗したが、そのころには、そこにいる全員が自分のキャリアを一人の女性の手に委ねていた。彼らのほとんどが彼女を間近に観察して、冷静そのものであることに気がついていた。

ディクソン大将がシチュエーション・ルームに戻ってきて報告した。「副大統領、F11は発進準備を完了し、第六艦隊は全速力でインド洋へ急行し、空挺《くうてい》一個旅団が二時間以内にパキスタンの国境地帯のランディ・コタルに降下可能です」

「よろしい」フロレンティナは静かに応えた。テレックスは依然としてソヴィエト軍がすべての戦線で前進をつづけているという情報を吐き出していた。

「手遅れになる前に、もう一度アンドロポフと話すべきだとは考えないのか？」ブルックスが訊いたが、その手が震えていることをフロレンティナは見逃さなかった。

「なぜその必要があるの？　わたしのほうから彼に言うことはもう何もないのよ？　いまわたしたちが及び腰になったら、そのほうが間違いなく手遅れになるわ」フロレンティナは今度も静かに言った。

「しかし、妥協を引き出す交渉を試みる必要はある。さもないと、明日のいまごろには大統領が間抜け呼ばわりされることになる」ブルックスがフロレンティナに覆いかぶさるようにして言った。

「どうして？」フロレンティナは訊き返した。

「最終的にはきみが膝を屈することになるからだ」

フロレンティナは返事をせず、椅子を回して、隣りに立っているディクソン大将に向き直った。「二時間以内に敵地領空に入ります、副大統領」

「わかりました」フロレンティナは応えた。

ラルフ・ブルックスが横で鳴り出した電話を取った。ディクソン大将はオペレーションズ・ルームへ戻っていった。

「大統領の乗機がアンドルーズ空軍基地への着陸態勢に入った。二十分でここに到着する」ブルックスがフロレンティナに言った。「アンドロポフに電話をして、自分が戻るまで動きを停止するよう説得してくれとのことだ」

「それはできない相談よ」フロレンティナは拒否した。「そんなことをして、ソヴィエトがそれでも動きを止めなかったらどうするの？　自分たちがアフガニスタン－パキスタン国境を越えた瞬間にアメリカ大統領がどこにいたかを世界じゅうに暴露されるに決まってるのよ。いずれにせよ、わたしはいまでも彼らが撤退すると確信しているの」

「頭がどうかしてるぞ、フロレンティナ」ブルックスが椅子から飛び上がるようにして叫んだ。

「こんなに冷静だったことはかつてないんじゃないかしらね」フロレンティナは言い返した。

「パキスタンの戦争に巻き込まれて、アメリカ国民がきみに感謝するとでも思ってるのか？」ブルックスが訊いた。

「わたしたちが議論しているのはパキスタン一国のことではないわ」フロレンティナは言った。「次はインド、そのあとはトルコ、ギリシャ、イタリア、イギリス、そして、最後はカナダとつづくのよ。ラルフ、あなた、ソヴィエト軍がコンスティチューション・アヴェニューに侵攻してきても、まだ対決を避ける言い訳を探すつもりなの？」

「きみがそういう態度に出るなら、私は一切手を引かせてもらうからな」ブルックスが言った。

「そして、歴史の脚注となって小さく名を残すのよね。恥ずべき行ないをした最後の人物という汚名をね」

「そういうことなら、きみが私の方針を強引に覆し、私の指示を撤回させたと大統領に報告するしかないな」一言ごとにブルックスの声が高くなっていった。

フロレンティナはいまや満面に朱を注いだようになっているハンサムな男の顔を見上げ

た。「ラルフ、おしっこをちびりそうになってるんなら、このシチュエーション・ルームじゃなくて子供部屋でお願いしたいわね」

ブルックスが憤然として出ていき、入れ替わりにディクソン大将が戻ってきた。

「あと二十七分ですが、ソヴィエト軍が反転する気配は依然としてありません」統合参謀本部議長が小声で報告し、ミグ25とスホーイ7五十機が離陸して三十四分後にはパキスタン領空に達するとテレックスが告げた。

ディクソン大将がフロレンティナの隣りで言った。「二十三分です、副大統領」

「気分はどう、大将？」フロレンティナは声に不安と緊張が表われないよう苦労しながら言った。

「若い中尉としてベルリンに入った日よりはましです、副大統領」

フロレンティナは参謀団の一人の少佐に三大ネットワークすべてを確認するよう指示した。キューバ危機のときのケネディの気持ちがよくわかった。少佐が彼の前のボタンを押した。CBSは「ポパイ」のアニメーションを、NBCはバスケットボールの試合を、ABCはロナルド・レーガンが出演している昔の映画を放送していた。小さなテレビ画面を改めて確かめたが、変化はなかった。いまはもう、自分が正しいことをしたと証明されることを、その時間があることを祈ることしかできなかった。手元に置きっぱなしになっているコーヒーに口をつけた。冷たくなっていて苦かった。そのカップを脇へ押しやったとき、パーキン大統領が飛び込んできた。すぐ後ろにラルフ・ブルックスがつづいていた。パーキンは開襟シャツにスポーツ・ジャケット、チェックのズボンという服装だった。

「いったいどうなっているんだ？」というのがパーキンの第一声だった。フロレンティナが大統領に席を譲ろうとしたとき、ディクソン大将がふたたび一歩前に出た。

「あと二十分です、副大統領」

「大至急説明しろ、フロレンティナ」パーキンが大統領の席に腰を下ろしながら要求した。

フロレンティナはパーキンの右隣りに腰を下ろし、彼がこの部屋に入ってくるまでに自分が何をしたかを説明した。

「馬鹿者」説明を聞き終わったとたんにパーキンが罵声を浴びせた。「どうしてラルフの言うことを聴かなかった？　彼ならわれわれをこんな厄介な事態に引きずり込むことはなかったはずだ」

「これと同じ状況に直面したら国務長官がどうするか、わたしはよくわかっていますけどね」フロレンティナは冷ややかに応えた。

「ディクソン大将」パーキンがフロレンティナに背を向けて言った。「わが部隊の正確な位置を教えてくれ」統合参謀本部議長が説明を開始した。背後のスクリーン上の地図で瞬きつづけているランプが、ソヴィエト三軍の最新の位置を示していた。

「十六分後にＦ１１１爆撃機が敵地領空に到達します」

「パキスタン大統領につないでくれ」パーキンが命じ、自分の前のテーブルを殴りつけた。

「回線なら開いています」フロレンティナは落ち着いた声で教えた。

パーキンは受話器をひっつかむとテーブルに屈《かが》み込み、あたかも重大な機密を伝えようとしているかのように小声で話し出した。

「こういう状況に立ち至ったのは本当に残念ですが、私としては副大統領の判断を覆す以外に選択の余地がないのです。彼女は自分のしたことが間接的にどういう意味を持つかを理解していませんでした。われわれがあなたを見捨てようとしているとは思わないでいただきたい。可能な限り早い機会を見つけて、あなた方の領域からの平和的撤退をソヴィエトと交渉することをお約束します」パーキンは言った。

「いま見捨てるのはやめていただきたい、そもそもできないはずだ」ブットが言った。

「私たちみんなにとって一番いいことをしなくてはならないのです」パーキンは応えた。

「アフガニスタンでやったようにですか」

パーキンはその言葉を無視して叩きつけるように電話を切った。

「大将」

「はい、大統領」統合参謀本部議長が一歩前に出た。

「残り時間は？」

統合参謀本部議長が天井から吊るされて自分の前にあるディジタル式の小型時計を見上

げて答えた。「十一分十八秒です」

「慎重のうえにも慎重を期して聞いてもらいたい。副大統領は私が不在にしているあいだに踏み込みすぎた。いま、私はこの危機を、恥をさらさずに脱出する策を見つけなくてはならない。同意してくれるな、大将？」

「もちろんです、大統領。しかし、状況を考えると、現状を維持すべきだと考えます」

「軍事に優先して、視野を広く持って考えなくてはならないことがあるのだよ。というわけだから、きみには――」

部屋の奥から大きな声が上がった。それまでだれも知らなかった大佐の叫びを聞いて、パーキンまでが一瞬口を閉ざした。

「何事だ？」パーキンが怒鳴り返した。

大佐が直立不動の姿勢を取ったあとで、電信報告を伝達した。「ソヴィエト艦隊が転針し、いまは南へ向かっています」

パーキンが言葉を失っていると、大佐がつづけた。「ミグ25とスホーイ7は北東へ進路を変えてモスクワへ向かっています」歓声が上がり、そのあとの大佐の言葉を呑み込んだ。その情報を確認する通信音が部屋に響いた。

「大将」パーキンが統合参謀本部議長を見た。「やはり今回はやつらのはったりで、われわれはそれを見抜いたということだ。今日はきみとアメリカにとって勝利の日だ」そして、束の間ためらったあとで付け加えた。「そして、自らが指揮してこの危機の一時間を切り抜けたことを私は誇りに思っている。それを知っておいてもらいたい」

シチュエーション・ルームに笑いはなく、ブルックスがすぐさま付け加えた。「おめでとうございます、大統領」ふたたび全員が歓声を上げ、何人かはフロレンティナを祝福しに歩み寄った。

「大将、わが軍も帰還させてくれ。彼らは見事に作戦を遂行した。おめでとう——きみも実にいい仕事をしてくれた」

「ありがとうございます、大統領」ディクソン大将は言った。「ですが、称揚されるべきは——」

パーキンがブルックスを見て言った。「これは祝うに値するぞ、ラルフ。きみたち全員、今日という日を一生忘れられないはずだ。アメリカが舐められて怖気《おじけ》づく国でないことを世界に知らしめることができた日だ」

フロレンティナはいまやこの部屋であったことと何の関係もないだれかのように、ぽつんと一人、部屋の隅に立っていた。大統領に無視されつづけて、数分後にはシチュエーション・ルームをあとにした。二階の副大統領執務室に戻ると、赤いフォルダーをキャビネットの引き出しにしまい、力任せにそれを押し戻した。リチャードが民主党に票を投じなかったのも無理はなかった。

「七時半からお客さまがお待ちです」オブザーヴァトリー・サークルへ帰ると、執事が告げた。

「しまった、忘れてた」フロレンティナは思わず声を漏らして応接室へ急行した。エドワードが暖炉の前のソファに沈んで目を閉じていた。額にキスしてやると、その目がすぐに開いた。

「やあ、マイ・ディア、きっと死より恐ろしい運命から世界を救ってたんだろうな？」

「そんなところよ」フロレンティナは答えると、応接室を往《い》きつ復《もど》りつしながら、今夜のホワイトハウスでのことを洗いざらいぶちまけた。こんなに腹を立てているフロレンティナを見るのは、エドワードにしても初めてのことだった。

「まあ、ピート・パーキンのために一言擁護してやるとすると」エドワードが言った。「終始一貫していると言えば終始一貫しているところかな」

「明日が過ぎたら、そうはいかなくなるわ」

「それはどういう意味だ？」

「まさしく言葉通りの意味よ。午前中に記者会見を開いて、ホワイトハウスで何があったか、みんなにはっきり知らせてやるんだから。あの男の性根の曲がった無責任な振る舞いには吐き気がするほどうんざりなの。それに、今夜シチュエーション・ルームにいた大半が、いまわたしがあなたに話したことをすべて事実だと裏付けてくれるわよ」

「それこそ軽率で無責任だと思うけどな」エドワードが正面の暖炉の炎を見つめて言った。

「どうして？」フロレンティナは意外だった。

「大統領が死に体になってしまうからだよ。そうなったら、国内も国外も不安定になるだけだ。きみは一時《いっとき》は英雄になるかもしれないが、ものの何日かで蔑まれるようになるのがおちだ」

「でも――」フロレンティナは反論しようとした。

「〝でも〟はなしだ。今回は誇り《プライド》を胸にしまって、今夜のことを武器にするんだ。大統領を務めるのは一期だけだという合意をパーキンに守らせるための武器にね」

「そして、あいつを見逃すの？」

「それがアメリカの国益なんだ」エドワードがきっぱりと言った。

それからの数分、フロレンティナは黙って往きつ復りつをつづけたあとでようやく口を開いた。「あなたの言うとおりだわ。わたし、目の前のことしか見えていなかった。ありがとう」

「きみの今夜の経験をぼくが先にしていたら、きっときみと同じ反応をしたんじゃないかな」

フロレンティナは笑い、初めて足を止めた。「やめてよ。ところで、何か食べましょうよ。すごくお腹が空いてるでしょ？」

「それほどでもないけど」エドワードが腕時計を見て言った。「正直言うと、きみが初めての女性なんだ。三時間半もディナーの約束に遅刻した相手としてだけどね」

43

翌朝九時三十分、パーキンから電話がかかってきた。

「昨日はすごい仕事をしてくれたな、フロレンティナ。とりわけ作戦の前半部分の実行力は見事だった」

「昨夜はそんなふうに思っている様子はまったくありませんでしたよね、大統領」フロレンティナはほとんど怒りを抑えられなかった。

「今日、国民に向けて話をするつもりでいる」フロレンティナの言葉を無視してパーキンが言った。「ただし、私が再選を目指さないことについてはまだ明らかにすべきではないと考えている。そのときがきたら、きみの忠誠心を思い出すことにするよ」

パーキンはその日の午後八時、三大ネットワークを通じて国民に呼びかけた。フロレンティナの貢献に関しては一言触れただけで、あとはすべて、ソヴィエト軍を撤退させたことについては自分が完全に作戦を遂行したという印象を与える言葉の羅列だった。

ソヴィエトの指導者と交渉したのは副大統領だったと示唆した全国規模の新聞が一紙か

二紙あったようだったが、フロレンティナはそれを公に認めるわけにいかず、パーキンの言い分が異を唱えられることなくそのまま通用することになった。

二日後、フロレンティナはジスカール・デスタンの葬儀に参列するためにフランスへ派遣された。ワシントンへ戻ったときには、国内はメジャー・リーグのワールド・シリーズ最終戦に興奮し、パーキンは国民的英雄になっていた。


最初の予備選挙まで八か月ちょっとになったとき、フロレンティナはエドワードに、一九九六年の大統領選挙に向けた計画を立てるときがきたと言った。そのために、全米からの講演依頼に応じ、その年のうちに三十三の州で有権者に向けての演説会を開いた。嬉しいことに、どこへ行っても次期大統領として確定的な扱いを有権者から受けることができた。ピート・パーキンとの関係は良好でありつづけていたが、正式に選挙運動を始めるためには、二期目を目指す意志がないと発表するときが近づいていることを、彼に思い出させなくてはならなかった。

七月のある月曜日、前々から約束していたネブラスカ州の集会からワシントンへ戻ってみると、その週の木曜日に国民に向けて自分の意図を明らかにする声明を発表するという、パーキンからのメモが届いていた。エドワードは一九九六年の選挙運動に向けて基本的な戦略を練りはじめていたから、パーキンが二期目を目指さないことを公表するや、ケイン陣営はすぐさま全速力で走り出すことができるはずだった。

「パーキンのタイミングは文句なしだ、副大統領《VP》」エドワードが言った。「選挙運動を始めるまで十四か月もあるし、きみも十月までは立候補することすら明らかにする必要がない」

その木曜日の夕方、フロレンティナは副大統領執務室に独りでいて、パーキン大統領が声明を発表するのを待っていた。三大ネットワークが中継することになっていて、三局とも同じ噂についての話をしていた。六十六歳のパーキンが二期目を目指さないという噂である。フロレンティナがじりじりして待っていると、カメラがようやくホワイトハウス正面から大統領執務室へ切り替わり、大統領が執務机に向かっている姿が正面から映し出された。

「アメリカ国民のみなさん」パーキンが口を開いた。「私は自分の計画に関する情報をみなさんに開示することを常に心に留めてきました。私の個人的な将来、たとえば負担の大きい現在の職務をつづけるべく十四か月後に立候補するかどうかというようなことについて、無用の憶測を呼ばないようにするためであります」――フロレンティナは微笑した――「というわけで、私はこの機会に自らの意図を明らかにしたいと考えています。それは党内政治に煩わされることなく今任期を全うするつもりでいるということであります」

フロレンティナが嬉しさのあまり椅子から飛び上がりそうになったとき、新聞が〝誠実な姿勢〟と形容する形で身を乗り出し、パーキンが話をつづけた。「大統領の仕事はここ大統領執務室《オーヴァル・オフィス》で国民のみなさんに奉仕することであり、そのために、いまここで以下のことを言明する次第であります。私は次の大統領選挙に立候補する所存ではありますが、選挙運動は共和党の対立候補に任せて、その間《かん》、私自身はホワイトハウスで国民のみなさんのために最善を尽くすべく職務に邁進する覚悟であります。みなさんが、さらなる四年をみなさんに奉仕する特権を私に与えてくださることを希望して締めくくりとします。国民のみなさんすべてに、そして、アメリカに、神の祝福がありますように」

　フロレンティナはしばらく口がきけなかったが、ようやく手元の電話に手を伸ばしてオーヴァル・オフィスを呼び出した。女性の声が応えた。

「これからすぐに大統領に会いに行きます」フロレンティナは受話器を叩きつけると部屋を出て大統領執務室へ向かった。

　大統領の専属秘書が入口で待っていた。「大統領はただいま会議中ですが、そろそろ終わると思いますので」

　三十七分も廊下を往きつ復りつさせられたあと、ようやくドアが開いてなかに通された。

「ピート・パーキン、この二枚舌のいかさま師」フロレンティナはドアが閉まるより早く、一語一語を吐き捨てるようにして叩きつけた。

「まあ、ちょっと待ってくれ、フロレンティナ。私は国のためによかれと思って――」

「ピート・パーキンのためによかれと思って、約束一つ守れない男のためによかれと思って、でしょう。そうに決まってるわ。神よ、この国をお守りください。いいこと、一つ教えておいてあげるわ。わたしはあなたの副大統領を二期も務めるつもりはありませんからね」

「それは残念だが」パーキンが着席し、自分の前のメモパッドに何かを書き留めた。「きみのその申し出はもちろん受け容れさせてもらう。多くの意見の相違ができたいまとなっては、私としては後悔する理由もないからな」

「それはどういう意味？」フロレンティナは訊いた。

「そもそも二期目の副大統領をきみに頼むつもりはなかったんだ。それをどう切り出そうかと悩んでいたんだが、だが、きみのほうから断わってくれて助かったよ。来るべき大統領選挙で別の副大統領候補を探さなくてはならなくなった理由も、こういうことなら党も理解してくれるだろう」

「わたしが対立候補として立ったら、あなたは負けるわよ」

「それは違うな、フロレンティナ。共倒れになるだろうし、上下両院で共和党が勝つ可能性すら出てくる。そうなったら、きみは町で一番人気の可愛らしいレディではいられなくなるだろうな」

「あなたはシカゴでわたしの支援を受けられないのよ。イリノイ州で負けて選挙に勝った大統領は一人もいないし、イリノイ州はあなたを絶対に赦さないわ」

「イリノイ州選出の元上院議員はもう一人いる。彼を副大統領にすれば赦してもらえるかもしれんぞ」

フロレンティナは冷水を浴びせられたような気がした。「いくらあなたでも、そこまでの人でなしにはなれないはずよ」彼女は言った。

「きみもいずれわかるだろうが、ラルフ・ブルックスなら充分に人気のある選択肢になると思うがね。五年後の後継者として考えていると私が言ったら、イリノイ州の有権者も満足してくれるんじゃないかな?」

フロレンティナはそれ以上何も言わずに退出した。大統領執務室のドアを力任せに、叩きつけるように閉めたのは、たぶん彼女だけだった。

44

フロレンティナは次の土曜日、パーキンとやり合ったことをケープコッドのゴルフコースでエドワードに打ち明けた。返ってきたのは、そんなに驚きはしないという言葉だった。

「あいつは大統領としては大したことがないかもしれないが、政治のマキャヴェリ的駆け引きについてはニクソンとジョンソンを足したよりも長《た》けているからな」

「こういうことになるとデトロイトで忠告してくれたときに、わたし、あなたの言うことを聞くべきだったわ」

「ヘンリー・オズボーンについてのきみのお父さんの口癖は何だった？〝一度ろくでなしになったら、ずっとろくでなしのままだ〟じゃなかったか？」

微風があったので、フロレンティナは芝を摘み取って宙に飛ばし、方向を確かめた。確認を終えるとキャディバッグからボールを出し、ティーアップして、力強くスウィングした。打球は距離を伸ばしていったが、思いがけないことにわずかに風に流されて右のブッシュに捕まった。

「風の読みを間違えたな、副大統領《VP》」エドワードが訊かれもしないのに言った。「今日はぼくの日になるぞ、絶対にきみを負かしてやるからな。いまのを見てるとそうとしか思えないじゃないか」彼の打球はフェアウェイのど真ん中に落ちたが、フロレンティナのボールより二十ヤードも手前だった。

「状況は不利だけど、エドワード、そんなに悪くはないわよ」フロレンティナは笑みを浮かべて言い、チップショットでラフを脱出し、長いパットを一発で決めて一番ホールを取った。

「まだ始まったばかりだ」二番ホールでティーショットを打とうとしているときにエドワードが言い、将来の計画について尋ねた。

「パーキンの言うとおりよ。わたしは大人しくしているしかないの。だって、わたしが暴発してあんな事実を暴露したら、共和党を利するだけだもの。だから、将来については現実的な選択をすることにしたわ」

「つまり？」

「残る十四か月は副大統領職を全うし、そのあとはバロン・グループの会長としてニューヨークへ帰るの。世界じゅうのあちこちを旅してきたから、会社に独自の視点を持ち込めると思う。それに、競争相手のはるか先を行ける斬新なアイディアを提供できるような気もしているしね」

「それを聞くと、われわれ二人の前には興味深い時間が横たわっているような気がするな」エドワードが肩を並べて二番グリーンへ向かいながら言った。彼がゴルフに集中しようとしているあいだも、フロレンティナの口が閉じることはなかった。

「レスター銀行の重役にもなるつもりよ。銀行の運営の仕方を内側から見て知ってほしいって、ウィリアムが昔から言ってくれているの。重役にはアメリカ合衆国大統領より高い給料を払っているんですってね。耳にたこができるほど聞かされてるわよ」

「それについては、ぼくじゃなくてウィリアムに相談してもらう必要があるな」

「どうして？」フロレンティナは訊いた。

「来年の一月一日に新頭取に就任するからだよ。銀行業については、ぼくなんかより彼のほうがはるかによく知っているからね。巨大で複雑な金融取引に関してはリチャードの天才をそのまま引き継いでいる。ぼくもあと数年は重役としてとどまるつもりだけど、彼こそ頭取として最高の適任者だという確信がある」

「年齢的にはどうなの？　そういう責任を負うに充分なの？」

「きみがバロン・グループの会長に最初になったときと同い年だ」エドワードが言った。

「そういうことなら、家族のなかにプレジデントが一人はいることになるわね」フロレンティナは言ったが、二フィートのパットを外した。

「これで一対一だな、ＶＰ」エドワードがカードにスコアを書き込み、自分の前の距離二百十ヤード、ドッグレッグしている三番ホールを観察した。「きみが時間の半分をどう使うかはわかったが、もう半分の使い道についても何か考えがあるのか？」

「もちろんよ」フロレンティナは答えた。「フェルポッツィ教授が亡くなってから、〈レマゲン基金〉が進むべき方向を見つけられずにいるの。だから、わたしが先頭に立つことにしたわ。現時点での基金の預金残高がどのぐらいあるか、あなた、知ってる？」

「いや、知らない。だが、電話一本ですぐにわかる」エドワードが答え、スウィングに集中しようとした。

「それなら、電話代の二十五セントを節約させてあげる」フロレンティナは言った。「二千九百万ドルよ。その利子収入が年に三百万ドル近くあるわね。エドワード、そろそろ最初のレマゲン大学を創るときじゃないかしら。移民第一世代の子供たちのための大型奨学金を備えた大学をね」

「それから、VP、出自がどうであれ才能ある子供たちも忘れないでくれよ」エドワードがティーアップをしながら念を押した。

「あなた、口振りが日に日にリチャードに似てきてるわよ」フロレンティナは笑いながら言った。

エドワードがティーショットをしたあとで付け加えた。「ゴルフもあいつと似てくるといいんだが、そうならないのが残念だよ」小さな白いボールは高く遠く飛んで木に当たった。

フロレンティナはそれに気がついていない様子で、自分のボールをしっかりとフェアウェイの真ん中に着地させた。二人は別々の方向へ歩き出し、グリーンに着いたところでようやく会話を再開させることができた。フロレンティナは大学を創る話の続きに戻り、場所をどこにするか、初年度は何人を入学させるか、最初の学長をだれにするかまで話題を発展させた。その結果、三番、四番と立てつづけにホールを失った。ふたたびゴルフに集中したものの、九番ホールでオール・スクウェアに戻すのが精一杯だった。

「今日、あなたから百ドル巻き上げて共和党に寄付できたら、特別に嬉しい一日になるでしょうね」フロレンティナは言った。「パーキンとラルフ・ブルックスが負けるのを見るほど気味のいいことはないんだから」

十番グリーンへ向かって打ったティーショットはショートアイアンを使ったにもかかわらずきちんと当たらず、フロレンティナはため息をついた。

「勝負はまだまだわからんぞ」エドワードは嬉しそうだった。

フロレンティナはそれを無視して言った。「長いこと政治の世界にいたけど、まるっきり時間の無駄だったわね」

「いや、その見方には同意できないな」エドワードがいまも素振りをつづけながら言った。

「下院に八年、上院にさらに七年、そして、最後は女性初の副大統領じゃないか。ぼくの見るところでは、ソヴィエトがパキスタンに侵攻しようとしたときにきみが果たした役割は、パーキンが必要だと思っている以上に正確に歴史に記録されるんじゃないかな。きみ自身は望んだことを望んだとおりに達成できなかったかもしれないが、あとにつづこうとする女性に道を切り拓《ひら》いてやるという大仕事を成し遂げたんだ。次の大統領選挙できみが民主党の候補なら楽勝だったんだろうがね、皮肉だな」

「世論調査も確かにそう言っているわね」フロレンティナはゴルフに集中しようとしたが、ティーショットがスライスして林に消えていったのを見て呪詛の言葉を吐き捨てそうになり、何とか舌打ちをするだけに留めた。

「今日は調子がいま一つのようだな、ＶＰ」エドワードは十番、十一番を連続して奪ったが、十二番と十三番のパットを神経質になりすぎて立てつづけに外した。

「バロン・グループのホテルをモスクワにも造るべきだと考えているの」十四番グリーンにきたときにフロレンティナは言った。「父の果たせなかった夢の一つなのよ。あなたに話したかしら、その件について、向こうのミハイル・ゾコヴロフ観光大臣が前々からわたしに関心を持たせようとしているの。来月、文化交流という退屈な目的でモスクワへ行くことになってるのよ。まあ、ゾコヴロフ大臣と会う絶好の機会でもあるから、もっと突っ込んだ詳しい話ができるんじゃないかしら。ボリショイ・バレエやボルシチやキャビアも楽しめるしね。わたしの気を惹こうとして若いハンサムな男性をベッドに派遣してくれたりはさすがにしてないけどね」

「ぼくとゴルフをする予定だと先方が知っていたからじゃないのか？」エドワードがにやりと笑って言った。

十四番と十五番を引き分け、十六番はエドワードが取った。「プレッシャーがかかっているなかでのあなたがどんな人間か、もうすぐわかるわね」フロレンティナは言った。

エドワードがたった三フィートのパットを外して十七番を落とし、決着は最終十八番ホールへ持ち越された。フロレンティナの第一打はナイスショットだったが、エドワードも小さなマウンドの端で跳ねたボールが運よくいい方向へ転がり、彼女のボールの数フィート後ろまでやってきた。エドワードは第二打をグリーンの手前二十ヤードまで運ぶと、こらえきれずに笑みを浮かべ、フロレンティナと肩を並べてフェアウェイのど真ん中を歩いていった。

「あなただって、まだグリーンに乗ったわけじゃないのよ」フロレンティナはそう言って第二打を放ったが、ボールはバンカーに落ちた。

エドワードが笑った。

「教えてあげるまでもないでしょうけど、わたしはサンドウェッジとパターの名手よ」フロレンティナは言葉通りボールをふわりと上げて、ホールまでわずか四フィートのところに運んだ。

エドワードは二十ヤードのところから、ホールまで六フィートのところへピッチショットでボールを近づけた。

「あなたにとって、これが生涯で最後のチャンスかもしれないわよ」フロレンティナは言った。

エドワードがパターを握り締めて打ったボールはホールの縁を舐めたかに見えたが、ぐらりと傾いて内側に転がり落ちた。それを見届けたエドワードがパターを高く放り上げて歓声を上げた。

「まだ勝ちと決まったわけじゃないんですからね」フロレンティナは言った。「まあ、それが目前にあるのは確かだけど」そして、ボールとホールを結んだパッティング・ラインを慎重に読んだ。これを沈めれば、勝負は引き分けで、少なくともエドワードに負けずにすむことになる。

「ヘリコプターの音に気を取られるなよ」エドワードが言った。

「気を取られるものがあるとすれば、エドワード、あなただけよ。だから、黙っててちょうだい。それから、言っておくけど、あなたはやっぱり勝てないでしょうね。だって、この一打にわたしの一生が懸かってるんだから、外すはずがないでしょう。断言してもいいわ。とはいえ――」フロレンティナは構えを解いて一歩下がった。「ヘリコプターが行ってしまうまで待つほうがいいわね」

フロレンティナは空を見上げて、四機のヘリコプターが通り過ぎるのを待った。ローター音が徐々に大きくなってきた。

「あなた、勝つためならここまでする人だったの、エドワード？」そのうちの一機が高度を下げはじめるのを見て、フロレンティナは訊いた。

「いったい何事だ？」エドワードが不安そうに言った。

「見当もつかないけど」フロレンティナは答えた。「すぐにわかるんじゃないの？」

最初のヘリコプターが十八番グリーンの数ヤード脇に着陸し、ローターの巻き起こす風がフロレンティナのスカートの裾をはためかせた。ローターが回りつづけるなか、陸軍大佐が一人飛び降りてフロレンティナのほうへ走り出した。つづいて飛び降りて機の横に立った士官の手には、小さな黒いブリーフケースがあった。フロレンティナとエドワードが見つめていると、大佐が直立不動の姿勢を取って敬礼した。

「大統領《マダム・プレジデント》」彼は言った。「大統領《ミスター・プレジデント》がお亡くなりになりました」

シークレットサーヴィスが十八番グリーンを取り囲んだ。フロレンティナは両手を固く拳に握り、核のボタンを収めた黒いブリーフケースにふたたび目を走らせた。それに対する責任はいまや彼女一人のものであり、その責任を行使しないですむことを願わずにはいられなかった。真の責任の意味を知ったのは、いまこの時だった。

「何があったの？」フロレンティナは冷静に訊いた。

「大統領は週末をお友だちと静かに過ごしておられました」大佐がためらった。「カリフォルニアを訪れておられたのです。そこで心臓発作を起こされたということです。残念ながら、何が起こったかわれわれが気づくまでにしばらく時間がかかりました。気づいてすぐに空港へ搬送したのですが、またもや残念なことに途中で二度、深刻な発作が起きてしまい――」

「どうして最寄りの病院へ運ばなかったの？」フロレンティナは詰問口調になった。

大佐は質問に答えず、こう言っただけだった。「公式には、ホワイトハウスへ戻る途中のエアフォース・ワンの機内で死亡、となっています」

「彼の死を知っているのは何人？」

「専属の医師、専属スタッフ三人、エアフォース・ワンの搭乗クルー、専属の複数のシークレットサーヴィス、司法長官、そして、ファースト・レディです。ファースト・レディへは、機がダレス空港に着陸する直前に、私が連絡しました。私がここへ派遣されたのは司法長官の指示によるもので、あなたを探し出し、可能な限り早く大統領就任宣誓をしていただいて、そのあとホワイトハウスへお連れするよう命じられています。そこで司法長官が待っていて、パーキン大統領の死亡について詳しい発表をすることになっています。司法長官はあなたがこれらの手続きを承認なさることを希望しておられます」

「ありがとう、大佐。わたしたちもすぐに家に帰るほうがよさそうね」

フロレンティナはエドワード、大佐、ブラックボックスを持った士官、そして、四人のシークレットサーヴィスと一緒に、陸軍の軍用ヘリに乗り込んだ。上昇していくヘリコプターから下を見ると、十八番のグリーンに乗っている彼女のボールが、ホールから四フィートのところで小さな白い点になっていた。数分後、ヘリコプターはケープコッドのフロレンティナの自宅の芝生に着陸し、残る三機は上空で待機した。

全員を居間へ案内すると、そこでは若きリチャードが父親とオライリー神父を相手に遊んでいた。彼らは週末を静かに過ごすためにニューヨークからやってきたのだった。

「どうしてヘリコプターがうちの上にいるの、おばあちゃん？」リチャードが訊いた。

フロレンティナが孫に説明したその経緯を聞いてウィリアムとジョアンナが思わず椅子から立ち上がったが、絶句したままだった。

「これから何をすればいいのかしら、大佐？」フロレンティナは訊いた。

「聖書が必要です」大佐が答えた。「ここで大統領就任宣誓を行ないます」

フロレンティナは部屋の隅の仕事机へ行き、一番上の引き出しからミス・トレッドゴールドの聖書を取り出した。宣誓の文言のコピーが見つからなかったが、セオドア・ホワイトの『大統領の誕生一九七二年』に記されているかもしれないとエドワードが言い、それが書斎にあることを思い出した。記憶は正しかった。

大佐がピエール・ルヴェール司法長官に電話をし、文言が一字一句正しいことを確認した。司法長官がオライリー神父と話し、大統領就任宣誓のやり方を教えた。

ケープコッドの自宅の居間で、フロレンティナ・ケインはマックス・パーキンズ大佐とエドワード・ウィンチェスターを証人とし、家族を隣りに置いて立った。そして、聖書を右手に、オライリー神父の言葉を繰り返した。

「わたくし、フロレンティナ・ケインは、アメリカ合衆国大統領の職務を忠実に遂行し、持てる能力の最善を尽くして、アメリカ合衆国憲法を守り、擁護することを厳かに誓います」

かくして、フロレンティナ・ケインは第四十三代アメリカ合衆国大統領になった。

ウィリアムが真っ先に母を祝福し、そのあと、全員が一斉に彼に倣おうとした。

「大統領、ワシントンへ向かうべきときと考えます」数分後、大佐が促した。

「もちろんです」フロレンティナは一族の儀式を取り仕切ってきた老聖職者に向き直って言った。「ありがとうございました、神父」しかし、神父は応えなかった。この小柄なアイルランド人は人生で初めて言葉を失っていた。「近い将来、あなたにはもう一つの式を執り行なっていただかなくてはなりません」

「何の式かな、マイ・ディア？」

「自由な週末が持てるようになり次第、エドワードとわたしは結婚します」

フロレンティナが大統領になると聞いたとき以上の驚きを、次いで喜びを、エドワードが露わにした。「思い出すのがちょっと遅すぎるけど」フロレンティナはつづけた。「ゴルフのマッチ・プレイでは、完全にホールアウトしなかったら、そのホールは自動的に相手のものになるのよね」

エドワードに抱き締められながら、フロレンティナは言った。「マイ・ダーリン、わたしにはあなたの知恵と強さが必要になるでしょう。でも、一番必要になるのはあなたの愛よ」

「きみはもう四十年近く前からそのすべてを持っているよ、VP。つまり……」

みんなが笑った。

「そろそろ出発すべきだと考えます、大統領《マダム・プレジデント》」ふたたび大佐が促した。フロレンティナがうなずいたとき、電話が鳴った。

エドワードが机に歩み寄って受話器を取った。「ラルフ・ブルックスからだ。きみと至急話す必要があると言っている」

「申し訳ないけど、エドワード、わたしの代わりに謝っておいてもらえるかしら。大統領はいま忙しくて、あなたなんかにかまっている暇はないんだ、元国務長官、ってね」エドワードがその言葉を文字通り伝えようとしたとき、フロレンティナは付け加えた。「それから、よかったら、すぐにオーヴァル・オフィスにいるわたしのところへきてもらいたいとも伝えてちょうだい」

エドワードがにやりと笑い、第四十三代アメリカ合衆国大統領は出口へと歩き出した。

同伴する大佐が双方向無線のスイッチを入れて小声で報告した。「女男爵《バロネス》が玉座へ戻る。繰り返す、バロネスが玉座へ戻る。契約は締結された」

訳者あとがき

ジェフリー・アーチャー『ロスノフスキ家の娘（原題：*The Prodigal Daughter*）』をお届けします。すでにお気づきかと思いますが、原題は新約聖書ルカによる福音書の〝放蕩《ほうとう》息子の帰還〟をもじったもので、勘当同然で駆け落ちしたフロレンティナが父親のもとへ戻ることを暗示しているのではないかと考えられます。なお、本作は一九八二年に刊行された初版原著に著者が加筆し、章立てなどにも手を加えて構成を変更した、二〇一七年版(PAN BOOKS)を底本にして新たに翻訳したものであることをお断りしておきます。（一九八二年版は新潮社から永井淳さんの翻訳で出版されています）

また、本作は一九七九年に刊行され、大ベストセラーになった『ケインとアベル』（新潮社）の姉妹編でもあります。もちろん本作は独立した一作であり、単独で堪能できる仕上がりになっていますが、物語につながりがないわけではないので、まずは『ケインとアベル』について簡単に紹介しておきます。

一九〇六年のポーランドの片田舎で男の子が生まれた。母親は死に、残された赤ん坊は貧しい猟師に引き取られてヴワデクと名付けられ、さらに猟師の主人のロスノフスキ男爵に引き取られて平安な日々を送るようになる。しかし、第一次世界大戦が勃発し、男爵は死に、ヴワデクはロシア兵によってシベリアの強制収容所へ送られる。そこを脱走し、命からがらコンスタンチノープルまで逃れて、そこでアメリカ行きの移民船に乗る。アメリカに着くとアベル・ロスノフスキと名前を変え、ホテルのボーイ見習いから始めて徐々に階段を上り、ついにはバロン・グループを率いるホテル王になる。

一方、アベルと同じ日に生まれたウィリアム・ケインは名門一族の経営する銀行の跡取り息子として英才教育を施され、順調に成長して父親の後継者に育っていく。

本来なら出会うはずのない二人だったが、アベルを引き立ててくれた恩人がウィリアムの銀行に融資を断られて自殺してしまう。アベルはそのことを恨みに思い、その恩人の仇を討つべく、ウィリアム・ケインへの復讐が人生最大の目標になる。そして、ウィリアムはそれを受けて立つことになる。

アベルにはフロレンティナという娘がいて、ウィリアムにはリチャードという息子がいる。フロレンティナは父親に掌中の珠として大事に育てられ、初等教育、中等教育は一流の私立学校へ通い、優秀な家庭教師もつけてもらって、名門ラドクリフ女子大学へ特別奨学生として進学する。リチャードは父親の後を継いで一族の銀行の頭取になるべく、ハーヴァード大学へ進む。二人は偶然のいたずらで出会い、恋に落ちる。父親同士が憎み合っていることなど知る由もない。その恋が許されないことを知った二人は、フロレンティナの大学時代の友人を頼ってサンフランシスコへ駆け落ちする。そして、リチャードは現地の銀行に職を得、フロレンティナは起業して成功する。アベルはウィリアムを銀行の頭取の座から追い落とすことに成功し、仇敵への復讐を果たす。失意のウィリアムは心臓発作で他界するが、アベルもまた、それから間もなくしてこの世を去る。

そして、本作『ロスノフスキ家の娘』です。

本作の主人公はアベルの娘のフロレンティナで、物語は十一歳の彼女がアメリカ合衆国大統領になると宣言するところから始まります。ということは、『ケインとアベル』と舞台になっている時期がかなり重なっているわけですが、元より前作はアベルの視点で、本作はフロレンティナの視点で描かれているわけで、同じ話が繰り返されているとしても、読み進めるうえでの違和感はありません。

本作はフロレンティナの幼少期、成長期、成人して生涯の目的を達するまでを描いた一代記とも言える物語です。初等教育、中等教育を受けているときの成功や失敗、大学での日々、リチャードとの恋、夫婦になってからの連帯、起業家としての活躍が、充実の筆致で活写されています。何よりも圧巻なのは、下院、上院、副大統領、大統領と上り詰めていく過程での選挙戦、議会のありよう、政治の世界の決して美しいとは言えない裏事情などが緻密に描かれていることです。まさに手に汗握る、息詰まる場面が展開されています。

新潮文庫版の永井さんの解説によれば、著者はアメリカの選挙、議会について、二年をかけて綿密な取材を行なっています。そして、その取材の手助けをした女性がジャネット・ブラウンというブッシュ副大統領のスタッフでもあった女性で、本作のフロレンティナの選挙スタッフに名前を貸しただけでなく、フロレンティナのキャラクターを創るに際して、自分の実体験に基づいての情報を提供したとのことです。

それにしても、実際に女性で初めてアメリカ大統領候補になったのは二〇一六年のヒラリー・クリントンですが、それより三十年以上前、おそらくは現実味を持ち得なかった時代に女性大統領を想定しての物語を構想し、ベストセラーに仕立てた著者の技量には脱帽する以外にありません。あらゆる意味で現在に通用する作品と言えるでしょう。

一つ、お断りしておかなくてはなりません。本作の〈未来 一九八二年ー一九九五年〉には史実と異なっている記述が存在しますが、本作が刊行されたのが一九八二年で、その時点では未来の話であること、二〇一七年版でも著者が訂正していないことを考慮し、原著を尊重してそのままにしてあります。ご了解をお願いする次第です。

さて、著者のジェフリー・アーチャーですが、オックスフォード大学を卒業したあと、起業して成功し、ロンドンに豪邸を持って、近代絵画と彫刻、初版本の収集——〈ウィリアム・ウォーウィック・シリーズ〉に登場するマイルズ・フォークナーを彷彿させるではありませんか――を趣味としながら、二十九歳で史上最年少の庶民院議員となります。人生は順風満帆に進んでいくかに思われましたが、一九七三年に投資詐欺にあって全財産を失い、庶民院議員も辞任する破目に陥ります。そういうなかで乾坤一擲《けんこんいってき》、小説家に転身する決意を固めて――子供のミルク代を稼ごうとして、という説もありますが――執筆したのが『百万ドルをとり返せ!』でした。そのデヴュー作が大ベストセラーになり、『ケインとアベル』と本作で作家の地位を確かなものにしたあとふたたび政界入りして、さらにロンドン市長選に立候補します。しかし、そのさなかにコールガールとのスキャンダルをすっぱ抜かれ、すっぱ抜いた新聞社との裁判には勝ったものの、後に偽証罪で有罪を宣告されて実刑に服すことになります。そのあとは小説の世界に戻り、変わることなく優れたストーリーテラーとしていまに至っています。今年八十三歳になるアーチャーですが、創作意欲は衰えを知らず、すでに〈ウィリアム・ウォーウィック・シリーズ〉第六作"*Traitors Gate*"が今年の九月に本国で発売されることになっています。わが国ではこの冬に、第四作"*Over My Dead Body*"がハーパーBOOKSからお目見えする予定です。乞うご期待。

二〇二三年三月

戸田裕之

訳者紹介　戸田裕之

1954年島根県生まれ。早稲田大学卒業後、編集者を経て翻訳家に。おもな訳書にアーチャー『まだ見ぬ敵はそこにいる ロンドン警視庁麻薬取締独立捜査班』『悪しき正義をつかまえろ ロンドン警視庁内務監察特別捜査班』(ハーパーBOOKS)、フォレット『大聖堂　夜と朝と』(扶桑社)など。

ハーパーBOOKS

ロスノフスキ家《け》の娘《むすめ》 下

2023年4月20日発行　第1刷

著　者　ジェフリー・アーチャー

訳　者　戸田《とだ》裕之《ひろゆき》

発行人　鈴木幸辰

発行所　株式会社ハーパーコリンズ・ジャパン
東京都千代田区大手町1-5-1
03-6269-2883 (営業)
0570-008091 (読者サービス係)

印刷・製本　中央精版印刷株式会社

ISBN978-4-596-77134-6

ジェフリー・アーチャーが放つ、警察小説!
〈ウィリアム・ウォーウィック〉シリーズ

まだ見ぬ敵はそこにいる
ロンドン警視庁麻薬取締独立捜査班

戸田裕之 訳

スコットランドヤードの
若き刑事ウォーウィックが
ロンドンで暗躍する
悪名高き麻薬王を追う!
「完全に夢中にさせられる!」
――アンソニー・ホロヴィッツ

定価1060円(税込) ISBN978-4-596-01860-1

悪しき正義をつかまえろ
ロンドン警視庁内務監察特別捜査班

戸田裕之 訳

警部補に昇進したウィリアムの
次なる任務は、
マフィアとの関わりが囁かれる
所轄の花形刑事を追うこと。
だが予想外の事態が起き――。
人気シリーズ最新刊!

定価1100円(税込) ISBN978-4-596-75441-7